돌림이마을
백혜자

KB140483

도서출판
작가마을

돌팀이 마을 백혜자

초판인쇄 ı 2019년 11월 10일 **초판발행** ı 2019년 11월 20일
지은이 ı 곽유연 **편집주간** ı 배재경 **펴낸이** ı 배재도 **펴낸곳** ı 도서출판 작가마을
등록 ı 2002년 8월 29일(제 2002-000012호)
주소 ı 부산광역시 중구 대청로 141번길 15-1 대륙빌딩 301호
 T. 051)248-4145, 2598 F. 051)248-0723 E. seepoet@hanmail.net

ISBN 979-11-5606-133-5 03810 ₩13,000

※ 이 도서의 국립중앙도서관 출판예정도서목록(CIP)은 서지정보유통지원시스템 홈페이지
 (http://seoji.nl.go.kr)와 국가자료공동목록시스템(http://www.nl.go.kr/kolisnet)에서
 이용하실 수 있습니다. (CIP제어번호 : CIP2019043539)
※ 이 책의 무단전재 및 복제행위는 저작권법에 의거, 처벌의 대상이 됩니다.

돌팀이마을 백혜자

곽유연 장편소설

살면서 여러 각도의 일을 겪고 여러 종류의 사람과
인연을 맺으며 살아간다.
그 중 좋은 인연도 나쁜 인연도 있게 마련이다.
수많은 만남과 이별의 갈래 길에서
나를 기쁘게 했던 사람도 나를 아프게 했던 사람도
스쳐가는 형상에 불과하겠지만
좋은 인연은 늘 고마움으로 가슴에 따뜻한 봇물을 일으켜
갈증 난 목을 축이는 생명수 역할을 한다.
이 책을 읽는 독자에게 좋은 인연이 되어
가슴속에 잔잔한 감동의 물결이 일었으면 좋겠다.
마음에서 마음으로 전달되어 수많은 사람들이
책을 읽고 회한을 남기는 일이 없도록 한다면
그 또한 보람 있는 일이 될 것이다.

이 책이 세상에 나오기까지 귀인이 되어준
강훈담 시인과 동반자 윤병식님,
삶을 포기하고 싶어질 때마다 절대 포기해서는
안 되는 이유가 되어준
착하고 준수하게 자란 사랑하는 내 아들들에게
고마움을 전한다.

2019년 가을
곽 유 연

곽유연 장편소설

· 차례

2막 _ 존엄한 희생

돌림이마을
백혜자

곽유연
장편소설

고향마을 뒷동산은 조무래기들의 놀이터였다. 200여 미터의 낮은 야산 입구에 묘가 하나 있었다. 왕릉만큼의 큰 묘는 아니었지만 그 옛날 벼슬아치의 묘였는지 봉분이 꽤 높았고 봉분 주위의 잔디가 넓게 퍼져있었다. 사계절을 동네 아이들은 그 묘를 놀이터 삼아 놀았다. 칼싸움에 미끄럼틀 타기, 숨바꼭질 등등 요즘 같은 오락프로그램이 없던 시절, 그 묘지는 아주 최고의 놀이공간이었던 셈이다.

그 중에서도 겨울의 놀이는 제일 재미난 놀이가 많았다. 특히 눈이 자주 내려 묘지 위에 흰 눈이 소복이 쌓이면 아이들은 집안의 비료 푸대를 하나씩 들고 올라가 미끄럼을 탔다. 비료푸대는 봉분 위의 눈에서 아래까지 잘도 미끄러져 내려갔다. 깔깔거리는 아이들의 즐거운 비명이 산자락에 울려 퍼졌다. 아마 봉분의 주인은 조무래기들 때문에 지하에서도 곤히 잠들지 못했을 것이다. 그러나 밝고 꾸밈없는 아이들의 재잘거림을 듣는 것도 망자 (亡者)에게는 분명 즐거운 일이었다고 생각된다.

매년 그랬듯 앰프 스피크를 타고 이장의 목소리가 흘러 나왔다.

"에... 오늘은 어버이 날입니다. 어버이날 행사가 있으니 마을 어른들은 모두 뒷동산으로 모여 주시기 바랍니다."

남녀노소 할 것 없이 서둘러 뒷산으로 모여들기 시작했다. 잔치가 벌어졌다. 1년에 한번 열리는 마을잔치 날이었다. 어른들은 죽은 시체도 벌떡 일어나 일한다는 바쁜 농번기 철이지만 그날만은 모두 일을 제쳤다. 동네 조무래기들도 모두 모여 어른들의 흥을 구경했다.

아버지는 늘 장고를 맡았다. 어디서 배운 솜씨인지 몰라도 살짝살짝 들썩이는 어깨와 스텝을 밟는 발의 움직임 따라 장고가락이 아버지 손끝을 타고 뒷동산을 흔들었다. 수목을 흔들고 발밑에 밟히는 이름 모를 풀들을 깨웠다. 새들도 장고가락에 맞추어 합창을 하는 듯했다.

어머니가 만약 지금 태어났다면 분명히 무용가가 되었을 것이다. 그에 겹쳐 가수가 되었을지도 모른다. 어머니는 아버지의 장고가락에 맞추어 덩실덩실 춤을 추었다. 막걸리로 녹인 몸이 관절의 유연함을 도왔을까? 마치 한 마리의 나비로 빙의된 듯 너울너울 춤추는 어머니의 춤사위는 나비의 날갯짓과 진배없었다. 천사의 속사포를 입고 하늘 어딘가로 훨훨 날아갈 것처럼 어머니의 몸은 홀가분해 보였다. 어머니 입술을 타고 흘러나오는 노랫가락은 천상의 울림이었다. 그 날만은 그랬다. 어린 나는 어머니, 아버지의 그림 같은 모습을 지켜보며 마음에서 속삭이는 소리를 들었다.

"만날 오늘 같았으면……"

먹고 마시고, 또 춤을 추고, 노래를 부르고. 동네사람 모두가 모인 잔치는 무심한 어둠이 산등성이를 덮고서야 끝나곤 했다. 술기운이 가시지 않고 흥이 가시지 않은 어머니는 집에 돌아와서도 절대 알아듣지 못할 구전민요를 목청껏 불렀다. 어머니의 낭랑한 목소리가 까맣게 몰려드는 어둠을 밀어 내고 있었다.

돌림이마을
백혜자

곽유연 · 장편소설

1막

그래도
살아야 한다.

열일곱 꽃단장, 운명의 서막

1929년 푸른 세상이 열리고 장미꽃이 붉게 타는 오월 어느 날, 어여쁜 딸아이 하나 세상에 태어났다. 그 딸은 아들만 둘 있던 집에 태어난 귀하디귀한 외동딸이었다. 고명딸이라 부모님을 비롯한 두 오라버니들은 세상에 없는 꽃송이를 키우듯 온실의 화초처럼 딸과 여동생인 그녀를 키웠다. 외동딸은 풍요한 온실에서 온유하게 커 나갔다. 집안 살림도 그만그만해서 궁핍함을 모르며 자랐고, 정갈한 어머니의 성품 밑에 가르침을 받아 귀품 있고 정숙한 여인이 되어가고 있었다. 꽃단장을 하고 나서면 후광이 비칠 만큼 너무나 아름다워 동네 머슴애들의 시선을 한 몸에 받았다.

그렇게 아름답게 성숙한 여인은 중매쟁이가 엮어준 50여리 떨어진 남자와 혼례를 치렀다. 종가집의 맏며느리 자리였지만 그것이 어떤 의미인지도 몰랐다. 그저 부모님이 맺어 준 짝과 혼례를 치른 것뿐이었다. 그녀의 나이 열일곱 되던 해였다. 그녀가 혼례를 치른 첫날 밤, 감히 고개도 못 든 수줍은 새색시는 호롱불 밑에 비친 남편의 발만 훔쳐보았다. 발가락이 애기 손가락 길이만 할 정도로 길다고 생각했다. 그녀의 흉터 하나 없던 인생이 결혼은 구렁진 흉터로 남을 잔인한 운명의 서막이기도 했다.

불합리한 일이었다. 불합리를 불합리하다고 여기지도, 저항도 하지 못하고 부모님의 뜻대로만 따라야 하는 시대였다. 중매쟁이 말은 곧 법이었고 진실이었다. 중매쟁이가 부자라고 하면 부자였고 인물이 출중하다면 출중한 거였다.

그렇게 중매쟁이 말만 믿고 혼례를 치렀다. 그녀는 혼례를 치른 첫날밤은 친정에서 보내고 서방님을 따라 시댁을 향해 다시는 돌아오지 못할 길을 떠났다. 중매쟁이 말마따나 남자는 용모가 수려했으며 품위 있는 조용한 남자였다.

그녀가 시집 온 동네는 빼어난 그림 같은 풍광의 마을이었다. 동네 앞으로는 섬진강이 옥빛을 내며 흐르고 있었고 그 섬진강 물은 수정처럼 맑고 깨끗했다. 섬진강가에 펼쳐놓은 모래는 알갱이마다 진주처럼 빛을 냈다. 그 강을 따라 길게 이어진 둑길은 온갖 풀꽃과 잡풀들로 앞 다투어 뽐을 내는 통에 세상의 길이 아니라 천국으로 통하는 길 같았다.

앞산 뒷산 다투어 틔운 잎이 푸른 장막으로 숲을 덮었고, 동네 곳곳 과수원에서는 오묘한 색채의 조화가 꽃으로 승화되어 피어났다. 마치 결혼을 축하하는 '지상낙원'의 팡파르가 울리는 듯 했다. 신들이 노닌 듯한 마을 풍경에 경탄을 하지 않을 수 없었다.

그녀가 살던 고향동네는 마을 어귀에 작은 실개천이 흐르긴 하나 사방으로 산이 둘러쳐져 있어 이곳의 확 트인 풍경과는 사뭇 달랐다.

남편을 뒤따라오며 자연풍광에 매료되어 시선을 빼앗겼던 그녀는 시집에 들어선 순간 아연실색할 수밖에 없었다. 병든 시어머니가 안방에 자리를 보전하고 있었던 것이다. 오랜 병마로 방에서는 퀴퀴한 썩은 냄새가 나고 얼굴은 지독한 병마와 씨름한 나머지 찌그러진 깡통처럼 일그러져 있었다. 그녀는 당장 뒤돌아서 달아나고 싶었다. 하지만 무언의 가르침 소리가 들려왔다.

"애야! 여자가 시집을 가면 그 집 귀신이 되어야 한다. 귀머거리 삼년, 벙어리 삼년으로 어떻게든 참아내야 하는 거란다. 그게 시집살이야."

그녀는 어머니의 가르침을 거역할 수 없었다. '출가외인'이 갈 곳은 이미 없었다. 그 날부터 그녀의 시집살이는 시작되었다.

시댁 식구는 많았다. 시동생 둘에 시누이 둘. 시동생들은 아직 너무 어려 손길이 필요했다. 안주인의 병으로 집안 살림은 엉망이었으며 무엇 하나 제 자리를 잡고 정갈하게 놓인 것이 없었다. 깔끔하게 자란 그녀 눈에는 모든 게 천지가 열리기 전의 혼돈으로 다가왔다.

그래도 다행히 시댁은 근동에서 재산이 많은 집이었다. 그녀의 부모님이 중매쟁이를 통해 들은 재산을 보고 외동딸을 시집보낼 생각을 했었는지도 모른다.

때론 아무리 부유해도 그 부유함조차도 가슴에 닿지 않는 경우가 있다. 다 쓰러져 가는 초가삼간이라도 남편과 오순도순 서로를 위하며 재미나게 살면 그 가난조차 견딜만하고 행복한 법이다.

그녀는 그녀대로 상상해온 결혼관이 있었을 것이다. 아무리 시대가 짝을 맺어준 사람과 평생해로를 한다고 해도 신혼을 보내는 새색시는 남편의 사랑을 가없이 받으며 꿈결에서조차 달콤함을 느끼며 아침잠을 깨고 싶었을 것이다. 여자는 남자의 아낌없는 사랑이면 충분하지 않은가. 태어나 처음으로, 살던 집과 부모님을 뒤로하고 남편만 바라보며 따라온 새색시 걸음걸음은 더 긴장되는 설렘이 있지 않았겠는가.

그녀의 그런 설렘은 첫날부터 여지없이 사르르 무너졌다. 아침 안개도 이보다 더 느리게 깨고 하늘에 둥실거리는 구름도 형상을 바꿔가며 흘러간다. 그녀의 시집살이는 그 어느 것도 허락하지 않는, 꿈이라면 빨리 깨고 싶은 그런 현실 그대로였다.

그렇게 그녀의 악몽은 현실이 되었다. 병든 시어머니 수발에 시동생들을 키우며 하루하루 살아갔다. 시동생들을 씻기고 입히고 재우며 본인 자식을 낳기도 전에 그녀는 '엄마'가 되어 있었다. 사는 게 사는 게 아닌 견디는 것이 되어버린 그녀의 삶. 세탁기도 청소기도 없던 시절, 그런 요상한 물건이 생겨나리란 기대조차 없던 시절에 많은 식구의 빨래에 세끼 끼니를 책임지고 들일까지 하며 몸은 하나지만 마치 열 개의 몸으로나 할 수 있는 엄청난 고된 노동을 견뎌내야 했다.

겨울날 언 강에 빨래를 하러 나갔다. 얼음을 돌덩이로 깨고 빨래를 하면 손이 금새 얼어붙었다. 손을 호호 불어가며 빨래를 해도 시리다 못해 아려왔다. 고무장갑도 하나 없던 시절. 오로지 맨손으로 얼음 강에 손을 담그고 빨래를 해야 했다.

식구가 많아 빨래 양은 산무더기를 쌓아놓은 것 같았다. 병중인 시어머니 빨래 감은 고름 물에 찌들어 썩는 냄새가 심해 구역질을 하지 않고는 못 배길 만큼 역했다. 그녀는 빨래하는 중간 중간 제대로 먹은 것도 없는 오물을 토해내가며 한겨울 빨래를 했다. 얼음물은 고름을 쉽게 지워내지도 못했다.

호된 시집살이는 시작에 불과했다. 시어머니는 아주 고약한 성미를 가진 노인네였다. 엉덩이 살이 썩어가는 욕창을 앓고 아랫목에 누워 갖은 수발을 들게 하면서도 욕은 오지게 퍼부어댔다. 입에 담지도 못할 고약한 욕지기를 갓 시집 온 며느리에게 퍼부으며 자신의 고통을 덜어내려 했다. 음식 맛을 내야 하는 양념들은 모두 윗목에 두고 때마다 소량씩을 배급하듯 내어 놓았다. 그러니 당연히 간이 안 맞아 음식이 맛이 있을 리 없었다.

그래도 최선을 다해 밥상을 차려가면 맛이 없다며 상을 엎어버리고 다시 차리게 하기가 부지기수였다. 그 호된 시집살이의 서러움을 꾸욱 꾹 씹으며 부뚜막 앞에서 남몰래 눈물을 쏟아냈다. 그 눈물은 한줄기 강을 이루었고 그 강은 섬진강물보다 더 많아 홍수가 나고도 남았을 것만 같았다.

남편은 점잖은 사람이었다. 좋게 표현하자면 그랬다. 가부장적 시대의 남자들이 다 그랬듯 '남자는 하늘, 여자는 땅' 이라고 여기는 것 같았다. 딱히 잘못된 행동을 하거나 '저만 가라' 식의 푸대접을 하는 것은 아니었지만 자상한 위로의 말 한마디 건네는 법이 없었다. 부모님을 모시고 사는 장남으로 살가운 면을 갖기란 참 어려운 시대이기도 했다. '수고 했소' 한마디 단어가 영문을 해석하는 일보다도 더 어려웠나 보다.

그래도 그녀는 남편이 우러러 보였다. 날 선 콧대 위로 서글한 눈매, 흑색 칠을 해 놓은 듯 짙은 눈썹, 시대에 앞선 훤칠한 키,

지붕을 차지한 곱슬기가 살짝 있는 까만 머리칼, 기품 있는 조용한 음성, 이 모두가 그녀에게 남편을 하늘로 섬기게 만들었다.

장남으로 태어난 남편은 집안의 종손이라는 이유로 땅에 발을 붙이는 것조차 아까워 지게에 지고 다녔다고 한다. 부잣집 도령은 고기반찬 아니면 밥숟가락을 들지 않을 정도로 귀하게 자랐고, 받기만 한 나머지 베풂이 뭔지, 정을 어떻게 줘야 하는지 모르는 듯 했다.

잠자리 날개 같은 모시적삼을 걸치고 중절모를 쓰고는 한량처럼 나들이 다니기 바빴다.

그러다 어느 해는 몇 달이 지나도록 집에 들어오지 않는 날이 있었다.

시부모님과 시동생들, 종가집의 맏며느리. 그 타이틀 아래 그녀는 속이 타들어 가도 내색도 하지 못하고 시집살이를 했다. 남편도 없는 시집살이를. 궁금해서 시아버지에게 조용히 여쭤봤지만 곧 돌아 올 거란 대답이 전부였다.

훗날 우연히 전해들은 남편의 가출 사연은 그녀의 마음에 분노의 불을 지펴 평생을 잔소리 바가지를 퍼붓게 하는 원동력이 되었다.

그도 그럴 것이 남편은 몇 달의 가출동안 딴 살림을 차린 것이었다. 그것도 몇 해가 지나서야 알았다. 그녀가 집에서 남편의 가족들을 위해 밤낮을 가리지 않고 고군분투하고 있을 때 도와주기는커녕 딴 살림을 차린 남편을 어떻게 용서할 수 있었겠는가. 자식을 몇이나 낳고 난 뒤에 그 사실을 전해들은 것이 다행이라면 다행이었다.

그녀는 '성인군자'였다. 훗날에 딸에게 얘기하길 "바깥에서 자식을 안 낳아 온 것만도 감사할 일"이라 말했다.

세상 살면서 '내 편'은 중요하다. 내 얘기를 들어주고 공감하며 다독여 주면 치유하기 힘든 병도 이겨낸다. 내 편은 모든 사람이 등을 돌릴 때도 나를 바라보며 같은 곳을 향해 걸어간다. 그 길이 가시덤불을 헤치고 가는 길이라도 두렵지 않다. 나를 온전히 이해하고 사랑해주는 내 편이 있기에 세상의 어떤 두려움도 맞설 수 있는 것이다.

하지만 남편은 그러지 못했다. 목석을 안고 사는 편이 낫겠다고 생각되는 그런 사람이었다.

힘에 겨워 남편의 품이라도 봄날의 풀처럼 부드럽고, 하늘의 뭉게구름처럼 포근했다면 그녀의 고난 한 삶이 위로를 많이 받았을 것이다.

티끌이라도 다행한 게 있었다면 시아버지의 사랑이었다. 시아버지는 며느리 편이었다.

"아가! 우리 집에 시집 와서 고생이 많다. 너거 시어미가 몸이 아파 그러니 네가 조금만 참고 이해해라."

시아버지의 따뜻한 다독임이 그녀에게 주는 미약한 처방 약이었다. 마를 대로 말라가는 아픈 그녀의 육신과 정신을 쓰다듬는 단비였다.

그러는 사이 그녀 자식이 태어났다. 그녀의 분신 같은 첫 딸이었다. 운명의 신은 그녀에게 자식을 주되 자식을 낳은 기쁨을 온전히 느끼지는 못하게 했다. 이레도 지나기 전 퉁퉁 부은 몸으로 밭일을 나가야 했고 호미질을 하다 제 발등을 찍는 일도 허다했다. 제대로 몸조리도 못한 몸은 땀투성이가 되고 시야가 흐려 오며 현기증이 전신을 덮어 손놀림은 밭이 아니라 발등을 찍었다.

그대로 밭고랑에 쓰러지길 수차례, 한참의 시간이 지난 뒤 흙을 뒤집어 쓴 채로 깨어나곤 했다. 발등은 고무신을 신을 수 없을 만큼 퉁퉁 부었고 피투성이가 되어 있는 채로. 엉금엉금 기듯이 집으로 돌아오면 식구들은 저녁밥을 기다리고 있었다. 배가 고픈 아기는 할아버지 등 뒤에서 목청껏 울고 있었고 시동생들과 시누이들은 배고프다고 칭얼대기 일쑤다. 방에서는 시어머니의 욕지거리가 여지없이 흘러 나왔다. 살이 썩고 고름이 이불을 적시는 와중에도 욕 소리는 우렁차고 쩌렁댔다.

그녀는 사람이 아니었다. 사람은 인격체로 존중을 받아야 하지만 그녀는 그 집에 시집온 노예였다. 돈 한 푼 들이지 않고 그저 굴러온 노예. '그래도 살아야만 한다.'고 친정어머니는 그리움 속에서 타일렀다. '어머니'를 애타게 불러도 어머니의 목소리는 들리지 않았다. 단지 그리움에서만 미소를 지으며 다가왔다.

잠을 잔다는 표현은 사치다. 그녀는 그냥 쓰러졌다. 이불에 고단한 몸을 뉘이면 그녀의 남편은 어김없이 욕정을 불태웠지만 그녀는 몰랐다. 아침 치마끈이 풀어져 있으면 눈치를 챌 뿐이었다. 그런 까닭에 자식이 생기고, 또 자식이 생겼다.

그녀는 꿈을 자주 꾸었다. 꿈속에서라도 그리운 어머니의 모습을 보고 싶었지만 꿈에서는 늘 맹수에게 쫓기거나 시어머니의 귀신같은 형상이 나타나 그녀를 괴롭혔다. 그러다 어떤 날은 운이 좋게도 어머니 꿈을 꾸었다. 날아갈 것처럼 가벼운 몸으로 어머니를 애타게 부르며 버선발로 달려 나갔지만 어머니의 형상은 사라지고 안개가 자욱한 이름 없는 들판에 홀로 서 있었다. 그 들판은 너무 황량해 무서움이 와락 덮치고 추워 얼어붙은 몸을 감싸며 꿈에서 깨어났다. 어슴푸레 창호지 문을 밝히는 여명이 비추고 있었다. 그러나 그녀에겐 희망이 아니라 또 살아야 할 기막힌 운명이 밝아오고 있는 것이었다.

찬란한 봄은 잔인한 봄으로, 작열하는 여름은 가슴을 새까맣게 태우는 여름으로, 가을의 단풍은 그녀의 고통스런 핏물로, 겨울은 한 서린 그녀의 입김으로 점철되어 시간이 흘러갔다. 그 이듬해 여름, 시궁창보다 더 지독한 세상의 욕이란 욕을 다 퍼붓던 시어머니는 시궁창 보다 더 냄새나는 썩은 육신을 더 이상 지켜내지 못하고 세상과 하직했다. 보석보다 더 영롱한 며느리의 눈물로 빚어낸 정성들인 간호에도 불구하고 더는 욕을 퍼부을 수 없는 곳으로 가신 것이다.

돌아가신 분에게는 미안하지만, 시어머니의 욕지기를 듣지 않는 것만으로도 그녀의 가시덤불 같은 인생길이 꽃길까진 아니어도 최소한 흙길이라도 이어질 것 같은 순간이 온 것이다.

섬광 같은 안식의 시간이 찾아왔다. 시아버지는 친정 부모님처럼 온화한 표정과 말투로 며느리를 위했고, 시동생들과 시누이들도 그녀를 엄마처럼 따르는 평온의 날이 이어지고 있었다. 그렇다고 일거리가 줄거나 몸이 고단하지 않았던 건 아니다. 여전히 그녀 등에 지워진 짐은 태산처럼 그녀를 짓눌렀다. 가녀린 몸은 본인이 의도하지 않게 철의 여인이 되어야 했다. 밤이 되어 젖을 물린 채로 쓰러지고 아침을 맞았다.

어떤 고난이 찾아와도 견딜 수 있는 정신적 지주는 있는 것인가? 그녀가 버텨낼 수 있었던 힘의 원천은 어디였을까? 그 원천을 찾아 그녀는 힘을 주는 샘물을 마시고 헤라클레스보다 더 강력한 힘을 저장했을까? 설명되지 않는 아이러니가 아닐 수 없다. 최소한 감정을 가진 인간이라는 생명체가 견뎌내긴 너무나 방대한 분량의 현실에 저항하며 살아낼 수 있었던 그녀만의 비법이라도 있었던 것인지. 삼년이라는 시간이 유수처럼 흘렀다. 섬진강은 평온하게 흘렀지만 그녀는 섬진강보다 많은 양의 눈물과, 한숨과, 땀을 섬진강을 따라 흘려보냈다.

둘째가 태어났다. 둘째는 아들이었다. 아들 선호 사상을 바탕으로 시아버지는 기뻐했다. 대를 이을 첫 손주가 태어난 것을. 종족번식의 본능아래 후손이 생겼음을 동네방네 다니며 자랑했다.

6.25 전쟁의 상흔

아들이 태어난 경축도 얼마가지 못했다. 한국전쟁이 발발했다. 6.25사변이 터진 것이다. 나라의 모든 청년들이 전쟁터로 불려 나갔다. 생사를 알 길이 없는 대 혼돈의 시대가 찾아 온 것이다. 남편도 예외는 아니었다. 전쟁터로 나갔고 그 시대를 산 사람들의 운명이 고스란히 그 사실을 받아들여야 했다. 시아버지는 금쪽 보다 귀하게 여긴 장남이 전쟁터로 불려 나간 날 쓰러지고 말았다. 시아버지의 정신적 지주는 장남이었다. 발에 흙이 닿는 것조차 아까워 지게에 지고 다녔던 장남이었다. 그 장남이 생사를 장담할 수 없는 전쟁터로 끌려 나갔는데 온전한 정신으로 버틸 여력이 남아 있지 않았다.

그녀의 하늘은 까맣게 변했다. 해가 뜨고 낮이 와도 늘 까만 하늘만이 그녀를 노려보고 있었다. 남편마저 전쟁터로 나간 마당에 시아버지라도 건장하게 버팀목이 되어주어야 했다. 줄줄이 딸린 시동생과 어린 자식 둘. 혼자 이 격동의 시대에 어찌 감당하고 어찌 헤쳐 나가야 할지…… 하지만 장남이 전장으로 가자 지붕처럼 찬비를 막아주던 시아버지마저 쓰러져 눕고 말았다. 그녀는 맥이 풀렸다. 남편은 살아 돌아올 확률이 희박한 전쟁터로 가고 시아버지는 병석에 눕고, 하루를 살아갈 희망이 도망치고 있었다. '절대 나를 잡지 마.' 희망은 실오라기라도 잡고 싶은 그녀의 손을 무참히 뿌리치고 흔적도 없이 도망쳐 갔다.

그렇게 시름시름 앓던 시아버지는 너무나 짧은 시간에 허망하게 하늘로 발길을 옮겼다. 그녀의 까맣던 하늘로. 장남에 대한 연민만을 남긴 채로. 그녀의 가슴에서 까맣게 탄 재가 빛 하나 없는 하늘로 홀연히 흩어져 날아갔다.

슬픔도 한꺼번에 몰려오면 미처 슬퍼할 겨를도 없다. 뇌에 자리 잡은 아몬드 기관이 여러 감정을 한꺼번에 토해낸 슬픔이나, 분노, 아픔 따위는 사치의 감정인지도 모른다. 무의식적으로 노덕이 가르치는 장례를 치렀다. 마을에 장례절차를 잘 밟는 장의사가 있기 다행이었다. 살아있으니 밥을 먹고, 어린 자식들이 빽빽거리며 울어대니 젖을 먹이고, 부양할 가족이 있으니 밭일과 들일을 나가야 했다. 의식이 시킨 일이 아닌 본능대로 움직인 행동이다. 살아있으되 생기는 없었다. 활력을 불어넣는 가치관도 없었다. 그저 시간 따먹기 놀이처럼 무의미한 시간만이 흐르고 있었다.

전쟁은 끝도 없이 넘어오는 중공군에 의해 남쪽으로 밀리고 있었다. 회상에서 그녀는 이렇게 말했다.

"빨간 완장인지 뭔지를 찬 괴뢰군들이 집으로 들이 닥쳤지. 밥을 해 달라고 하더만. 무서움에 벌벌 떨면서도 혹시나 아이들을 헤칠까봐 아들은 등에 업고 딸은 치마 품에 안고 다니며 밥을 해줬지. 소문으로 듣던, 양민을 무조건 찔러 죽이고 총으로 머리채를 날려 버린다던 괴뢰군과는 달랐어. 밥을 차려주자 먹고는 잘 먹었다고 하고, 밥값으로 돈도 몇 푼을 주고 갔었지."

북한군들이 그녀가 사는 마을을 지나가자 그녀는 낙담했다. 북한군이 여기까지 왔다면 우리 국군은 모두 패퇴했다는 것이기에 한줄기 부여잡고 있던 소망마저 사라졌다. 남편은 후문에 전방으로 전쟁을 치르러 갔다고 했고, 이 난리 통에 살아 돌아오리란 기대는 섬진강의 모래알만큼 희박하게 여겨졌다. 더구나 북한군들이 남한까지 활개 치며 다니는 마당이었으니 희망을 가진다는 것은 어쩌면 사치일지도 몰랐다.

　몇 차례의 북한군 밥 짓기를 하고, 다시 전세가 바뀌고, 북으로 밀고 올라가던 중에 이번에는 남한 군인들의 밥 짓기가 시작되었다. 살아있어도 산 것이 아닌 처참한 나라현실에 더해 그녀의 생활도 처참해져 갔다. 두려움은 극에 달했다. 친정 부모님은 무사한지 그런 걱정이 들었지만 당장 산재해 있는 눈앞의 과제가 염려를 가로챘다. 그렇게 악마는 속삭였다. '너 살 궁리나 해. 어떻게 살래? 살아 갈수나 있겠어?'

　라디오도 텔레비전도 없던 시대, 정보라고는 입으로 전해지는 구전밖에 없던 그 옛날에 올바른 소식을 전해 듣는다는 것은 애당초 기대 할 수 없었다.

　그래도 땅은 거짓말을 하지 않고 일군대로 일용할 양식을 주었다. 시동생들과 두 자식들을 키우며 억척스럽게 살아갔다. 어린 자식들은 이제 시동생들에게 맡겨졌다. 시동생들의 등 뒤에서 아기는 배가 고파 악을 쓰고 있었다. 그나마 땅이 있어 다행이었다. 땅조차 없었다면 씨앗을 뿌리고 곡식을 거두어들이는 생의 기초 보급마저 끊어졌을 것이다. 그녀가 희망이라곤 없는 삶을 살고 있는 유일한 생명의 동아줄이었다.

아침에 아기 젖을 물리고 나면 점심에야 젖을 물릴 수 있었고, 그렇게 먹는 젖으론 양이 차지 않는 아기는 등 뒤에서 목이 잠기도록 울었을 것이다. 그러다 지쳐 잠이 들었을 것이다. 그녀 자신은 이미 스스로를 보살필 여유 따위는 없었다. 누구 하나 그녀를 걱정해주는 사람도 없었다. 시아버지의 온화하던 위로의 말은 이제 꿈에서나 그려 볼 말이었고, 현실은 얼음처럼 냉정하고 차가웠다. 온전히 맨몸으로 세상살이라는 거대한 벽과 마주해야 했다.

삶은 명제를 준다. 어떻게 살 것인가? 어떤 작가는 이런 말을 남겼다.

'내가 살고 있으면 그것이 삶인 것이다.'

잘 살아야 하는 명제, 행복해야 하는 명제, 그 화려하고 거창한 명제는 딴 세상 사람의 명제이다. 거친 폭풍우 치는 세상에 남겨진 돛단배는 '살거나 죽거나'의 명제밖에 없었다. 행복이란 단어는 가상현실이었다. 소용돌이에 말려가면서도 정신을 바짝 차리고, 블랙홀에서도 정신을 가다듬고, 정신이라는 형체 없는 목줄을 붙잡고 바짝 고삐를 조이지 않으면 풀려 나가 버린다. 풀려 나간 정신은 우주를 떠돌며 다시는 주인 머리에 돌아오지 않을 것이다. 정신을 잃은 사람의 몸은 흔들리는 풀잎이 되어 바람 따라 춤을 출 것이다. 영혼 없는 눈빛으로.

그녀는 정신을 차렸다. 혼이 시도하려는 수 만 번의 육체이탈 현장에서 현행범으로 정신을 잡아 다시 머릿속에 가두었다. 영특하고 청결한 그녀의 영혼은 지팡이로 변해 그녀를 일으켜 세웠다. 맑은 영혼은 악마의 장난질에 순순히 두 손 들지 않았다. 천사가 속삭였다. '너는 할 수 있어. 살아 낼 수 있어' 순수한 그녀의 영혼이 답했다.

"그래, 살아 낼 거야."

그렇게 시간은 흘러갔다. 희디 흰 그녀의 피부는 황갈색으로 변했다. 결 곱던 손은 힘줄이 툭툭 튀어나와 있었다. 각선이 곱게 뻗었던 다리는 근육으로 울룩불룩했으며, 몸 위로 걸쳐진 옷은 기우고 기워 두께가 두 배는 늘어나 있었다. 자신의 입에 들어가는 것은 젖먹이를 위한 소량의 양식이었고, 걸치는 옷은 구멍이 안 나 살만 가리면 되었다.

3·8선이 만들어지고 마침내 휴전이 되었다. 혼돈의 세상이 정리되어가는 것 같았지만 아직은 어지러운 나라였다. 해거름이 되고 집집마다 굴뚝에선 저녁밥 짓는 연기가 하늘거리며 하늘로 피어오르고 있었다. 아궁이에 불을 지필 때마다 나온 그을음으로 그녀의 머리는 부스스해 있었고, 하루 종일 햇볕에 타고 땀에 찌든 얼굴은 피곤함이 화장처럼 덮고 있었다. 불을 때는 순간에도 이것저것 그녀의 손을 타고 음식이 만들어지고, 담겨있던 빨래가 빨아졌으며, 마당에 어질러진 닭들이 쪼아댄 거름이 한쪽으로 쓸려 모아졌다. 먼지 앉은 뿌연 마루가 닦여지고, 빨래 줄에 걸려 있던 빨래가 걷혀 단정하게 개켜졌다. 신의 손이었다. 사람 손이 그렇게 빠를 수가 없었다. 그녀의 손은 아날로그가 아닌 최첨단 디지털이었다.

컴퓨터에 어떤 폴더를 저장해서 그 장치를 다른 하드디스크에 옮길 때처럼 그녀는 한 치의 오차 없이 그 일을 처리했다. 단정하고 청결했던 친정어머니의 훈육이 그녀에게 빙의 되었다. 자식뿐만 아니라 시동생들도 씻기고 입혀 근동에서 그만큼 말쑥한 차림으로 다니는 사람이 없었다. 나무마루는 니스 칠을 한 것처럼 광이 났고 잘 닦여진 구두코처럼 반짝였다. 음식은 뚝딱 만들어 져도 기가 막힌 솜씨였다. 시어머니가 맛없다고 엎어버린 밥상은 양념을 쓸 수 없었던 탓이다. 솜씨가 없었던 것이 아니었다. 훗날 평화가 찾아와 동네잔치마다 불려 다닌 그녀의 음식솜씨는 대장금 솜씨를 능가했다.

조앙신의 기적

음식에 머리카락이 들어가지 않게 덮어쓴 수건이 느슨해졌다. 느슨해진 수건을 한 번 더 고쳐 쓰기 위해 부스스한 머리칼을 손으로 쓸어 넘기려 허리를 폈다. 인기척이 들렸다. 싸리문을 통해 들려오는 굵은 발자국 소리. 군화 소리 같은 익숙한 소리. 그녀는 홀린 듯이 부엌에서 나왔다. 마당에는 남편이 서 있었다. 저승사자인줄 알았다. 저승에서 그녀를 데리러 온 남편을 닮은 혼인 줄 알았다.

하지만 자신의 살을 꼬집어 봐도 분명 꿈은 아니었고 현실이었다. 털썩 주저앉았다. 너무나 기다렸던, 기다림에 지쳐 죽을 것 같았던 순간들. 떠나간 님을 기다리다 꽃이 되었다는 백일홍이 그녀의 이야기가 될 즈음 남편이 살아 돌아온 것이다.

기적이 있다면 그 일일 것이라 여겼다. 문득문득 하늘을 바라보며 빌었고, 순간순간 환영처럼 두 눈을 채워오던 남편의 얼굴을 가슴으로 끌어들이며 통곡했고, 세상에 존재하는 영이란 영은 다 불러들이며 기도했다. 인간이 믿는 종교가 더 있었으면 그녀는 그 신령 앞에 무릎을 꿇었을 것이다.

환청이 들린 날도 셀 수가 없이 많았다. 비가 부슬거리는 밤이면 발자국 소리가 들리는 듯해 방문을 홱 밀어젖혔다. 남편이 살아 돌아오는 꿈을 거의 밤마다 꾸었던 것이다. 그런데 꿈처럼 남편이 돌아온 것이다.

부엌 구석에 놓인 주둥이가 긴 항아리에는 때마다 한 줌씩 쌀이 채워졌다. 쌀은 귀하디귀한 양식이라 남편을 위해 모아두는 쌀이었다. 남편이 돌아오면 하얀 쌀밥을 지어 올릴 참으로 기다림만큼 절실한 기도와 함께 채워져 나갔다. 보리쌀을 깔고 그 위를 얇게 덮어 지은 쌀밥은 시동생들과 자식에게 먹이고 그녀의 밥그릇은 언제나 쌀 한 톨 구경하기 힘들었다. 그렇게 남편을 위해 쌀을 한 줌씩 모아 온 것이다.

많은 식구들 틈에서 한 줌의 쌀을 아껴 모은다는 것은 생각보다 힘든 일이다. 보릿고개를 넘기던 그 시절은. 그녀는 조앙신이 있다고 믿었다. 한 톨의 쌀이라도 아끼면 조앙신이 기특히 여겨 남편을 살려 보낼 것 같았다. 그 항아리에 쌀을 넣을 때마다 두 손을 비볐다. 밥을 짓기 전마다 행하는 그녀의 의식이었다. 조앙신은 그녀의 기도를 헛되지 않게 했던 것이다.

그녀는 꿈결 같은 남편이 마당에 서 있자 밥을 푸려고 했던 사실마저 잊었다. 뜨거운 눈물이 흘렀다. 이내 눈물은 통곡으로 변했다.

"아이고 복남 아부지. 흑흑흑....."

살아 온 세월이 필름을 돌리듯 빠른 속도로 뇌를 스쳐가고, 그 동안의 수많은 사연들은 가슴에서 핏물이 되어 줄줄 흘렀다. 하느님께 감사하고, 부처님께 감사하고, 천지신명께, 조앙신께 두 손을 비비며 그녀의 통곡은 한참동안이나 이어졌다.

전쟁은 견딜 수 있는 고통을 남기지를 않았다. 그의 순수한 영혼까지 휩쓸어 가버렸다. 총탄이 비처럼 쏟아지던 전쟁터. 눈앞에서 피투성이가 되어 죽어가는 병사들의 시체. 그 시체들을 넘고 넘어 죽이고 또 죽여야 했던 전쟁. 들리는 소리라곤 빗발치는 총성과 수류탄 터지는 소리, 죽어가는 병사들의 신음소리, 악에 받쳐 울부짖는 함성들, 그렇게 상대를 향해 총을 쏘고 또 쏘아 댔다. 죽이지 않으면 내가 죽어야 했다. 살생의 현장에서 살아남기 위해 맹수처럼 용맹해야만 했고 결국 살아남았던 것이다.

하지만 조용하고 품격 높던 예전의 그가 아니었다. 우수에 찬 듯 깊은 눈매는 풀어져 초점을 잃어 공허하게 맴돌고 있었다. 아니, 때론 매의 눈처럼 사나워 보이기도 했다. 조용했던 말투는 누구라도 걸리면 잡아먹을 듯 으르릉 댔다.

사람이 미치지 않고 온전한 정신을 부여잡을 수 있는 한계는 어디까지일까? 감히 가늠도 할 수 없는 아비규환의 암울한 현장에서 멀쩡한 정신으로 버틸 수 있는 강인한 정신력은 어떤 '담'으로 길러져야 할까? 전쟁터란 가상세계에 대한 훈련도 받아보지 않았다. 빗발치는 총성과 수류탄 터지는 소리도 들어보지 않았다.

사람이 옆에서 죽어가는 현장은 더더욱 본 적이 없다. 피비린내도 맡아보지 않았다. 토하지 않고는 못 배길 역겨운 냄새들을 말이다.

"살아 돌아가자. 이기고 반드시 살아 돌아가자."

전우들은 두 주먹 쥐며 맹세했다. 눈에선 핏발이 서고 불길이 화염보다 더 강렬하게 일었다.

폭탄이 바로 옆에서 터지고, 전우들의 몸은 산산조각이 되어 흩어졌다. 진홍색 피와 함께. 주먹 쥐고 했던 굳은 맹서는 진홍색 피와 함께 산천에 뿌려졌다.

슬퍼할 겨를도 없었다. 눈은 폭탄의 메케한 연기로 뜰 수가 없었고, 화약 냄새는 코를 마비시키고 숨조차 쉴 수가 없었다.

눈 앞 펼쳐진 상황은 너무나 비참했고, 살면서 한 번도 느껴보지 못한 공포였다.

"나는 살아야 한다. 기필코 살아서 돌아가야 한다."

그는 히어로였다. 그래서 살아 왔다.

전쟁터의 최전방으로 끌려간 그는 불행한 역사의 상흔 앞에 희생양이 되어 돌아온 것이다. 그의 삶을, 그의 청춘을, 전쟁은 그의 동의도 없이 도둑질해 갔다.

그의 뜰은 아늑하고, 부드러운 바람이 불었고, 순수한 눈을 투영시키는 맑은 냇물은 부족함 없이 흐르는 지상낙원이다. 그렇게 그의 뜰에서 곱게 성장한 그에게 전쟁은 잔인한 상흔만 남기고 그의 뜰을 핏빛으로 채워 놓았던 것이다.

곱게 자란 두 부부는 전조 증상도 없이 찾아온 신의 장난질에 알몸을 내어주며 실험 당했다.

곱게 자란 사람들은 어떤 상황이 놓이면 헤쳐 나가질 못한다. 그리고 보면 부부의 부모님들은 부드러움 뒤에 매를 숨기고 훈육을 했을지도 모른다. 보이지 않는 담금질로 더욱 견고하고 단단한 쇠붙이로 만들어 냈는지도. 훗날 있을, 일어날 일을 대비하여. 일제강점기와 한국전쟁을 한꺼번에 겪은 불우한 시대에 태어난 두 부부는 파란만장한 삶을 그렇게 펼쳐놓게 된 것이다. 마치 승정원일기에나 나올 법한 조선역사 500년의 역사에나 버금 갈 그런 삶을 살아낸 것이다.

그만큼이나 우여곡절을 겪고 세상의 단어로는 표현 못할 상처를 안고 살아가게 되었다.

그런 면에서 아내는 남편보다 더 강했다. 남편은 망가져서 돌아왔다. 신기하리만큼 총탄은 비켜가고 수류탄도 비켜갔다. 잘 피했는지도 모르겠다. 날렵한 몸으로. 현실이 아닌 영화에서도 그런 장면이 잘 나오지 않는가. 불사조처럼 절대 죽지 않는.

몸은 멀쩡했다. 다리를 절지도 않았으며 두 팔도 제자리에 잘 달려 있었다. 손가락 발가락도 잘려 나가지 않았다. 눈, 코, 입이 삐뚤어지거나 찢어지지 않았다. 눈알도 두 눈 속에 잘 들어앉아 있었다.

그러나 오직 정신만이 다쳐왔다. 남편의 정신은 총탄에 피를 흘리고 화약 냄새에 마비되어 돌아왔다. 죽어가던 전우들의 울부짖음을 담고 왔다. 정신을 굳건히 지켜 냈지만, 그래서 살아 돌아왔지만, 그 정신은 전장의 아비규환에 병들어 있었다.

전쟁이 터지기 전, 고단한 몸을 일으켜 첫닭이 울기 전 아내가 손질한 모시적삼을 걸치고 유유자적 한량으로 나들이를 나서는 남편을 홀린 듯 올려보았던 그 때가 좋았다. '임자!' 하고 부르던 그 고요한 바람소리 같던 목소리가 좋았다. 우수 찬 눈으로 말없이 바라보던 눈매가 좋았다. 그렇게 남편은 다정다감하진 않지만 말수가 없는 조용한 사람이었다.

울부짖던 그녀가 돌아온 남편의 몸을 형사가 몸수색을 벌이듯 곳곳을 더듬었다. 하늘같은 서방님의 옥체가 무사한지, 어디 상한 데는 없는지. 남편은 지옥에서 진정 살아 돌아온 사람이 맞는지 더듬어 보았다. 몰골이 사람 몰골이 아니었다. 서둘러 밥을 푸고 상을 차렸다. 변변치 못한 찬을 미안해하며 밥상을 내왔고. 남편은 한 술을 떠는 둥 마는 둥 하더니 잠을 자야겠다고 했다.

그렇게 남편은 몇날 며칠을 죽은 사람처럼 잠을 잤다. 잠을 자면서 괴성을 지르고 창호지 문이 떨어져 나가도록 열어 제치며 뛰쳐나오기도 했다. 식은땀을 줄줄 흘렸다. 알아듣지 못할 말을 중얼거렸다. 남편은 꿈속에서도 아직 전쟁 중인 것 같았다. 공포의 전쟁터에서 죽어가는 전우들을 보았고 포탄소리에 갇혀 점점 다가오는 적군을 향해 정신없이 총을 쏴대고 있는 것만 같았다. 그러다 다시 잠을 자곤 했다. 잠을 자는 게 아니라 풀썩 쓰려졌다. 총 맞은 사람처럼.

그녀는 하늘이 무너졌다. 시아버지가 하늘나라로 홀연히 떠난 날처럼. 하늘이 다시 까맣게 변했다. 천지 암흑이 다시 시작되었고 한 치 앞도 내다 볼 수 없었다.

살아 돌아온, 하늘이라도 날아다닐 것 같던 기쁨은 허탈하게 무너졌다. 어둠이 그녀를 노려봤다.

'넌 행복하면 안 돼.'

저러다 미쳐버리면 어떡하나. 싶어 가슴이 쪼그라들었다.

"아이고, 복남 아부지. 와 그라요, 어째 이라요, 새끼들은 우짜라고 이라요."

그녀의 눈에는 눈물이 마를 날이 없었다. 남편의 혼이 나가기 전 돌려세워야 했다. 저러다 진짜 미치기라도 한다면...... 상상도

하기 싫었다.

셀 수 없는 날을 남편이 제발 온전한 정신으로 돌아오기를 학수고대 하며 기다렸다. 가슴 한 켠에서는 죽었을 거라 포기하면서도 또 다른 가슴은 그 말을 거부했다.

그렇게 기도하고 기도한 나머지 애간장이 다 녹아버릴 즈음 남편의 정신이 서서히 돌아왔다.

그녀는 남편이 잠에서 깨어날 듯 싶으면 필사적으로 흔들었다. 정신 줄을 놓으려는 남편을 흔들고 깨워 그녀 앞에 세웠던 것이다. 그녀의 기도는 절규로 바뀌었고 하늘이 그녀의 그런 절규를 먼발치에서 지켜보았다.

다행히 하늘은 그녀의 절실함을 들었는지 남편의 정신을 돌려세워주었다. 그러나 전쟁터 가기 전의 온전했던 정신까지는 아니었다. 미치지는 않았지만 남편은 술주정뱅이가 되어 갔다.

취하지 않으면 귓전에 울리는 아비규환의 환청들이 계속 들린다고 했다.

전쟁터에서 유린당한 청춘

청 빛깔처럼 빛을 발하던 준수한 그의 외모는 전쟁이 도둑질해 갔다. 그 도둑질은 고발 할 곳도 없었다. 악마의 도둑질을 한낱 미미한 인간이 어떻게, 어디에나 고발 할 수 있을지. 그는 광대한 우주에 떠도는 작은 티끌이었다. 유린당한 그의 청춘은 어디서도 보상 받을 길이 없었다.

전쟁터에서 용맹하게 사력을 다해 싸운 그의 공로는 아무도 모르게 묻혀 버렸다. 나라를 위해 청춘을 오롯이 갖다 바치고 받은 상은 병든 정신뿐이었다.

그 상의 뒤치다꺼리는 온전히 그녀 몫이었다. 남편은 밤낮없이 술만 펐다. 술도가를 차려도 될 만큼의 방대한 양의 술을 퍼고 또 펐다. 남편의 절망 앞에서 통곡만 하고 있을 수 없는 그녀는 오뚜기처럼 일어났다. 수 만 번을 쓰러 뜨려도 다시 일어서는 오뚜기처럼 그녀는 삶에 대고 소리쳤다. 악을 쓰며 덤볐다. 순정적이고 온순했던 그녀는 더 이상 이 세상에 존재하지 않았다. 세상이 그녀를 포악하게 만들었다. 이를 악물지 않으면 살아내지 못하게 만들었기 때문이다. 살인마처럼 이를 드러내며 미소 짓는 섬뜩한 운명의 여신 앞에 절대 고개를 숙이지 않았다. 눈에 불을 켜고 노려보며 속삭였다.

"살아내고 말거야!.."

그렇게 치열하게 하루하루를 살았다. 삶이 그녀를 속여도. 그렇게 살아 시동생들 장가도 보내고 시집도 보냈다.

남편은 술만 푸지 않았다. 허구한 날 주막에 살면서 노름까지 했다. 가세가 점점 기울기 시작했다. 밭을 매고 있으면 다른 이가 이제 우리 밭이라고 나가라 했다. 논에 피를 뽑고 있으면 더 이상 그녀 재산이 아니라 했다. 재산이 그녀 남편의 노름으로 탕진되기 시작했다. 남편은 땅 문서를 노름판에 내걸었다. 땅 문서는 술에 취해 정신을 잃은 사이 다른 손이 채어갔다.

그 많던 땅문서가 장롱 속에서 걸어 나갔다. 가출을 했다. 그리고 다시는 돌아오지 않았다.

항의를 해봐도 그녀의 목만 아팠다. 목에 세운 핏대가 고정하기 위해 세운 고춧대처럼 튀어 올라오도록 울부짖었다. 그래도 남편은 술과 도박을 끊지 못했다.

재산을 잃어갈수록 집안에서는 싸움소리만 커졌고 그러다 남편은 손찌검까지 하게 되었다.

울분을 삼키지 못한 남편은 그녀를 개 패듯 팼다. 남편이 때린 건 아내가 아닐지도 모른다. 그의 영혼을 좀먹은 세상에 대한 분풀이였는지도. 하지만 그녀는 고스란히 그 모든 고통을 온몸으로 받아내고 있었던 것이다.

어떤 책에서 읽었다. 어느 나라나 전쟁은 있고 지배를 당하는 나라가 생긴다. 정권을 잡기 위해 무참한 학살도 서슴지 않는다. 순박한 시골 농부들을 몇 묶어놓고 총살을 시키려 하고 있었다. 눈은 가린 채였다. 방아쇠를 당기려고 하는 찰나 한 병사가 급히 고함을 지르며 달려왔다.

"멈추시오."

묶인 사람들은 반정부 시위자가 아니라는 이유였다. 어떤 사람은 멀쩡했으나 한 사람은 심장 마비로 그 자리에서 죽고 한 사람은 미쳐 버렸다.

두려움이란 그런 것이다. 죽음 순간에 풀린 두려움이 주는 다양한 증세들. 하물며 전쟁을 겪은 그의 가슴이 어떠했겠는가. 그도 그런 전쟁 피해자였다.

깊은 밤 그녀는 술에 곯아떨어진 남편과 자식들을 바라보고 있었다. 달빛이 창호지 문을 뚫고 들어 와 비친 희미한 빛에 비친 자식들은 아무것도 모르고 쌕쌕 잠들어 있었다. 보따리를 움켜진 그녀의 손이 파르르 떨렸다. 눈물이 하염없이 흘렀다. 그놈의 눈물 강은 깊이가 얼마인지 그렇게 흘려대도 마르지가 않았다. 매 맞은 몸은 멍투성이고 잡아 뜯긴 머리채는 산발이 되어 있었다. 흐르는 눈물을 훔치며 그녀는 보따리를 끌어안았다. 싸리문을 나섰다.

발길이 떨어지지 않았다. 찬 하늘에 보석처럼 박힌 별들이 눈물에 아른거리며 퍼져왔다. 밝은 달은 그녀의 도망 길을 환히 밝혀 주었지만 그녀는 선뜻 발길을 옮기지 못했다.

자식들이 그녀 발목을 잡았다. 쌕쌕 고른 숨소리가 그녀 귀를 열었고 그녀 가슴을 데웠다.

그녀는 결국 보따리를 다시 풀었다.

시집올 때 입었던 옥색 치마저고리와 낡고 헤진 한복 한 벌. 그녀의 보따리 안에 들었던.

그렇게 인생에 세 번의 도망 보따리를 싸고 다시 풀었다. 그녀의 발목을 붙잡는 것은 여전히 잠든 자식들의 가엾은 얼굴이었다.

그래도 살아야 한다

그녀의 자식욕심은 남달랐다. 다자녀를 가질 욕심이 아니라 자식에 대한 애착이 남달랐다. 자식에게 주는 그녀의 사랑은 무한대였다. 우주의 넓이도 그녀의 자식에 대한 사랑에는 비하지 못하고 바다의 가늠 못할 깊이도 그녀의 자식에 대한 희생의 깊이를 견주지 못한다.

그녀의 자식에 대한 희생은 숭고했다. 절대적인 존재의 신이 우주를 다 품안으로 끌어안는 사랑을 지녔다 해도 그녀의 희생 앞에선 빛을 잃을 것이다.

그녀의 사랑은 곡식을 영글도록 주는 따스한 태양처럼 강렬했으며 목마른 대지를 적시는 빗물처럼 풍부했다. 저승사자가 찾아와 자식을 위해 목숨을 내노라면 주저하지 않을 것이었다. 자식은 그녀의 생명이었으며 그녀를 숨 쉬게 하는 유일한 이유였다.

그 와중에도 자식은 늘어갔다. 눕혀놓은 자식의 숨소리가 늘어갈수록 쌕쌕거리는 숨소리가 리듬을 탔다. 그 소리는 세상의 소리가 아니었다. 요정의 소리였다. 이슬만 먹고 사는 요정들이 부는 관악기의 음률처럼 곱고 평화로운 소리가 그녀의 가슴을 잔잔히 쓸고 지나갔다.

세상을 여는 땅의 여신 '가이아'처럼 원초적인 모성애의 힘을 유감없이 발휘하며 어머니의 자리를 지켜 나갔다. '어머니는 위대하다.'

재산이 줄다줄다 끝내 집까지 넘어갔다.
노름에 빠진 남편은 집문서까지 들고 노름판에 깔았다.
아버지의 아버지가 살던 집이 허망하게 넘어간 것이다. 둥지마저 뺏기고 그녀는 실신 했다.
설마 했다. 짐승이 아니고서 어떻게 가족이 살 집을 넘긴단 말인가.
"저 인간이 사람이냐!"
비명은 피를 토할 것 같은 구역질로 끝나고 했다.
끝이 보이지 않았다. 시선이 머무는 끝까지 사막이 펼쳐지고 풀포기 하나 자랄 것 같지 않았다. 태양은 마른 몸을 더 태웠다. 타는 목으로 쓰러질 듯 둘러봐도 오아시스는 없었다. 그녀는 절망했다.
자식들하고 살 쓰러져 가는 초가집이라도 장만할 기회라도 줬어야 했다. 폭풍이 몰아치듯 갑자기 닥친 거센 바람은 그녀와 어린 자식들을 사정없이 시린 벌판으로 내몰았다.
어린 새끼들과 길바닥에 나 앉게 된 그녀를 불쌍히 여겨 마음 좋은 유가네서 아래채를 내어 줬다. 곁방살이가 시작되었다. 기구하고 기막힌 인생이었다.
"부자 집이면 밥은 굶지 않고 살 수 있다."
어머니는 중매쟁이의 꼬드김에 외동딸을 시집보냈다. 밥은 굶지 않고 살 수 있다는 어머니의 말에 그런 줄만 알고 시집왔다. 이젠 밥을 굶어야 했다. 굶주리기를 밥 먹듯 해야 하는 상황에 놓인 것이다.

"아이고 어머니, 왜 날 낳으셨소."

그녀의 애달픈 곡소리가 하늘도 울리고 있었다. 산천초목이 울었다. 그녀의 삶은 한 맺힌 눈물로 강을 이루고 바다를 이루어야 하는 기구한 운명이기에 눈물샘은 퍼도퍼도 계속 샘솟아야 했다.

마지막 발악으로 논 두 마지기 문서를 숨기고 숨겼다. 그것마저 찾아 노름판에 내 놓기 위해 남편은 그녀를 밤낮없이 패댔다.

"차라리 내 모가지를 가져가라 이 화상아."

흠씬 두들겨 맞으면서도 그녀는 그 마지막 땅문서를 지켜냈다. 그렇게 억척스런 날이 흘러갔다.

얼굴까지 든 시퍼런 멍이 창피했어도 일을 멈추지 않았다. 새끼들을 먹여 살려야 했다. 자신의 몸이 가루가 난다해도 자식들을 길러내야 한다는 일념위에 아무것도 없었다.

일 년 먹을 양식조차 되지 않았다. 닥치는 대로 일을 했다. 남의 집 품팔이든, 삯바느질이든.

자식들은 누가 돌봐줄 사람이 없어서 아직 본인도 스스로를 책임 못질 어린 나이에도 먼저 태어난 이유로 큰 딸이 동생들을 맡았다.

선택의 여지가 없었다. 죽느냐 사느냐의 극한 상황에 맞닥뜨린 현실을 누가 가르쳐 주지 않아도 어린 것들은 눈치 채고 알았다.

남의 곁방살이가 순조롭지만은 않았다. 좋던 이웃은 눈치를 주는 주인으로 변해가고 주인집 애들은 셋방 애들을 업신여기고 두들겨 팼다.

어린 것들은 아무 죄도 없이 본인이 무엇을 잘 못 했는지도 모르고 매질을 받아야 하는 날이 잦아졌다.

자식을 목숨보다 귀히 여기는 그녀의 눈에 피눈물이 매일 흘렀다.

태양이 뜨고 졌다. 시간은 암울하게 흘러갔다. 그 암울한 시간 위에 철모르는 자식들의 웃음이 수를 놓았다. 그녀에게 주는 보약이었다. 자식들의 웃음은 어둠도 걷어내고 그녀의 아픈 상처도 보듬었다.

웃음이 사라진지 오래인 그녀는 자식들 때문에 간간히 미소 짓곤 했다. 그러나 한숨 섞인 미소였다. 미소를 지으면 뒤따라 가엾은 자식들에 대한 긴 한숨이 새어 나왔다.

곁방살이의 설움이 더해가고 주인집 애들의 학대가 극에 달해도 착한 자식들은 봄날의 보리밭처럼 푸르게 자라났다.

어느새 자식이 넷으로 늘어나 있었다.

셋방은 좁고 다리를 펼 공간조차도 부족했다.

그녀는 강직하고 정직했다. 곧은 성품은 가난에 먹을 것이 없어 혀를 내두르는 자식들도 늘 바르게 인도했다. 남의 물건에 손대는 일은 나쁜 짓이라고 가르쳤다.

'한석봉'의 어머니가 곧았다고 하지만 그녀의 교육철학도 그에 못지않았다.

남에게 손 내미는 일도 없었다. 일가친척이 한 마을에 많이 살았지만 스스로 노력해서 먹고 살았다. 없으면 굶었다. 자식에게 보리 풀죽이라도 한 숟갈 더 먹이기 위해 쪽박 물에 소금 한주먹을 넣어 휘휘 저어 마셨다.

그것은 어쩌면 그녀의 주식이었다. 현기증이 핑 돌때마다 쓰러지지 않게 소금물을 마셨다. 몸을 기계보다 더한 노동에 시달리게 해도 먹을 것은 늘 부족했다.

일가친척 중 제일 부자였던 집이 가세가 기울어 거지 신세가 되어도 누구하나 관심도, 도움의 손길 하나 뻗지 않았지만 사촌 시동생은 달랐다. 목수였던 시동생이 자기 땅을 조금 내어 집을 지었다.

"형수요. 자식들도 많고 남의 접방살이 어떻게 견디겠소. 이 집에 와서 사소."

그녀는 선택의 여지가 없었다. 천대받는 자식들을 위해서 염치 따윈 접기로 했다. 부지런히 돈을 모아 그 집을 사야겠다고 다짐했다. 술주정뱅이 남편에 새끼줄에 엮은 굴비마냥 태어나는 자식들이 있어도 열심히만 살면 못 살 것도 없을 것 같았다.

이사를 하고 자식이 또 태어났다. 다행인지 불행인지 남편은 노름을 접었다. 접었다기보다 재산이 없으니 노름판에 끼워주지를 않았다고 해야 옳을 것이다.

술은 계속 마셨다. 돈이 없으니 외상술을 마셨다. 술에 취한 아버지를 데려와야 하는 것이 자식들의 일과가 되었다. 흔들흔들 '갈 지'자로 걸으며 어디 고랑에라도 쳐 박힐까 그녀는 자식들을 주막에 보냈다. 맨 위 형에게 심부름을 시키지만 형은 가기 싫어 동생을 보내고 또 아래는 아래 동생에게, 결국은 막내가 데리러 갔지만 취한 아버지를 감당하기엔 힘이 부족했다. 그런 날은 어머니의 불호령이 떨어졌다.

부부란 무엇인지 알 수가 없다.

술 취한 날마다 싸우지 않는 날이 없고 남편의 매질에 몸은 만신창이가 되어갔다. 사정없이 내동댕이친 몸은 벽에 부딪쳐 고막을 다쳤고 몽둥이로 맞은 다리는 절기 일쑤였다. 병신이 안된 것만도 다행이었다. 하늘이 그나마 도운 셈이었다. 짐승 같은 매질에도 자식은 계속 태어나는 것을 어떻게 설명해야 할지. 지쳐 쓰러졌을 때 한 행위이니 그녀가 의도 한 바는 아닐 것이었다.

그렇게 당하고도 아직도 갓 새색시 때 바라보던 우러름이 남아 있었던지 다음 날 아침이 밝으면 그녀는 새벽부터 도가지에 생쌀을 갈았다. 몽돌을 이용해 간 생쌀 물을 남편에게 바쳤다. 그 당시 해장으로 생쌀 물이 최고였던 모양이다.

그 작업은 쉽지가 않았다. 불린 쌀은 덜 고소하다고 매일 생쌀을 갈아 남편에게 바쳤다. 팔은 떨어져 나갈 것처럼 아팠으면서도. 잔소리를 쌀 물에 섞어 넣으면서도 하루도 빠짐없이 그 일을 했다. 새벽장사 나가야 하는 날은 날이 어둑할 때부터 일어나 쌀물을 갈아두고는 장사를 나갔다.

그렇게 섬겨 흙으로 빚은 도가지가 닳아가고 단단한 몽돌이 닳아 손에 잡히지 않을 때까지 그녀의 쌀 갈이는 멈추지 않았다. 그녀의 팔은 무쇠보다 더 단단한 것 같았지만 오로지 정신이 뒷받침해 준 것이었다는 걸 오래지 않아 느껴야 했다. 팔의 통증이 심해 잠을 설치는 날이 많아졌다. 팔뿐만이 아니라 전신이. 그녀의 몸은 닳아가는 몽돌처럼 각 기관이 닳아가고 있었다.

다섯째가 태어나고 여섯째가 태어났다.
손서대로라면 잘못 되었다.
딸 아들 딸 아들 딸 그리고 아들이 태어나야 고르게 순서가 맞다.
그리고 모든 자식들이 3년 터울이니 다음에는 3년이 된 시점에 태어나야 하는데 여섯째는 4년 만에 태어났다. 그리고 아들이어야 하는데 딸 다음에 또 딸이 태어난 것이다. 터울이 한 해를 넘기니 그녀는 자식이 더는 안 생길 줄 알았다고 했다. 찢어지게 가난한 살림에 생기는 자식은 반갑지 않을 수도 있다. 입을 늘리는 것은 함께하는 식구들 모두가 생지옥이다. 입에 풀칠도 어려운 시점에 먹을 것을 나눠 먹는다는 것이 어떤 고통일지 상상이 간다. 여섯째 태어난 딸은 순했다. 입을 늘리는 것이 본인 잘못은 아니었건만 별나게 굴면 내다 버리기라도 할까봐 본능적으로 몸을 사리는 것처럼.
먹여주면 먹고, 눕히면 자고, 배가 고파 뱃가죽이 등가죽에 달라붙어야 살기 위해 본능적으로 울었다고 한다. 그 밑으로 막내 아들도 하나 더 태어났다. 여섯째 하고는 순서가 고른 3년 터울로. 그리고 보면 여섯째는 돌연변이처럼 모든 게 특이했다. 태어난 시점이 그랬고 순서가 그랬다.

막내는 별났다. 별나다기보다 병치레를 쉴 새 없이 해댔다. 태어나서부터 골골대던 막내아들은 돌이 지날 무렵부터는 백일기침에 시달렸다. 감기에 한 번 걸리면 백일동안 기침을 해댔다. 그런 별난 동생을 둔 덕에 여섯째는 안중에도 없이 자라났다. 너무 순해 한 식구인지 까먹는 날도 있었다고 한다. 그 어린, 몇 살 때인지도 모를 기억 속에 희미하게 남아있는 장면이 있다.

한밤중에 어렴풋이 잠에서 깼다. 모녀의 목소리였다.

"엄마! 동생 내가 업을 테니 엄마는 한숨 자."

"괜찮다, 어여 자거레이."

"엄마, 이리 주래도. 나도 괜찮아."

"그럼 엄마 쪼깨만 눈 붙이고 일어 나꾸마."

두 사람의 대화에 잠을 깼고 그 대화는 어른이 된 먼 훗날까지도 귓전을 맴돈다.

착하디착한 둘째 딸은 본인도 밀려오는 잠을 밀어내고 엄마 잠을 조금이라도 재우기 위해 동생 업어주기를 자처한 것이다.

고단한 몸을 뉘일 새도 없이 밤이면 해대는 막내아들의 기침과 고통스런 울음소리에 등에 업고서 밤을 꼬박 세웠던 것이다. '당신의 몸도 무쇠가 아닙니다.' 천사는 말했지만 등에만 업으면 신기하리만큼 덜해지는 기침과 새근새근 자는 막내아들의 편안함을 위해 어머니의 희생은 가없었다.

둘째 딸은 그렇게 매일같이 어머니가 잠 한숨도 못자면 쓰러질 걸 알았나 보다.

그 후로도 효녀 딸은 어머니의 잠을 재우기 위해 번갈아 막내

아들을 업어주며 밤을 이겨나갔다. 백일이 지나야 덜해지는 병 때문에.

　속 깊고 어머니에게 더 할 수 없이 다정다감했던 둘째 딸이 있어 어머니는 그나마 힘을 냈을 것이다.

　그 여섯째 딸. 그러니까 딸 중에서 막내딸이 여고생이 될 무렵부터 어머니는 자신의 삶을 푸념처럼 늘어놓았다. 여고생쯤 되면 딸이 대화의 상대가 되던지 어머니의 파란만장했던 삶을 한 조각이라도 이해하던지 해 줄 거라 믿었던 모양이다.

　막걸리를 한 잔하고 취기가 돌면 어김없이 통곡을 했다. 통곡에 곁들여 지난 삶을 읊어냈다. 막내딸을 붙들고 하소연 하는 어머니가 가여우면서도 울음 섞인 푸념소리가 듣기가 싫었다.

　그 기억너머에 어머니가 계신다.

2막

존엄한
희생

엄마의 자리

양철지붕이 쓰러질 듯 얹혀 있는 10여 평의 작은 오두막집이 있었다. 그 오두막집은 수돗가에 앵두나무 두 그루가 있었고 앵두나무는 무성한 가지를 뻗어 장독대와 마당의 반을 거의 덮었다. 집 전체 평수가 30여 평의, 시골에서는 손바닥만 한 집이었다.

수돗가 한쪽으로 차지한 장독대에 항아리들이 줄을 서 있었다. 장독대 끝으로 수챗구멍이 있어 그곳에서 세수를 하거나 모든 찬거리를 장만했다. 씻고 다듬는.

상수도가 생기지 않은 시골은 동네 우물가에서 물을 길어다 날랐다. 윗담 아랫담으로 나뉜 마을은 우물이 두 개 있었다. 주로 윗담 우물에서 물을 길어다 날랐지만 어떤 때는 아랫담까지 물을 길러 가기도 했다. 윗담의 아낙네들이 빨래를 하면서 비눗물이 우물에 튀어 물이 더러워 졌을 때는 아랫담 물을 길어 와야 했다. 아랫담 우물은 비눗물이 튀어 들어가지 못할 만큼 기둥 높이가 높았기 때문이다.

길어다 나른 물은 어른 둘이 들어가고도 남을 대형 항아리에 채워졌다. 많은 식구들이 씻어야 하였고 그 식솔들의 밥을 지어야 하기 때문에 물을 길어다 비축하는 것은 하루일과의 중요한 부분이었다.

어머니는 깨끗한 물을 가져오고자 어둠이 가시지 않은 새벽길 오직 발밑 촉감만으로 물을 길어 날랐다. 우물이 생기면서 빨래를 강가로 하러 다니지 않고 우물가에서 하는 통에 비눗물이 우물로 튀어 들어가기 십상이었다. 비눗물이 묻은 손으로 바가지를 들고 물을 퍼면 어김없이 물이 혼탁해지곤 했다. 어머니는 모두가 쓰는 공동물을 깨끗이 관리하지 않는다고 동네 아낙네들에게 잔소리를 하곤 했지만 모두가 깔끔하고 개념 있지는 않았다.

어머니의 그러한 청결한 성격은 남들이 깨기 전에 밤새 찰랑거리며 채워진 우물물을 퍼다 날라야만 직성이 풀렸다.

물이 샘솟는 한계가 있어 우물은 오후가 되면 바닥까지 내려가 있곤 했다.

그만큼 부지런을 떨어야 물도 충분한 양을 비축할 수 있었다. 고단한 몸에 새벽 3시에 울어대는 첫닭 울음소리를 듣지 못하는 날이면 간혹 늦잠을 자기도 했다. 그런 날이면 어머니는 혼비백산해 허겁지겁 일어났다. 아무리 파김치 같은 몸이라도 일어나자마자 세수를 하고 머리를 빗어 단정하게 쪽지고 움직이는 어머니는 늦잠을 자는 날이면 수건으로 머리를 급하게 가리고 움직였다.

물을 길어 와야 하고 솥에 밥을 앉혀야하고 생쌀을 갈아야 한다. 요즘처럼 전기코드만 꽂으면 저절로 알아서 되는 밥솥이 아니다. 불을 때야 하는 것에 더해 알맞게 불을 지펴야 밥이 타지 않고 누룽지도 알맞게 눌어붙는다. 지키고 앉아 불 조절을 해야 했다. 반찬도 만들어야 하고 국도 끓여야 하고 고구마도 삶아 놓아야 한다. 밥이 되면 그릇그릇 담아 바구니에 앉힌 채 솥에 다시 넣어놔야 식구들이 챙겨 먹는다. 누룽지는 긁어 솥 안에 그대로 두면 남은 불씨가 온도를 유지해 줄 것이었다. 그 숭늉 물 위로 기다란 나무 주걱을 가로로 놓고 밥그릇이 담긴 바구니를 위에 얹는다. 잠에서 깬 식구들은 잠을 쫓아내며 서둘러 지은 어머니의 따뜻한 밥을 먹고 하루를 보낼 것이다. 어머니의 부지런함은 식은 밥을 먹이는 법이 없었다. 늘 새 밥에, 새 찬거리에, 새로 끓인 국이었다. 찬도 없었지만 한 가지라도 정성과 사랑이 담겨 식구들은 살쪄갔다.

밥그릇이 정해져 있었다. 아버지 밥에는 쌀이 제일 많이 섞여 있었다. 당시는 사회 환경이 아들 선호 사상이 강했던 탓인지 아들들 밥에도 쌀이 제법 담겨있었다. 하지만 딸들의 밥그릇에는 쌀 톨 찾기가 수를 셀 정도였다.

어머니의 위장은 늘 남은 찬밥과 반찬들을 처치하는 청소부였다. 한 알의 밥알도 수챗구멍을 통과하지 못했다. 어머니는 부엌에 쪼그려 앉아 제일 나중 푼 보리밥 한술을 뜨고 서둘러 장사를 나갔다. 마지막 푼 보리밥은 물컹하고 물기가 많아 제일 맛이 없는 밥이었다. 마지막 푼 밥은 언제나 어머니 차지였다.

여섯 살짜리 계집아이가 수돗가에서 물장난을 하고 있었다. 때는 앵두 잎이 무성했으니 여름으로 치닫는 중이었을 것으로 짐작만 한다. 겨울 포대기를 허리에 칭칭 감고 놀이에 열중하고 있었다. 그 많은 식구는 어디가고 혼자 놀았는지 그것까지는 모른다.

내가 기억하는 최초의 선명한 기억이다.

여섯 살 어린 계집애가 보호자도 없이 혼자 놀아야 했던 것은 차라리 다행한 일이다. 그것도 막내 뻘로 태어났으니 호사를 누리는 일인지도 모른다.

훗날 들은 얘기지만 나는 태어난 시점이 애매했다. 어머니의 등 뒤에 업히는 건 꿈도 못 꿀 일이었다. 낮에는 장사에, 품앗이에, 들일에, 밤에는 삯바느질에 닥치는 대로 일을 해 가족을 먹여 살려야 하는 어머니의 등에, 업히는 시간은 허락되지 않았다. 어린 나는 언니들의 등을 어머니 등 삼아 컸다고 했다. 언니들은 동생들 때문에 초등학교를 거의 반도 못 다녔다고 했다. 너무나 학교에 가고 싶은 큰언니는 동생을 업고 학교까지 갔으나 빽빽거리고 우는 통에 교실에서 쫓겨 나와 창을 통해 고개를 빼고 수업을 듣는 날이 많았다고 했다.

그렇게 배운 한글이 맞춤법 하나 틀리지 않았다. 더하기, 빼기, 곱하기도 너무나 잘 한다. 그렇게 천재머리를 운명은 왜 그토록 하고 싶은 공부도 못하게 잔인했던지.

매일 수업을 빼먹을 수는 없었다. 졸업장을 따려면 최소 출석은 해야 했다. 그런 날이면 어머니는 갓난쟁이인 나를 재우고 들에 나가셨다. 호미질에 시간 가는 줄도 모르고 일을 하고 점심 무렵이 되어 집으로 돌아오면 잠에서 깬 어린 것은 엉금엉금 기어 나와 마당가에 있는 거름 무더기에 뒹굴어 닭똥을 뒤집어쓰고 다시 잠들어 있었다했다.

얼마나 울었는지 눈물과 콧물과 닭똥이 범벅이 되어 뒤집어

쓴 채로. 울다가 지쳐 쓰러져 있었다는 것이 맞는 표현이다.

당시 집은 마루를 높이 올린 탓에 마루와 죽담의 높이가 60여 센티미터로 상당히 차이가 났다.

기어 다니는 아기가 떨어지면 크게 다치거나 죽을 수도 있는 높이였다.

"삼신 할매가 돌봤다!"

기암을 한 어머니는 감사의 눈물을 흘리며 어린 딸을 씻기고 젖을 물렸다.

설마 방문을 밀고 마루까지 기어 나오리라고는 상상도 못했었나 보다. 너무 순해 잠에서 깨었어도 방에서 울든 불든 할 거라 여겼을 것이다. 그 다음 부터는 밖에서 방문을 잠그고 나가거나 아예 업고 가 논두렁에 눕혀 놓고 김을 매거나 했지만 독뱀이 기어가 아기를 물까봐 일에 전념할 수가 없었다.

어머니가 장사 나가고 없는 날은 언니 등에 업혀 배가 고파 울어댔다. 언니는 울어대는 동생을 어르다 못해 이웃집 아주머니께 젖동냥을 갔다. 본인도 젖먹이가 있는 아주머니는 참으로 선량하고 마음이 좋은 분이었다. 자신도 보호를 받아야할 어린 것이 동생을 업고 젖동냥을 하러 온 것을 매정하게 내치지 못했었나 보다. 측은지심이 부처를 닮은 분이었다.

옛 속담에 젖먹이가 있어 젖을 나누어 먹이면 자기 자식이 훗날 배를 곯는다하여 젖을 나눠주길 꺼린다고 한다. 자기 자식이 배를 곯는다는데 누가 흔쾌히 젖을 나눠 주겠는가. 그러하니 그 아주머니를 부처라 아니할 수 없다.

산모가 충분히 영양 공급을 해야 젖이 풍부하게 나오지만 당시 보릿고개에 먹을 것이 부족해 자기 자식에게 물릴 젖도 부족했던 시절이다. 그런데도 불구하고 언니가 동생을 업고 가면 젖을 물리던 자기 자식도 밀쳐놓고 젖을 빨렸다.

언니 등에 업혀 젖동냥으로 키운 날이 어머니 젖을 먹고 큰 날보다 많았다. 그 아주머니가 베푼 은덕이 하늘을 감명시키고도 남았다.

어머니는 장사 가는 날이면 첫 새벽에 젖을 물리고 큰 딸을 깨워 동생을 맡기고는 몇 시에 동구 밖 그늘나무로 나와 있으라고 타일렀다. 시계도 없던 시절 시간개념이 없던 언니는 아예 동구 밖 그늘에서 동생을 업은 채 하염없이 어머니를 기다렸다. 기저귀가 요즘처럼 방수 처리가 잘된 기저귀도 아닌 헌옷가지를 찢어서 만든 기저귀라 등에서 오줌을 싸면 언니 등으로 뜨뜻한 액체가 느껴지고 어떤 때는 언니 등을 통해 바지까지 오줌이 타고 흘렀다. 어머니를 기다리는 어린 마음이 애달팠을 것이다.

어머니는 새벽 젖을 물리고 배가 등가죽에 붙었을 갓난아기에게 그동안 불은 젖을 그늘나무 아래서 물렸다. 세 모녀의 길고 긴 기다림의 시간이 그렇게 합쳐지곤 했다.

큰언니는 동생이 태어나는 걸 싫어했다. 어디 도망이라도 가고 싶어 했다. 가족을 먹여 살려야 하는 어머니의 억척스런 삶에 동승자로 태어난 언니의 인생도 구구절절했다.

내가 태어난 시점부터는 동생이 쳐다보기도 싫었다. 위의 동생들은 그럭저럭 삼촌이나 고모의 등에서 자라고 키워졌지만 밑의 동생들은 언니의 등에서 자라났기 때문에 진저리를 칠만했다. 나까지는 그래도 참을 만 했다고 한다.

"니 동생이 또 태어났다."

학교에서 돌아온 언니에게 아버지의 말은 억장이 무너졌다. 그 말이 너무나 듣기 싫고 그렇게 아버지가 미울 수가 없었다고 한다. 그렇게 동생들을 어머니 대신해 반이나 키운 언니는 시집을 가서도 일의 그늘에서 벗어날 수 없었다. 딸은 어머니의 인생을 닮는다 했는지 언니 역시 지지리도 가난한 집안의 맏며느리로 어머니의 기구한 인생만큼은 아니지만 반쯤은 닮은 채로 살아가게 되었다.

언니의 시부모님은 호인이었고 남편 또한 성실했기에 고생은 오지게 했어도 마음고생은 어머니의 삶을 닮지 않아 다행이라면 그 중 다행이었다.

그렇게 어머니와 언니의 희생의 세월에 막내딸로 태어나 6살이 되어 혼자 노는 것은 당연하면서도 복에 겨운 일이었다.

겨울 포대기를 꺼내서 물에 적셔 놓으면 어머니에게 혼이 날 것이다. 그런 것을 인지하기엔 나이가 너무 어렸다. 혼자 마음껏 물장난을 하는 것이 재미있었다. 꾸중을 듣는 것은 그 다음 일이었다. 세탁기도 없는 시절에 빨래를 자꾸만 적셔 놓으면 잠잘 시간도 부족한 어머니는 난감했을 것이다.

6살이 되던 무렵 나라에서는 새마을 운동이 전국적으로 일어났다. 범국민적인 지역사회 개발운동이 일어난 것이다. 어린 나는 언니, 오빠들을 따라 신작로로 나갔다.

산길을 둘러 길이 나 있었고 그 길은 집에서 읍내까지 상당한 거리였다. 5일장을 보러 장에 가려면 그 먼 길을 돌아 2시간씩 걸어서 장을 봐야했고 머리에 이고 등에 짊어지고 다시 2시간을 걸어 집에 돌아와야 했다.

그 빙 두른 길을 반듯하게 내는 새마을 운동이 일어난 것이다. 없는 길을 새로 내는 것은 쉬운 일이 아니었다. 지금처럼 훌륭한 장비가 없던 시대에 오로지 사람의 손과 발이 장비가 되어 흙을 파고, 길을 내고 다듬고, 돌을 깨어 자갈을 깔아 길을 튼튼하게 만들어야 한다. 일은 중노동이었다.

나라에서 내려온 지시는 곧 법이었다. 그 법을 어길 사람은 아무도 없었다. 집집마다 나온 사람의 인원을 파악했던 걸로 안다. 나라를 살기 좋게 하기 위함이라고 불평하는 사람도 없었다. 눈 달리고 코 달린 사람들은 죄다 새마을 운동에 앞장섰다. 새벽이면 마을에는 요란한 음악이 틀어졌다.

'새벽종이 울렸네 새아침이 밝았네 너도 나도 일어나 새마을을 가꾸세'

경쾌한 음악이 앰프를 타고 울리면 활기찬 아침이 열리고 너도 나도 신작로로 무리를 지어 나갔다. 망치로 돌을 깨고 그 돌을 길에다 까는 부역이 날이면 날마다 이어졌다.

돌을 깨고 그 돌을 망태나 거름 소쿠리에 담아 머리에 이어다 나르는 작업을 나는 하지 못했다. 그저 언니 오빠들을 따라 부역에 참여했을 뿐이다.

나보다 네 살이 많은 바로 위의 언니는 일을 잘 했다. 어린 나이에도 다부지고 부지런했다. 부역에 나가서도 몇 살 차이가 나지 않건만 언니는 한 몫을 단단히 해냈다. 구역이 나뉘고 그 마을 앞은 그 마을 사람들이 책임지고 길을 내야 했다.

새벽에 '한 시간씩 덜 자고 부지런히 일하자' '부자로 살자'는 취지는 온 나라를 뜨거운 애국애로 물들였다. 그렇게 어느 신작로가 반듯해지고 길이 뚫렸다. 어른부터 조무래기까지 이어진 땀과 수고가 박힌 부역이 이루어 낸 결과였다.

새마을 운동 덕분에 읍내까지의 거리는 딱 절반이 줄어들었다. 얼마 지나지 않아 버스도 다녔다.

빼앗긴 들에도 웃음은 핀다

먹을 것이 부족해 혀를 내두르는 자식들에게 풍족하진 않지만 조금이라도 잘 먹이고 싶었던 어머니는 산비탈을 깎아 만든 밭에 소작농을 하기 시작했다. 죽도록 일해서 걷어 들인 작물을 절반이나 땅주인에게 주어야 한다. 소작농이라도 하지 않으면 자식들에게 먹일 것이 더 없었기 때문에 '울며 겨자 먹기'로 선택한 것이다. 그 밭에 고구마며 감자며 콩 등을 심어 자식들에게 먹였다. 기름지고 위치가 경작하기 좋은 땅이었으면 소작으로 내놓지도 않았을 땅이다. 산 몽당에 위치한 밭은 한 번 다니려면 등산을 해야 했고, 거두어들인 작물을 집까지 운반하는 일 또한 쉽지 않았다.

다 떨어진 미끄러운 고무신을 신고 산비탈을 오르내리며 죽어라 밭을 매고 씨앗을 뿌렸다. 자식들 입에 음식을 넣어줄 일념 하나로.

아버지는 지게에 거름을 져다 날랐다. 지금까지 힘든 일을 해본 적이 없다. 설사 할아버지를 도와 조금의 일을 하였더라도 넓은 들판, 다니기 좋은 위치에 있던 땅이었다. 산비탈에 위치한 밭에 거름을 져다 나르는 일이 쉬운 일은 아니었다. 자연히 투덜거리고 한숨이 새어 나왔다.

그러면 어머니의 잔소리가 첨탑처럼 뾰족이 날아들었다.

"지척에 있는 전답은 모두 노름으로 탕진하고 이제와 게으름 부리는 기 말이나 되나, 이기라도 부지런히 갈아 묵어야 자슥들 입에 풀칠이라도 시키제."

　그렇게 거름을 주고 자식을 키우듯 정성을 들인 결과 밭은 비옥한 땅으로 변하고 씨앗을 뿌리면 땅속에서 잘 영글었다. 뿌리마다 탐스럽고 먹음직스러운 고구마나 감자가 줄을 타고 올라왔다.

　작물이 영글어 거두어들일 시기가 되면 소쿠리에 담아 머리에 이고 수십 번을 오르내려야 했다. 고무신은 자꾸만 미끄러져 벗겨지고 내리막길에 앞도 보이지 않아 고꾸라지길 헤아릴 수 없었다. 소쿠리에 든 작물을 엎지르지 않기 위해 살이 까지고 피가 나도 필사적으로 소쿠리를 안전하게 지켜냈다. 미끄러지면서 순간 소쿠리를 놓치는 날이면 고구마나 감자 등이 내리막길을 타고 신나게 굴러갔다. 원망스런 작물들이 둥글어 멈추는 법이 없었다. 약이라도 올리듯, '나 잡아봐라'는 놀이처럼. 오로지 자식들 먹일 생각에 굴러가는 고구마며 감자를 잡으러 내달리다 고무신은 어디에서 벗겨졌는지 모르고 발은 흙발이 되고 돌부리에 채여 피가 나거나 멍이 들었다.

　아버지가 지게로 한 번 져다 나르면 양이 푹 줄어들어 편했다. 남자의 힘이란 그런 것이다. 그렇게 거둔 고구마를 작은 방에 만든 뒤주에 보관했다. 고구마는 추운 것을 싫어한다. 얼도록 버려두면 먹지를 못한다. 좁아터진 작은 방에 반이나 자리차지를 하는 뒤주가 있어도 행복했다. 삶지 않고도 생으로 아작아작 씹어 먹으면 세상 부러울 게 없었다.

물론 어머니는 고구마를 가마솥에 한 솥 삶아 놓았다. 먹을 때는 배부르게 먹게 하는 것이 어머니의 생활 신조였다. 아무리 가난했어도 맏며느리인 어머니의 손은 큰손이었고, 통도 배포도 두둑했다.

새벽 장사를 나가기 전 어머니는 자식들 먹일 고구마를 삶아 놓고 나갔다. 잠도 부족했을 어머니. 첫새벽에 집을 나서야 하는 어머니가 언제 고구마를 삶아놓았는지. 신의 손이 아닐 수 없고 철의 여인이라 아니할 수 없다. 오로지 자식들 생각뿐이었다. 우리는 가마솥에 삶겨있는 고구마를 먹기 위해 가마솥 뚜껑이 닳도록 열고 닫았다.

커 갈수록 나와 작은 오빠는 고구마를 가려 먹었다. 손가락으로 꾹꾹 눌러 말랑말랑한 고구마만 꺼내 먹었다. 말랑한 고구마가 훨씬 달았기 때문이다. 꿀을 발라 놓은 것처럼 단 고구마를 먹기 위해 고구마마다 손가락 자국을 내지 않은 것이 없었다. 바로 위의 언니는 나보다 백배쯤이나 더 순했다. 우리가 눌러 놓은 고구마를 언니는 가리지 않고 아무거나 죄다 먹었다.

그 언니는 고구마를 무척이나 좋아했고 지금도 여전하다.

고통은 지나가게 되어 있고 '빼앗긴 들에도 봄은 오듯'이 어머니의 얼굴에도 웃음꽃이 피는 날이 많아졌다. 아니 원래 어머니는 유쾌한 성격의 소유자였다. 그늘이 없는 분이었다. 긍정의 산유물이었다. 낙천적이었다. 노랫가락을 좋아했고 덩실덩실 춤추기를 즐겼다.

한번 웃으면 웃음이 끊이질 않았다. 어찌나 통쾌하고 유쾌하게 웃는지 옆에 있는 사람이 따라 웃지 않고는 배기지 못했다.

그런 어머니의 웃음을 파란만장했던 삶이 가두어버렸고 온순했던 성격을 포악하게 만들어 버렸다.

그러나 악마는 어머니를 이기지 못했다. 어머니의 천성이 밝은 등을 늘 켜놓고 있었으므로. 짓궂은 운명이 그 등을 폭풍으로 꺼버려도 어머니는 다시 자랄 때의 온유함을 살려 등불을 켰다. 가두어 놓은 웃음을 다시 구출했다.

한 마리 잠자리가 손등에 앉아도 쫓아버리지 않고 잠자리 스스로 날아가게 두었던 성품이다. 메뚜기 한 마리도 잡아 구워 먹어 본 적이 없다. 단백질이 부족한 그 옛날은 메뚜기, 개구리 등을 수시로 구워 먹었다. 어머니는 시골에 살면서도 뱀이 기어가도 기겁을 하며 도망쳤다. 마음 약한 어머니는 살생을 꺼렸고 한 송이의 꽃도 사랑했다.

작은 시골집은 장독대를 따라 노란 꽃이 울타리를 이루고 있었다. 집을 들어서면 싸리문 옆으로 키다리 노란 꽃이 먼저 반겼다. 작은 마당은 어머니가 심어 놓은 꽃으로 나비가 날아들고 벌들이 윙윙거렸다. 앵두나무에 하얀 꽃이 피면 작은 오두막은 꽃 속에 묻히곤 했다.

어머니는 천 만 개의 슬픔을 한 개의 기쁨으로 지워내는 현인이었다. 그런 어머니의 무한한 긍정과 에너지를 받으며 곧고 바르게 자식들이 성장했고 어머니의 희생은 헛되지 않았다.

어머니는 세상 어느 성인과 견주지 못할 어진 사람이었다.

유년의 지푸라기

나는 공부를 곧잘 했다. 누가 가르쳐 준적이 없는데도 불구하고 6살부터 어깨너머로 배워 한글을 모두 터득했다. 더하기 빼기도 마찬가지였다. 그런 까닭에 형제 모두가 나를 예뻐했다. 딸 중 막내라고 막내 남동생과 함께 막내 서열에 끼워 넣고 보살핌을 받았다.

명절이 되면 객지에 있던 언니 오빠들이 돌아왔다. 집안은 웃음소리가 났고 어머니의 웃음소리도 담장을 넘었다. 너무나 행복한 날이었다. 오빠들은 집안 어른들과 성묘를 갔다. 사뿐한 발걸음으로 오빠들을 따라 나섰다.

"지집애가 어디를 따라 나서냐."

엄마는 말렸지만 오빠는 구태여 나를 데려가기를 고집했다. 어디든 데리고 다니고 싶어 했다. 그만큼 오빠들도, 언니들도 나를 귀여워했다.

할아버지, 할머니 묘는 마을을 하나 지나야 있었다. 북쪽으로 난 신작로를 따라 오리를 걸으면 선산이 있었다. 아버지가 노름으로 넘겨버린 선산에 자리한 조상의 묘였다. 마을을 벗어나자 커다란 바위에 '퇴비증산'이란 붉은 색의 글이 적혀 있었다. 한글을 모두 깨친 터라 그 글자를 바로 알았다.

오빠는 그 글을 읽으면 오백 원을 주겠다고 했다. 당시 수줍음이 많은 촌뜨기인 난 입안에서 맴도는 그 글을 끝내 목소리로 내지 못했다. 두고두고 후회되는 일 중의 하나이다.

오빠는 집안 어른들에게 여동생의 영특함을 뽐내고 싶었을 것이다. 당시의 큰 액수인 오백 원을 상금으로 걸었던 걸 보면. 집에 돌아와서 큰 소리로 '퇴비증산'을 외치고 다녔다. 하지만 오백 원은 물거품이 된 후였다.

유치원이라고는 생겨나지도 않은 세상에 초등학교에 들어가야 기역 니은을 배우고 1,2,3,4를 배웠다. 자음 모음을 익혀야 완성된 한글을 차례대로 배워 나갔다. 그런 상황에 6살짜리가 한글을 줄줄 읽었으니 집안에서 기특히 여기지 않을 수가 없었다.

그렇게 세월은 많은 사연을 우리 인생에다 남겼다. 모래알갱이보다 많은 사연은 어머니의 눈물로 거의 채워졌으며 반면 눈물은 희생의 보석이 되어 자식들의 앞길에 깔아주는 레드카펫이 되었다. 7살이 지나고 8살이 되면서 초등학교에 입학했다. 나보다 바로 위의 언니는 4학년으로 올라갔다. 여름 뺀 나머지 계절은 목욕이 연례행사다. 목욕탕도 없고 따뜻한 물은 가마솥에 데워서 써야 한다. 명절이 되어야만 어머니는 양지바른 죽담 귀퉁이에서 자식들의 찌든 때를 불려 씻어냈다.

그날은 명절 앞날도 아니었다. 가마솥에 물이 데워졌다. 길어다 쓰는 물이 한 가마솥이나 되었다. 어머니는 나를 불러 따뜻한 물이 채워진 다라이(대야)에 들어앉게 했다. 영문을 몰랐다.

시킨 대로 들어앉자 어머니는 따뜻한 물을 연신 몸에 끼얹었다. 입춘이 지났다고 하지만 냉기가 온 몸을 파고들어 떨리는 통에 이가 딱딱 마주쳤다.

햇살이 곱게 퍼진 한낮이라도 한데서 씻는 통에 냉기를 막아서진 못했다.

"아이고 때 봐라 이."

어머니는 밀려 나오는 때를 한손으로 밀며 한손으론 물을 계속 몸에 끼얹었다.

조금이라도 덜 춥게 하려는 어머니의 손놀림은 예의 그 신의 손놀림이었다. 그렇게 씻기고, 헹구고, 말끔해진 딸을 흡족히 바라보는 눈에서 꿀물이 떨어졌다.

하룻밤이 지나고 다음 날이 밝았다. 눈을 뜨면 보이지 않던 어머니가 이틀을 집에 있는 것은 기적 같은 일이다. 어머니가 있다는 사실이 너무 좋았다. 이제 새벽이면 생선 함지박을 이고 동네마다 외치며 다니지 않을 것 같았다. 살면서 아침잠을 어머니의 목소리로 깨운 적이 있었던가. 어머니의 목소리로 잠에서 깬 아침이 너무 좋았다.

꿈을 꾸듯 어머니가 차려 준 아침을 먹고 챙겨 둔 옷을 입었다.

둘째 언니가 객지에서 보내 준 원피스였다. 난생처음 흰 스타킹을 신었다. 팬티가 달린 흰 스타킹을 태어나 처음 보았고, 처음 신어봤던 날이다. 그래서인지 잘 들어가지가 않았다. 어머니도 그런 물건을 처음 신겨 봤던지라 한참을 씨름한 끝에 겨우 신길 수 있었다. 서울에 있던 둘째 언니가 옷이며, 가방이며, 운동화며, 학용품을 사서 보내온 것이다. 서울 아이들은 흔히 신는 스타킹을 촌이라 처음 구경했던 신기한 물건을.

가방은 100여 명의 학우들 중 3명만 들고 있었으며 운동화도 3명만 신었었다. 스타킹을 신은 친구는 한 명도 없었다. 언니들의 희생으로 시선을 끌고 부러움을 사는 공주가 된 것이다.

둘째 언니는 정이 많았고 동생들을 끔찍이도 아꼈다.

바로 위의 언니도 나처럼 똑 같이 장만을 해서 보내와 우리 자매는 학교에서 부러움과 시기의 대상이 되었다.

어머니도 그날은 꽃단장을 했다.

장롱 깊이 아껴두었던 옥색 치마저고리를 꺼내 입었다. 낡아 질질 끌고 다니던 검정고무신도 그날만은 신지 않았다. 눈부시게 씻어 놓은 흰 고무신을 신었다. 동백기름을 발라 쪽진 머리는 햇빛아래 윤이 났다.

어머니의 볼은 복사꽃처럼 상기되어 있었다.

"와! 우리 엄마 애쁘다."

살며 처음 보는 어머니의 꽃단장이었다. 딸은 순결한 어머니의 자태에 넋을 잃고 한참을 쳐다봤다. 어머니가 미소 짓고 있었다. 어머니도 여자였다.

분칠을 하지 않아도 곱디고운 어머니를 우러러 보며 선녀 같다 생각했다.

어머니는 분가루를 살 돈이 없었다. 동백기름만은 명절이나 대소사 때 발랐다. 부스스한 머리를 단정하게 빗어야 하기 때문에 동백기름을 장만하는 것이 어머니 최고의 사치라면 사치였다.

어머니의 손을 잡고 동네 입구에 있는 초등학교로 향했다. 왼쪽 가슴에는 손수건이 핀으로 고정되어 있었다. 세로로 길게 접은 손수건이었다. 코 닦는 손수건을 입학식이면 모두 달고 왔다. 꼭 챙겨야하는 준비물처럼.

옛날 아이들은 코를 많이도 흘렸다. 병원이 없었고 감기가 걸리면 자연적으로 나을 때까지 누런 코를 흘리며 다녔다. 코가 흘러내려도 닦을 생각조차 없었다. 후루룩 코를 들이마셨다. 코를 후비며 코딱지를 떼어 먹는 아이들도 많았다. 아니, 거의 다가 그랬다. 짭짤한 코딱지 맛을 안본 애들은 거의가 없을 것이다. 들이켜도 쉴 새 없이 흘러나오는 코가 귀찮으면 그때야 소맷부리로 코를 쓱 닦아버렸다. 소맷부리는 닦은 코로 때와 함께 딱딱하게 굳어 있었으며 반질거렸다.

어머니는 몸이 열 개라도 모자라는 바쁜 와중에도 그 꼴을 못 봤다. 어느새 훔쳐내고 씻기고 또 닦고. 그런 열성에 자식들은 다른 집 자식보다 코 맛을 덜 봤을 게 분명하다.

어머니의 손이 닿지 않는 시간 뺀 나머지는 어머니의 손에 코는 닦여 나갔다. 그런 어머니의 부지런함 덕분에 자식들은 근동에서 제일 깨끗한 차림으로 다닐 수 있었다.

가는 내내. 아니, 그 이전 일주일 전부터 틈만 나면 어머니는 타이르고 타일렀다.

"옥아! 핵교가서 니 이름 부르면 예! 하고 큰소리로 대답해야 한다 이, 씩씩허게 알았재?"

운동장에서 입학식을 마치고 각 교실로 들어갔다. 100여 명이 었고 두 반으로 나뉘었다. 학부형들은 모두 교실 뒤에 서 있었고 일주일 동안 타이른 출석이 불려졌다.

　어떤 아이는 씩씩하게, 어떤 아이는 목소리가 기어 들어갔다. 그럴 땐 어머니들이 대신 대답을 했다. 내 이름이 불려졌다.

　"예! 여기 있심니더. 하하하하하."

　어머니의 목소리였다. 유쾌한 웃음과 함께 어머니의 목소리가 교실에 울려 퍼졌다. 시선이 일제히 뒤쪽으로 몰렸다. 내 대답은 어머니의 대답 속에 묻혀 들리지도 않았다.

　"아! 예....."

　담임선생님이 따라 웃었다. 교실은 순식간에 웃음바다가 되었다.

　나는 창피했다. 지금은 같이 웃으며 박수라도 치겠지만 그 때는 쥐구멍이라도 들어갈 것 같았다. 그렇게 입학식을 마치고 집에 돌아오면서 나는 투덜거렸다.

　"엄마는 나보고 대답 잘 하라 해놓고 와 엄마가 대답하는데."

　나는 자신 있었다. '퇴비증산'을 목소리를 못 내어 오백 원을 날렸던 그 때의 6살짜리가 아니었다. 부끄러움을 많이 타도 어머니를 기쁘게 해드리고 싶어 심호흡을 했다. 드럼 치듯 두드려 오는 가슴의 쿵덕거리는 소리도 가뿐히 이길 수 있었다. 그리 다짐했는데.

　자식 입학식 날 꿀리지 않게 단장한 어머니는 단연 최고로 눈에 띄게 고왔다. 언니 덕택에 대도시의 패션으로 차려 입은 나와 어머니의 행차는 모든 시선을 잡아 당기기에 충분했다. 다만 대답을 내가 하도록 기다렸어야 했다. 그때 생각은 그랬다.

　창피해서 고개를 자꾸 땅으로 박았지만 지금은 나를 대변할 어머니의 목소리가 그립다. 아니, 대변하지 않아도 잔소리라도 한 번 들을 수 있으면.

그렇게 입학식의 출발점을 넘어 학생이 되었다.

학교생활은 재미있었고 공부도 재미있었다. 학교에서 돌아오면 책가방을 던져놓고 책을 꺼내 들었다. 시험을 치렀고 '통지표'는 우수했다. 그때는 성적표를 통지표라고 했다.

그런 반면 위의 언니는 공부를 못했다. 장사 나가고 없는 어머니를 대신해 밥을 차리고, 설거지를 하고, 물을 길어다 나르고, 빨래도 간간이 도왔다. 언니는 손끝이 야물었다. 위의 언니들이 객지로 나가면서 셋째 언니가 집안일을 거의 도왔다. 들일, 밭일, 삯바느질에 장사까지 닥치는 대로 일을 했던 어머니는 언니가 조금 자라면서 언니에게 집안일을 시키기 시작했다. 언니 스스로도 일을 도우려 했다.

형제 중에 제일 순했던 언니는 어머니가 죽으라면 죽는 시늉이라도 했다. 너무 순해서 바보 같았다. 어느 누가 뭐라 해도 성내는 법이 없었다. 그렇게 집안일을 도와야 했던 언니는 공부할 시간이 잘 주어지지가 않았으며 공부에 흥미도 별로 없었다.

통지표를 받는 날이면 나는 칭찬을, 언니는 꾸중을 들었다. 한 번은 언니가 통지표를 보여주지 말자 했다. 아버지 도장을 받아가야 했기 때문에 통지표를 아버지에게 보여주지 않으면 안 되었다. 언니의 간곡한 부탁에 나는 언니 말대로 했다. 아버지는 귀신처럼 알고 있었다. 통지표를 챙겼고 아버지 몰래 도장을 찍으려 했던 계획은 틀어졌다. 언니는 어김없이 꾸중을 들었다.

얼마나 내가 미웠을까. 하지만 순한 언니는 동생을 미워하지 않았다.

나는 언니가 좋았다. 바로 위의 언니와 학교 다니는 것도 좋았고, 함께 하는 모든 시간이 좋았다. 우리는 죽도 잘 맞았다. 책가방은 부잣집 애들이나 매고 다녔고, 운동화도 마찬가지였다. 전교생 중 몇 명이 되지 않았다. 우리 학년에서도 3명밖에 없을 정도로 귀한 가방을 그때는 복인지도 모르고 책 보따리를 차고 다니고 싶었다. 남이 가방이나 운동화를 부러운 시선으로 바라보는 것처럼 우리도 보따리에 책을 넣고 허리춤에 차고 다니는 것이 부러웠다.

남학생들은 어깨에 세로로 걸치고 여학생들은 허리춤에 차고 다녔다.

"복에 겨워 씰데 없는 소릴 지껄이네."

어머니에게 보따리 얘기를 했더니 일축했다.

우리는 공모자가 되어 보따리를 가방에 숨겼다. 싸리문을 나서자마자 숨겨온 보따리에 책이며 학용품을 싸고 가방은 담장 너머로 휙 던져 버렸다. 언니는 야무지게 둘둘 말아 쌌지만 나는 서툴렀다. 언니는 내 것까지 야무지게 싸서 허리춤에 묶어 주었다. 둘은 손을 잡고 깔깔거리며 등교를 했다.

해보고 싶었던 짓을 해본 것까지 좋았다. 뒤에 닥쳐 올 일은 미처 생각하지 못했다. 미끄러운 보자기가 익숙하지 않았던 나는 그날로 책받침이며 필통을 잃어버렸다. 교실에서 흘린 것을 누가 가져가 버린 것인지, 책상서랍에 있던 걸 누가 가져가 버린 것인지 분간을 할 수 없었다.

지금 같으면 수업이 파하기 전 담임에게 말했다면 도둑을 잡을 수 있었을 터인데 순진하고 순했던 나는 그런 것까지 생각하지 못했다. 머릿속이 하얗게 되고 어머니에게 꾸중들을 일이 막막했다. 당시의 가난은 손에 잡히지도 않는 짧은 몽당연필도 침을 묻혀 꾹꾹 눌러 쓰곤 했던 때다. 책받침이며 필통에 든 긴 연필들과 지우개를 다시 장만해 주기는 하늘의 별따기 만큼 힘들었다. 그만큼 학용품이 귀했던 시절이다.

필통도 책받침도 나만 갖고 다녔다. 나만큼 잘 갖추고 학교 다니는 동무가 없었다. 그러기에 고양이에게 생선을 내 놓은 것과 다름없었다.

그 사실을 안 순간부터, 학교가 파하고 교실에 아무도 남지 않을 때까지 교실 안을 살폈지만 어느 곳에도 내 학용품은 보이지 않았다.

불호령이 떨어졌다.

"이 쌔빠질년들이 복에 겨워도 유분수지. 그 귀한 걸 어쩐다냐."

어머니는 노발대발했다. 나보다 언니는 더 욕을 얻어먹었다. 언니라는 이유로 화살의 방향이 엉뚱한 곳으로 향했다. 학용품을 잃어버린 것도 나였고, 처음 보따리 얘기를 꺼낸 것도 나였다. 언니는 오롯이 동생의 잘못을 뒤집어쓰고 모진 꾸지람을 들어야 했다.

다음 날 어머니는 들일을 나가지 않았다.

학교로 향했다. 꽃단장을 하지도 않았고, 흰 고무신도 신지 않앉다. 낡고 헤진 옷을 덕지덕지 기워 입은 차림 그대로 흥분해서 달려왔다. 담임선생에게 자초지종을 설명했다. 담임은 반 동무들의 소지품을 검사했지만 잃어버린 학용품은 나오지 않았다. 설사 어느 누가 도둑질을 했더라도 다음 날 그걸 들고 학교로 오겠는가. 찾을 수 있을 줄 알았던 학용품은 그 날로 내 것이 아니었다.

나는 두 번 다시 보따리를 동여매지 않았다. 언니는 연필을 나눠줘야 했다.

순한 언니는 언제나 나로 인해 꾸중 듣는 날이 많았다. 후에도, 그 후에도.

내가 3학년이 되고 언니는 6학년으로 올라갔다. 언니는 9살에 학교에 입학해 4살 차이인데도 학년은 3년 차이가 났다. 그 시절에는 흔한 일이었다.

당시 우리 반 친구 중에는 사납기로 유명한 여자아이가 있었다. 그 친구는 봄이면 남보다 제일 빠르게 치마를 입고 등교를 했다. 스타킹도 없이 치마에 팬티만 입은 채였다. 치마를 들추어 보지 않아도 쉬는 시간이면 창문으로 폴짝 뛰어 밖으로 나갔다가 다시 폴짝 뛰어 창문을 통해 교실로 들어왔다. 그 바람에 친구의 치마는 펄럭거렸고 팬티는 언제나 다 보이기 일쑤였다.

운동신경이 유독 좋았던 그 친구는 쉬는 시간마다 창문을 잘도 타고 넘나들었다.

"빤스 다 보인다. 야! 선생님이 창문으로 넘어가면 안 된다고 했다 아이가."

괜한 참견이었다. 그 여자아이는 건들면 안 되는 아이였다. 순진하고 말 수 없었던 내가 그 날 왜 그랬는지 알지 못한다. 그 친구의 행동을 보다 못한 참견이었는지.

학년이 바뀌고 반이 바뀐 새로운 친구의 특성을 제대로 파악하지 못한 나는 오지랖에 쫓기는 신세가 되었다.

싸우면 이길 수 없다는 걸 본능적으로 알았다. 머리채를 잡히기 전 도망을 쳤다. 학교를 한 바퀴 휘 돌아도 그 아이는 줄기차게 쫓아왔다. 하다 못한 나는 언니가 있는 6학년 교실로 무작정 뛰어 들어갔다. 숨은 이미 턱밑까지 차올라 숨도 쉬기 힘든 지경이 되었다. 언니를 붙들고 뒤에 숨었다. 손가락으로 친구를 가리켰다. 숨이 차올라 설명도 힘들었다. 언니는 상황파악이 되었는지 친구를 붙잡았다.

"니 우리 동생 괴롭힐래?"

언니는 사정없이 친구 뺨을 때렸다. 하염없이 순했던 언니는 동생을 위한 일에는 그런 용기가 있었던 모양이다. 친구는 그 자리에서 울어버렸다. 언니 반, 소위 쎈 언니들이 참견을 했다. 언니를 보고 후배를 사정없이 때리는 못된 선배 취급을 했다. 언니는 반 친구들의 질타에 고개를 숙이고 들어야 했고 너무 순했던 언니는 반박하지 못했다. 나 때문에 언니는 반 친구들에게까지 잔소리를 들어야 했던 것이다.

우리 자매는 지은 죄도 없이 쉬는 시간 내내 쎈 언니들의 질타를 받으며 고개를 떨구고 있어야 했다. 그 이후로 그 친구는 내 눈치를 보며 창문으로 넘나들지 않았다.

그날은 집에 돌아가 어머니에게 언니는 처음으로 칭찬을 들은 날이기도 했다.

여름이 오고 긴 장마가 시작되었다. 어릴 적 장마는 빗줄기가 거세게 내리는 날이 많았다.

굵은 빗줄기는 양동이로 퍼 붓는 것처럼 쏟아져 섬진강의 수압은 이내 벙벙하게 둑 끝까지 차올랐다. 신기하게도 물이 둑을 넘지는 않았다. 아무리 비가 많이 내려 홍수가 져도 강물은 둑 끝까지 차서 찰방거려도 둑을 치고 올라오지는 않고 흘러갔다.

그 해의 홍수는 유난히 기억이 남는다.

윗 지방에 내린 많은 비로 인해 강가에 위치한 마을이 물바다가 되었다. 강물이 불어 아이들이 강물에 휩쓸려 가지나 않을까 걱정한 어른들은 강가에 절대 나가지 못하게 했고 어른들도 그랬다. 그날만은 예외였다. 입에서 입으로 흘러 온 얘기가 마을 사람들을 둑길로 불러 들였다. 식구 수대로 강가로 나갔다. 강물은 강가 마을을 삼켰는지 흙탕물로 변해 일렁이며 흘러가고 있었다. 바로 발밑까지 찬 강물은 금방이라도 둑을 차고 넘쳐 마을을 침몰시킬 것처럼 넘실대고 있었다. 둑이 넘치면 자연재앙이 시작된다. 그 재앙은 물의 혓바닥으로 순박한 촌사람들의 생활터전을 삼켜 버릴 것이다.

어느 윗 지방이 재앙을 겪었나 보다. 생활용품들이 떠내려 왔다. 빗자루와 양동이가, 수박이 동실동실 떠 내려왔다. 집을 통째로 삼킨 홍수는 초가집 뚜껑을 그대로 강물에 실어 보냈다.

한 마리의 소가 떠내려 왔다. 그 소의 울음소리는 처량했다. 거센 강물의 소용돌이에 말려 강가로 헤엄쳐 나오지도 못한 채 강 한가운데로 떠내려가고 있었다.

"아이구매 저 일을 우짜꼬. 쯧쯧."

어른들은 혀를 찼다. 소는 머리만을 강물 위로 내 놓은 채 속절없이 떠내려갔다. '움메! 움메!' 구슬픈 소의 울음소리만 가슴을 헤집고 들어왔다.

그 물살을 헤치고 소를 구출 할 배짱은 아무도 내지 못했다. 그나마 헤엄을 잘 치는 소이기 망정이지 사람도 수없이 강물에 휩쓸려 가지 않았을까. 사람이라면 아무리 헤엄을 잘 쳐도 무사하지 못하고 익사했을 것이다. 그곳까지 산 채로 떠있지도 못했을 것이다. 대 재앙이었다. 그 재앙은 머지않아 우리 마을에도 불어 닥쳤다.

마음이 여리고 고왔던 어머니는 한동안 혀를 끌끌 차며 떠내려간 소의 행방을 궁금해 했다. 내 머릿속에서도 애달픈 울음소리를 내며 머리만 둥둥 뜬 채 떠내려간 소가 한동안 아프게 머물렀다. 지금도 빗줄기가 거센 날이면 아련한 소의 울음이 들려온다.

장마가 지나고 강물이 빠지면 언니와 난 물에 떠내려 온 나무를 주우러 다녔다. 홍수로 떠내려 온 나뭇가지들이 모래에 꼭꼭 박혀 있었다. 긴 나뭇가지를 이정표처럼 표시 나게 꽂아놓고 그곳에 나무를 모았다. 넓은 백사장에 어디에 나무를 모았는지 알아야 하기 때문이다. 개인 소유의 산이나 과수원이 없는 가난한 집안의 동네 아이들이 모두 달려 나와 나무를 주웠기 때문에 표시는 중요했고, 동작 또한 빨라야 했다. 모래사장에서도 달리기를 잘 해야 했다.

먼 곳에서 나무 귀퉁이라도 보이면 무작정 달려갔다. 깊이 박힌 나무는 힘이 모자라 뽑을 수가 없었다. 그럴 땐 언니를 불렀다. 언니는 나보다 열배쯤 강한 힘으로 나무를 뽑아냈지만 언니 힘으로 못 뽑는 나무도 있었다. 그럴 때는 모래를 팠다. 굴삭기처럼 모래는 언니 손에 파여 나갔다.

"옥아! 니는 빨리 다른데 가서 줍고 있어라."

언니는 악착같이 나무를 많이 모으려 했다. 그럴 땐 살아내려고 버둥대는 어머니의 억센 삶을 물려받은 듯 했다.

귀신처럼 모든 아이들이 본인들이 세운 이정표를 찾아냈다. 이정표가 모래에 수없이 꽂혔다. 한자리에 갖다 모으면 많이 모을 수가 없었다. 더 넓은 백사장을 누비며 군데군데 모아야 많이 줍는다. 그래서 이정표는 자신만의 특별한 징표로 많이도 꼽혀갔다. 어떤 때는 헷갈리거나, 마음이 못된 아이들은 자기 것이라 우기는 경우도 많았다.

그런 애매한 싸움이 나지 않으려면 특이하고 모양이 이상한 것으로 이정표를 삼아야 했다. 확실한데도 불구하고 우기는 애들이 있었기 때문이다.

우리는 순해서 고집 피우는 아이들을 이기지 못했다. 오빠가 모은 나무를 지게에 지고 가려고 와서야 누구 것인지 판가름이 나곤 했다. 어머니의 가르침이 항상 우리를 따라 다닌다. 내 것이 아닌 것을 내 것이라 우기지는 못했기 때문에 언니와 난 내 것, 남의 것을 확연히 구분했다. 심성이 못된 아이들은 무턱대고 우기거나 무력으로 빼앗으려 했기 때문에 오빠의 행차는 구세주였다.

살림살이도 귀했다. 당시 마을마다 엿장수가 다녔다. 고물을 가져다 엿을 바꿔 먹었다. 물물교환인 셈이었다. 우리 집은 고물도 없었다. 내 눈에 고물처럼 보여도 어머니는 모두 쓰는 살림살이라 했다. 엿이 너무나 먹고 싶었다. 고물을 들고 엿을 바꿔가는 아이들을 부럽게 바라봤다. 침만 고였다.

홍수가 난 후라 살림살이도 간간이 모래에 박혀 있었다. 양재기가 내 눈에 띄었고 필사적으로 달렸고 퍼뜩 주웠다. 머릿속을 스치는 생각 하나는 엿이었다.

"이걸로 엿을 바꿔 먹어야지."

내 손에 들렸던 양재기를 누군가 휙 채갔다. 윗담에서 드세기로 유명한 그 막순언니였다. 나는 양재기를 다시 뺏으려 했다. 돌려달라며 고함을 질렀다. 막순언니는 자기 것이라 고집했다. 자기가 저 멀리서 먼저 봤다는 것이다. 언니가 달려왔고 싸움이 일었다. 우리는 고함을 지르며 돌려 달라 했지만 막순언니는 드셌다.

집으로 돌아온 우리는 억울함을 어머니에게 호소했다. 어머니는 딸들의 말이 끝나기 무섭게 막순언니 집으로 달려갔다. 집에서도 위의 대각선으로 보이는 막순언니 집에서 싸움소리가 잠시 일었다. 돌아온 어머니의 손에는 양재기가 들려있었다. 어머니는 우리의 억울함을 단번에 해결했다. 하지만 살림이 귀했던 시절에 양재기는 고물이 아니라 부엌의 귀한 그릇이 되었다. 그 양재기에 나물이 무쳐 지고 고구마가 담겼다.

달달한 엿은 물거품이 되었지만 양재기를 주운 의기양양함이 어깨 높이를 한껏 세웠다.

물 나무는 좋은 땔감이었다. 생으로 패 말린 장작과는 비교도 안 된다. 물을 한껏 머금다 마른 나무는 연기가 나지 않았다. 불을 지펴 놓으면 불길이 오래갔다. 그런 까닭에 홍수가 나고 강물이 빠지면 우리는 언제나 물 나무를 주우러 강으로 달려 나가야 했다. 일 년 장마가 끝난 시점, 딱 며칠뿐인 기회였다.

늦가을이 오면 뒷산은 노란 잎으로 물들기 시작했다. 낙엽송이 적고 주로 소나무가 주를 이루었기 때문에 사시사철 푸르렀지만 아랫부분에 먼저 태어난 잎은 노란 색으로 물들어 바람이 불면 낙엽이 되어 떨어졌다. 소나무 낙엽을 왜 '갈비'라고 불렀는지 어원의 근원을 알 수 없지만 내 고향은 어쨌든 갈비라 불렀다. 지금 생각해 보면 영 일리 없지 않다. 갈비는 살이 없고 뼈만 있다. 소나무의 잎도 뾰족하니 야위고 살이 없다. 그 지방 조상들의 아이디어가 기발하고 작명 또한 이치에 맞다.

늦가을 밤에 거친 바람이 소나무를 흔들어 솔바람소리가 휘파람소리를 내기도 했다. 새벽 동 터기도 전 어머니는 언니와 나를 깨웠다. 눈꺼풀도 떨어지지 않은 눈을 부비며 서둘러 뒷산으로 갔다. 갈쿠리와 새끼줄을 챙겨 부지런히 나서야 자리 차지를 많이 한다. 새끼줄이나 포대 등을 이리저리 벌려 놓는다. 동물들이 영역다툼을 하듯 '내 자리'란 뜻이다.

어머니와 언니는 동네 아낙네들이 몰려오기 전 부지런히 갈비를 긁어모았다. 제일 위쪽부터 아래로 범위를 넓혀 재빨리 긁어내려오는 어머니와 언니의 손길은 '우사인 볼트'의 달리기 속도와 맞먹어서 갈비의 양은 엄청났다. 나는 언니 옆에 붙어 갈쿠리 질을 했다.

"걸리적 거린다 니는, 저기 가서 자리 잡아 긁어라. 한군데 있으면 많이 못 긁는다 아이가." 역시나 언니는 어머니의 억척을 보고 배웠다. 나는 시킨 대로 조금 떨어진 곳에 자리 잡았지만 곧 몰려 온 동네 아낙네들에게 자리를 빼앗기고 말았다. 내가 긁기도 전 다른 갈쿠리가 갈비를 긁어갔다. 막내딸로 자란 탓에 다부진 면이 없었다.

뒷산의 절반을 차지해 긁어모은 갈비의 양을 보고 동네 아낙네들은 입을 벌렸다.

"뒷산 갈비는 복남이네 집에서 다 긁어가네."

갈비를 긁다 어머니는 중간에 밥을 짓기 위해 집으로 내려갔다. 언니는 모은 갈비를 차곡차곡 쟁여서 새끼줄에 묶었다. 어머니는 서둘러 밥솥에 불을 지펴놓고 언니가 묶어놓은 새끼줄을 풀어 갈비를 더 쟁여 얹은 다음 머리에 이고 내려갔다.

그 나뭇짐은 어머니의 몸통 몇 배는 되고도 남을 만큼 컸다. 위에서 내려다보면 머리에 인 나뭇짐에 가려 어머니의 모습은 보이지도 않았다. 산만한 나뭇짐이 걸어서 움직이는 것 같았다.

"나머지는 단디 긁어서 챙기 오니라."

순식간의 일이었다. 어머니의 동작은 초 스피드였다. 남은 갈비를 쟁여 언니와 나눠, 언니는 새끼줄에 묶은 갈비를 나는 포대를 이고 집으로 돌아오면 그제야 동녘이 붉게 물들었다.

"남 잠자는 시간만큼 자고 싶은 잠 다 잤다간 험한 세상을 살아내지도 못했다."

'새벽에 일찍 일어난 새가 벌레를 잡는다'는 속담처럼 어머니는 그렇게 말했다. 부지런을 떨지 않으면 자식들을 먹여 살리지도 못했을 것이다.

갈비는 불쏘시개로 그만이었다. 낙엽송은 불길이 활 타올라도 순식간에 꺼져버리고 재만 수북해 나뭇가지까지 불길을 옮겨주지 못했다. 성질이 너무 급한 낙엽송이다.

반면 갈비는 진득하니 타 올라 가지에 불길을 옮겨 주고 재가되었다. 재가 되어도 불씨가 남아 장작까지 넣고 한 번 더 부지깽이로 쑤셔주면 불길이 살아났다.

그래서 계절이 한번 바뀌고 다음 겨울이 올 때까지 불쏘시개로 쓸 갈비를 집에다 쟁여 놓아야 했다.

먼 산까지 나무를 덜 가려면 뒷산에 떨어지는 갈비를 공수해야 편했던 것이다. 어머니는 자식들이 먼 산까지 가서 힘들게 나뭇짐을 덜 이다 날라 오도록 억척을 떨었던 것이다.

난방도 요리도 땔감으로 불을 지펴야 했던 옛날은 땔감이 부족해 먼 산까지 나무를 하러 다녔다. 과수원이나 개인 소유의 산을 가지고 있는 부잣집은 땔감 걱정을 하지 않아도 되었지만 가난한 집은 어찌 되었던 남의 산이 아닌 공유지로 가서 나무를 해와야 했다.

그 길은 멀고도 험했다. 아버지, 오빠, 언니와 내가 틈틈이 나뭇짐을 해다 날랐다. 여자들은 주로 갈비를 남자들은 장작을 패야 할 굵은 통나무를 지고 왔다.

막내라 일을 거의 시키지 않았지만 큰 자식들이 객지로 나간 이상 일은 내게도 조금씩은 분배되었다. 언니와 다닐 때는 언니를 의지해 든든했고 게으름도 부렸다. 몇 년 지나지 않아 언니의 그늘을 벗어나야 했지만.

동네에 단짝 우엽이와 정말 잘 어울렸다. 우엽이는 집의 맏딸이라 집안일을 어려서부터 도맡아 하는 눈치였다. 그래도 놀 시간은 났던지 둘은 둘도 없는 짝꿍이 되었다. 집 싸리문 밖에 서서 서로의 이름을 부르며 놀자고 할 땐 두 집 어머니들은 방에 있는 아이를 없다고 돌려보내기 일쑤였다.

"큰 거하고 놀아야 배울기 있는 디 맨 날 찌깬한 것들 허고, 쯧쯧."

어머니는 나이도 두 살이나 어린 애하고 논다고 못마땅해 하는 눈치였고 아주머니는 일을 시켜야 하는데 자꾸만 불러대는 내가 못마땅한 눈치였다.

단속에도 불구하고 어찌어찌 만난 우엽이와 난 운동장으로 달려 나가 신나게 놀곤 했다.

'콩돌줍기' '소꿉놀이' '고무줄놀이' '나 잡아봐라' 등 우엽이와 노는 시간은 너무 재미있었다. 둑길에 올라 달리기를 하면 동네 개구쟁이들이 길 양 옆의 풀을 끌어다 묶어 갈고리처럼 만들어 넘어지게 하는 장난을 쳤다. 달리다 발이 걸려 넘어지면 무릎이 까여서 피가 흐르곤 했다. 숨어서 지켜보던 개구쟁이들이 깔깔깔 뒤로 넘어지며 웃어대곤 했다. 우리는 흐르는 피를 흙을 한 줌 짚어 문질러 버리고 다시 달리기를 했다.

사내애들의 장난은 여기서 거치지 않았다. 동네 어귀에서 계집애들이 여럿 모여 고무줄놀이를 하고 있으면 연필 깎는 칼을 숨겨와 고무줄을 끊고 도망쳤다. 아무리 따라 잡아도 사내애들을 따라 잡진 못했다. 사내애들은 달리기가 너무 빨랐고 다리에 발통을 단 것처럼 도망쳤다.

4촌 동생들과도 잘 어울렸지만 우엽이와 노는 시간이 제일 즐거웠다. 둘이 그렇게 잘 맞았나 보다.

우엽이는 우리 언니들이 그랬듯 어려서부터 일을 부려먹어서 그런지 못하는 일이 없었다. 빨래며, 설거지며, 나무며 뭐든 다 부지고 야무지게 해 냈다. 어머니는 우엽이를 비교하며 나를 '어중재비'라고 했다.

우엽이와 나무를 하러 갔다. 그 시절은 겨울이 오면 집집마다 땔감을 하러 다니는 것이 중요 일과였다. 운동화는 학교 갈 때만 신게 했다. 신발도 변변찮게 검정 고무신이었고 옷도 요즘처럼 파카나 코트처럼 보온이 뛰어나지도 않다. 내복과 스웨터 하나면 겨울을 넘겼다. 추운 겨울바람이 몸속으로 침투했다. 요즘 같으면 그런 차림으로 못 견딜 것이다. 눈도 자주 내렸고 얼음은 매일 꽁꽁 얼었다. 가재 골을 지나칠 때면 우리는 늘 고드름을 뚝 따서 아작아작 씹어 먹으며 고개를 올랐다. 씹는 소리가 너무나 경쾌해 우리는 대결을 하듯 한 입씩 베어 씹었다. 얼음이 손을 더 얼게 했지만 그런 것에 아랑곳하지 않았다. 얼음과 자는 고드름이 유일하고 겨울 아니면 먹을 수가 없다. 그깟 손 시린 정도야 얼마든 참을 수 있었다. 가다가 밭에서 덜 뽑은 무가 있으면 횡재한 날이다. 너무 작아 뽑지도 않고 버려 둔 무는 배고픈 우리에겐 고드름과 함께 최고의 간식이었다. 쑥 뽑으면 땅 속에서 얼어있던 무가 딸려 나왔다. 큰 무라면 얼어 있을 때 여자애들 힘으로 뽑지 못한다. 손가락 길이만한 작은 무였기 때문에 쉽게도 뽑혀 나왔다.

흙은 대충 마른 풀에 비벼내고 껍질은 이로 깎아내고 먹는 무는 살짝 얼어 살근거리고 달았다. 땅속에서 겨울을 난 채소는 단 법이다.

가재 골을 지나 산등성이를 두 개나 넘어 제법 먼 곳까지 나무를 하러 갔다. 처음 가보는 먼 거리였다. 살짝 무서움이 일었지만 우엽이는 당찼다. 무서움에 조그만 소리에도 움찔하느라 나무하기에 집중할 수가 없었다. 그래도 나름 열심히 나무를 했다. 갈비를 긁고 갈비가 흐르지 않게 생솔가지를 꺾어 맨 밑에 깔고 그 위에 갈비를 쟁여 나뭇짐을 꾸렸다.

죽어라 열심히 긁었건만 내 나무 양은 그 친구의 절반밖에 되지 않았다. 창피했다. 어머니는 어중재비라 또 놀릴 터였다.

어머니는 막내딸을 위해 마중을 나올 것이다. 겨울이면 어머니는 간간히 집에 있었던 걸로 기억된다.

나는 나뭇짐이 커보이게 엉성하게 묶었다. 엉성하게 묶은 나뭇짐은 머리에 이고 얼마 걷지 못해 머리가 솔가지 푸른 잎 사이를 파고들었다. 생솔가지를 바닥에 깔지 않았다면 머리는 갈비 사이를 비집고 들어가 나뭇짐이 두 줄로 묶은 새끼줄을 기점으로 반 토막이 났을 게 분명했다.

그런 엉성한 나무를 이고 오자니 힘은 더 들고 조심은 더 되었다.

우엽이는 보기에도 짱짱하게 쟁긴 나뭇짐을 이고 잘도 걸어갔다.

겨우겨우 무섭던 산길을 벗어나고 가재 골에 다다랐을 때는 긴장이 풀려 다리에 힘이 빠져 나갔다. 나뭇짐을 길가 논두렁 위에 내려놓았다.

"우엽아! 우리 좀 쉬었다 가자."

"엉가는 쉬었다 와, 나 먼저 가께."

차라리 잘 되었는지 모른다. 어머니와 마주치기 전 쟤를 보내자 싶었다.

우엽이가 논길 모퉁이를 돌아 사라지고 다시 나뭇짐을 이려고 하는데,

"옥아! 그기 있거래이."

어머니의 우렁찬 목소리였다. 우엽이가 사라진 길모퉁이에 어머니의 모습이 보였다. 나뭇짐이 무거울까봐 마중을 나온 것이다. 한 손에는 보자기에 싼 고구마 몇 개를 들고서 한 손은 손사래를 치며 허둥대는 몸짓으로 어머니가 달려오고 있었다. 방금 우엽이와 마주쳤던 것이다.

어머니는 엉성한 나뭇짐을 다시 꽉 조아 묶었다. 나뭇짐이 반으로 쑥 줄어들었다.

"우엽이는 야물게도 해서 이고 가던디 와 이리 엉성하니 묶어 놨노?"

어머니는 나뭇짐이 조금이라도 커 보이고 싶었던 내 마음을 알기나 했을까. 어쨌든 창피했다. 어머니는 고구마 보자기를 먹으라고 내밀었다.

"배고프제? 고매나 묵으면서 오니라."

어머니에겐 너무나 작은 나뭇짐을 머리에 이면서 앞장섰다. 우엽이는 나보다 두 뼘이나 작은 키로도 그 무거운 나무도 이고 가는데 반밖에 되지 않는 나무도 마중을 나온 것이다. 딸이 배가 고플까봐 요기 거리를 챙겨서. 나는 창피하고 우엽이는 내가 부러웠다. 우엽이 어머니는 어림도 없었다. 내가 아는 한 그 아주머니는 우엽이를 우리 큰 언니들보다 더 부려먹었으니까.

나무도 언제나 내가 친구들이랑 간다고 고집해서 보냈지 어머니가 일부러 보낸 적은 한 번도 없었다. 막내딸이 걱정된 어머니는 집에 있는 날이면 언제나 마중을 나왔다. 친구들이 얼마나 부러워했는지 어머니가 알 턱이 없었다. 어머니는 오로지 자식 일이라면 어머니가 더 힘든 게 나은 분이었으니. 다른 또래들은 어머니가 조금이라도 편하고자 딸들을 부려 먹었다. 하늘과 땅의 애정차이였다. 나는 복을 타고 태어난 딸이었다.

섬진강에는 나루터가 여러 군데 있었다. 경상도와 전라도의 경계선이 섬진강으로 이루어져 있던 우리 고향은 전라도로 가는 이동수단이 배였다. 그 중 우리 마을에도 강가에 나루터가 있었고 둑 바로 아래 뱃사공이 사는 집이 있었다.

어머니는 장사를 전라도까지 다녔다. 생선함지박을 이고 첫새벽 배를 타고 전라도로 건너가 동네마다 외치고 다니며 생선을 팔고 왔다. 재를 넘고 넘어 발이 불어 터고 너무 많이 걸어 다리가 감각을 잃고 낭랑하던 목소리가 쉬어 소리가 제대로 나오지 않을 때까지 '생선 사시오' 며 외치고 다녔다.

주기적으로 오는 생선장수인 어머니를 냉대하는 사람들도 있었지만 어떤 집에서는 따뜻이 맞아주었다고 한다. 좀 쉬어가라며 꽁보리밥을 한 그릇 내어주는 사람들은 어머니를 감동하게 했다. 배고프고 다리 아픈 어머니에게 얼마나 생명수 같은 손길인가. 전라도의 어떤 집을 어머니는 잊지 못했다. 그 어려운 시절, 끼니 한 끼는 어지간한 심성으론 대접하기 힘들다. 어머니 기억 속에 은인으로 남을 만 했다.

해가 뉘엿뉘엿 서산에 지고 어둠이 내려 전라도 강나루에 도착하면 어떤 날은 마지막 배를 놓치고 만다. 요즘 이동수단처럼 시간이 딱딱 정해져 있지는 않지만 어느 시간대에 사람들이 많이 모여 배를 띄우는지 약속을 하지 않아도 알았다. 사람들은 그 시간이 되도록 먼저 온 사람들은 모래사장에 앉아 기다리곤 했다. 급하게 강을 건너야 할 때는 둑 아래 있는 뱃사공 집을 찾아가 건너 줄 것을 부탁하기도 했다.

어머니는 생선 한 마리라도 더 팔려는 욕심에 배를 놓친 것이다.

밤에 배를 강에 띄우는 법은 없었다. 시골 밤은 칠흑이다. 휘영청 달 밝은 날 빼고는.

어머니는 쉰 목소리를 한 옥타브 더 올려 목 매이게 강 건너 있는 사공을 불렀다.

"이보시오, 사공아재요."

애타는 어머니의 쉰 목소리가 바람에 실려 흩어졌다. 부르기를 수십 번. 어머니의 목소리는 무심히 흐르는 강줄기를 타고 경상도 사공 집까지 전달되었다. 뱃사공은 어머니의 안타까운 목소리를 흘리지 않고 어두운 강을 건너 어머니를 태워왔다. 순한 시골 인심이 남아 있던 때다. 한 동네에서 아침에 태워갔던 어머니를 걱정했을 수도 있다.

한두 번 태워다 나른 게 아니었으니 내심 귀를 세우며 기다렸을 수도.

강을 사이에 둔 경상도와 전라도 아이들은 청년 시기가 되면 어지간히도 패싸움을 벌였다. 밤이면 헤엄을 쳐서 강을 건너다니며 패싸움을 벌였다. 힘깨나 쓰는 동네 청년들은 암시적으로 모여 힘을 과시하기 위해 넘치는 청춘을 강에다 쏟으며 건너가 싸움을 벌이고 왔다. 누구누구를 죽도록 패서 이겼다고 의기양양했지만 여자들은 그쪽으로는 관심도 없었다.

지고 이기고의 결과는 전하는 사람의 말이고 왜 패싸움을 벌여야 하는지도 이해가 가지 않기도 하지만 지구가 탄생한 이래 남자들의 승부욕 본능은 시대를 불문하고 존재했으므로 오로지 남자들의 문제다.

단지 여자애들은 강둑에 서서 꾀꼬리 같은 목소리로 합창을 했다.

"전라도 보리문딩이."

건너서 답이 왔다.

"경상도 보리문딩이."

그러고는 배를 잡고 웃어댔다.

강은 폭이 좁지만은 않았지만 그 정도로 건너의 고함소리가 들릴 정도였다.

어머니의 목소리가 건너까지 전달된 데도 이러한 이유다.

어머니의 꽃 비녀

학교 가을 운동회가 열리는 날은 동네잔치 날이다. 그 날만은 어머니는 일을 나가지 않았다. 첫새벽부터 부산히 움직였다. 좋은 자리를 잡기 위해 어머니는 새벽부터 멍석을 학교 운동장 한쪽에 자리 잡아 깔아놓고 왔다. 플라타너스 나무가 그늘을 만드는 제일 요지의 관객석이었다. 집으로 돌아 온 어머니는 음식을 만들기 시작했다. 자식들의 운동회 날이다. 미리 사놓은 찹쌀에 팥을 넣고 찹쌀밥을 짓고 나물을 무쳤다.

김밥이 생기지 않은 때다. 찹쌀은 명절에나 떡을 해먹는 귀하디귀한 양식이다. 운동회가 잔칫날이기는 했다. 자식 기죽는 걸 싫어했던 어머니는 꿀리지 않게 점심을 준비했다. 밤이며 고구마며 많은 양의 음식을 바리바리 장만했다.

그리곤 꽃단장을 했다. 동백기름을 발라 머리는 곱게 빗어 비녀를 꽂고 아껴둔 한복을 꺼내 입고 흰 고무신을 신었다. 어머니가 제대로 차려 입는 걸 손꼽을 정도로 본적 없는 난 어머니가 그렇게 꽃단장을 한 날이면 내 마음속에 헬륨가스가 차서 하늘로 날아오르는 것처럼 부풀곤 했다. 그 날도 어머니를 보며,

"우리엄마! 너무 예뻐다."

기분이 째질 만큼 좋아서 소리쳤다.

엄마와 언니와 나는 학교로 갔다. 멍석 위로 음식이 날라지고

마음도 기분도 부자가 된 운동회의 시작이었다.

언니는 나보다 공부는 뒤처졌지만 달리기 하나는 잘 했다. 운동회 때마다 공책이며 연필을 상으로 받아 어머니께 드렸다. 고학년 달리기가 끝나고 언니는 여전히 공책을 들고 와 어머니께 드렸다. 통지표 받을 때마다 잔소리를 듣고 기죽어 있던 언니의 표정이 만회된 듯 의기양양해지는 날이기도 했다. 나는 죽어라 달려도 4등이었다.

'땅!' 총소리가 울리고 주춤하던 난 달려 나갔다. 3등까지 상을 주니 3등 안에는 꼭 들어야 한다.

"옥아! 뛰라 뛰라, 어서 뛰라."

별난 어머니들은 너무 앞에까지 나와서 응원을 한다.

활기 넘치고 의욕이 남보다 뒤지지 않는 어머니도 예외는 아니다. 예외를 넘어서 자식을 위해서라면 지구 끝이라도 같이 달릴 태세로 내 옆에 서서 달리며 목청껏 응원을 했다. 요즘 같으면 치어리더를 해도 손색이 없을 정도다.

체육담당 선생님이 호루라기를 불며 달려와 제지를 하지 않았다면 어머니는 골인 지점까지 같이 달릴 것 같았다. 그렇게 불타는 응원에 이바지도 못한 나는 그날도 4등을 했다.

언니와의 운동회가 그렇게 지나가고 있었다. 언니가 졸업을 하고 혼자 운동회를 하게 되면 상도 못 받는 난 어머니에게 실망만 안겨 드릴 테지. 남동생이 아직 입학을 하지 않았기에 혼자 운동회를 치른다는 생각뿐이었다.

집으로 돌아오는 길에,

"다리도 황새만 허니 길면서 와 달리기를 그리 몬 하꼬."

어머니의 실망은 걸음을 무겁게 했고 참으로 미안했다. 그렇게 죽어라 달려도 4등을 하던 달리기 실력은 차츰 좋아져 고등학교 올라가선 달리기만 하면 2등을 했다. 조를 나눠서 달리면 1등이지만 전교에선 2등이었다. '귀달'이라는 나보다는 다리가 월등히 긴 친구가 1등을 도맡아 했기 때문에 그 친구를 따라잡기는 힘들었다.

하지만 그 때는 공책이나 연필을 주는 상은 없었다. 애석하게도.

6년 초등학교 시절 등수 안에 든 때는 3등을 한 어느 한 해 뿐이다.

객지에 있던 큰 언니가 부모님 부름으로 불려왔다. 혼기가 찬 것이다. 어머니는 절대 장남한테는 딸을 시집보내지 않으리라 굳게 다짐하고 있었다. 당신이 맏며느리로 들어 와 산 가시밭길을 딸들만은 그리 살게 하고 싶지 않았으니. 그러나 중매가 장남에게서 들어왔다. 그것도 찢어지게 가난한 집의 장남이었다. 아버지는 읍내 도가에 직장이 있다는 이유로 큰 딸을 시집보내려 했다. 직장이 있으면 따박따박 월급이 나와서 먹고 살 걱정은 없다는 것이다. 어머니는 한사코 반대했다. 양 시부모님에 줄줄이 딸린 시동생들. 딱 어머니가 살아온 인생과 별반 다를 게 없어 보여 딸을 더 이상 고생시키고 싶지 않았다.

동생들 때문에 크면서도 오지게 고생시킨 것이 목에 가시 걸린 것처럼 탁탁 맺혀오는데 다시 어머니가 걸었던 질퍽한 길을 딸에게 걷게 하고 싶지 않았던 어머니는 인사드리러 온 사윗감에게까지 딸을 못준다는 매정한 말까지 했다.

그 말은 지금도 형부 머리에 남아 서운함으로 자리한다.

인연이 되려고 했던지 언니는 시집을 가겠다고 했다. 동생들 업어 키우면서 질리지도 않았는지 시동생들 줄줄이 딸린 집으로 시집을 가겠다는 언니를 어머니는 얼마나 측은한 마음으로 보내야 했을지, 가슴에서 피가 거꾸로 솟았다고 훗날 얘기했다. 그렇게 큰언니는 시집을 갔다.

가난한 살림이었지만 마음 하나는 편했다. 시부모님은 덕 있는 조용한 분들이었고 남편 또한 착실한 사람이었다. 시동생들은 순하고 착하기 이를 데가 없었다. 말로 다 할 수 없는 고생길이 언니 앞에 펼쳐졌지만 언니는 어머니의 딸이다. 그 고생을 꿋꿋이 참고 이겨내고 어머니가 물려준 삶의 지혜를 본받아 살림을 일으켜 형부와 함께 백년해로를 하게 되었다.

나에게는 살면서 제일 서운한 시간이 찾아왔다. 모든 것을 함께했던 막내언니가 졸업을 하고 객지로 나가야 하는 시간이 찾아 온 것이다. 언제까지나 언니와 함께 웃고 울며 희로애락을 함께 할 것 같았던 시간은 언니와의 이별을 앞에 둔 채 원망스레 흘러가고 있었다. 그 시간이 그렇게 빨리 달음질을 쳐 올 것이라고 상상해 본적이 없다.

언니와의 시간 중에 제일 후회되는 추억 하나가 가슴을 매이게 한다. 겨울이었다. 시골 겨울은 참으로 매서웠다. 북풍이 휘몰아 찬 공기를 대지에 흩어 놓으면 얼음은 꽁꽁 얼었고 초가 처마 밑에 긴 고드름이 뾰족한 창처럼 집집마다 달렸다.

밤이 되면 군불을 땐 방에서 꼼짝도 하기 싫도록 바깥의 살을 에는 공기가 몸속을 파고들었다. 어머니는 녹초가 된 몸을 누이기 위해 언니에게 설거지를 시켰다. 언니는 추운 밖을 싫더라도 나가야 했다. 혼자 나가기 싫었던 언니는 부엌 한쪽에 나를 서 있게 했다. 설거지를 시키지도 않았다. 마음이 내킬 땐 언니가 그릇을 비누에 문질러 주면 나는 헹궈서 설강(대나무로 만든 그릇 엎는 곳의 경상도 사투리)에 얹곤 했는데 겨울은 손이 시리니 그것마저도 하기 싫었다. 옆에만 서 있으면 언니는 대 만족이었다. 겨울바람이 부엌 나무문을 사정없이 두드리고 찬 공기가 엉성한 나무문 사이로 침투해 들어왔다. 불을 땐 온기가 조금은 남아 있어도 추웠다.

"엉가! 추버서 들어갈란다."

"쪼깸만 더 있어조. 다 끝나간다."

"안해! 방에 들어가고 싶어."

"그래, 그럼 들어가……"

내심 서운한 언니의 마지막 말끝이 흐려졌다.

망설임도 없이 언니를 팽개치고 방으로 들어와 버렸다. 언니는 따뜻한 물을 섞어 설거지를 하긴 했지만 헹굼 물은 차가웠던 걸로 기억되는 다라이에 고사리 손을 담근 채 설거지를 하는데도 불구하고 그 설거지 하는 동안 잠깐 옆에 서 있어 달라는 애원마저도 뿌리친 것이다.

북풍이 불어 나뭇가지를 흔들고 그 그림자가 저승사자의 손길처럼 흐늘거리며 손짓하고 뒷산 나무들이 바람을 흔들며 내는 괴성들로 인해 밖은 사뭇 음산했다. 겨울의 밤은 혼자 밖에 있기엔 엄청난 강단을 요구하는 일이다. 그런 날, 나는 언니를 밖에 두고 들어 와 버린 것이다.

언니는 설거지를 마치고 들어오는 걸음이 귀신에라도 쫓기는 몸짓이었다. 후다닥 들어오는 통에 마룻바닥은 쿵쿵거리고 삐걱거리며 갖은 신음을 토해냈다. 창호지 문짝이 떨어져 나갈 듯이 열어 제치며 방으로 뛰어 들었다.

"째바질년이 살살 댕기라."

놀란 어머니는 설풋 든 잠에서 깨어 고함을 질렀다. 왜 그렇게 서 있기조차 싫었을까? 설거지의 수고로움보다 무서움이 극대화 되어 나를 옆에 세워 두고자 했던 언니의 간절함을 외면한 것이 두고두고 아프게 자리한다.

언니는 그러지 않았다. 겨울밤이라도 뒷간(화장실)이 가고 싶어 언니를 문 앞에 세워 놓으면 추위를 이겨내며 끝까지 서 있었다. 당시 화장실은 본체에서 얼마나 멀리 떨어져 있었던가. 재래식 화장실은 떨어져 있지 않으면 그곳에서 나는 구린내로 코가 괴롭기에 그리도 멀리 떨어지게 지었을 것이다. 그것도 지혜다. 그 오물을 퍼다 거름을 하는 시대이니 오물조차도 농사에 귀히 쓰이는 재료다. 요즘 말하는 친환경 재배식이다.

물론 날마다 그랬던 건 아니었지만 그날은 유독 추웠던 날이고 겁이 많은 나는 바람소리가 너무 무서웠던 걸로 기억된다.

추위 때문에 언니의 요구를 간혹 외면하곤 했지만 우리 자매는 서로를 화장실 앞에 세웠고 설거지를 함께 했으며 봄이면 나물을 캐러 다녔고 겨울이면 나무를 함께 하러 다녔다. 우물가에서 빨래를 하였고 물을 길어 나르고 빨래를 널고 개키는 일들을 언니와 곤잘 함께 했다. 국어책을 줄줄 같이 읽고 쓰기 좋은 긴 연필은 언니는 동생에게 양보했다. 산수 문제를 같이 풀고 모르는 문제는 고학년인 언니보다 내가 더 잘 풀었다.

섬진강 모래사장을 누볐고 강둑에서 삐비(경상도 사투리로 풀의 명칭)를 한 줌씩 뽑아 까먹었다. 찔레를 꺾어 먹었으며 이름 모를 하얀 풀뿌리를 캐서 씻어 먹었다. 그 풀은 단맛이 났다.

언니는 동작이 빠르고 공부 뺀 나머지 모두를 나보다 월등히 잘 했기 때문에 삐비도 내가 뽑은 두 배는 넘었다. 먹을 것이 없어 혀를 내두르는 그 옛날 삐비가 나면 동네 조무래기 모두가 총동원해 삐비뽑기를 했지만 언니는 그 중에도 단연히 주먹을 쥘수 없을 만큼의 양을 뽑아들고 의기양양했다. 그런 언니가 나는 자랑스러웠다.

찔레나무 밑은 뱀이 잘 살았다. 나무 밑에 똬리를 틀고 있는 뱀을 보며 찔레를 꺾다 기겁을 하고 비명을 지르면 언니가 달려와 나를 등 뒤로 물렀다. 자기는 어지간히 어른인 것처럼. 그렇게 동생을 아끼고 보호하며 희생을 밥 먹듯이 한 언니가 누군들 싫겠는가.

언니와의 추억은 나를 즐겁게 살게 하는 유일한 것이었고 어머니와 아버지의 싸움이 있는 어둑한 분위기의 집안에 유일한 의지 처였다.

평생을 언니와 그렇게 살게 될 줄 알고 태평해 있던 마음에 시린 이별이 찾아 온 것이다. 어려운 살림도 한몫했지만 당시 아버지는 고지식한 분이었다. 봉건주의적 사고가 골수에 박힌 전

형적인 시골 양반이다. 남성 우월적인 시대개념도 뒤따랐다. 아들이 아닌 딸을 공부시켜 뭐하냐는 식의 주장을 내세웠다. 공부에 큰 흥미도 없었던 언니는 결국 위의 언니 오빠들처럼 객지로 돈을 벌로 나가야 했다. 첫 직장이 서울에 있는 부유한 가정의 가정부였다.

철부지 어린 나이에 가정부로 들어가 얼마나 눈칫밥을 먹고 힘들었을지. 위에서 아래로 내려오는 언니들의 희생의 무게가 너무 무겁다. 그런 돈을 벌어 부모님에게 부쳐왔다. 아니 정확하게 말하면 아버지에게로.

언니가 떠나고 한동안 내 마음은 갈 곳을 잃었다. 사는 재미가 없었다. 집은 텅 빈 것처럼 찬바람만 마당을 떠돌았다. 언니와의 훈훈한 추억이 너무나 그리워 당장이라도 언니를 쫓아 서울로 가고 싶었다. 그렇게 시간은 아무 위로도 없이 흘러갔다. 명절이 오면 나는 하늘이라도 날 것 같았다. 모든 형제가 집에 모인 탓도 있지만 특히 위의 언니가 집으로 오는 날이다. 그 언니를 얼마나 목매이게 그리워했는지 모른다. 명절이 다가오면 손가락을 접으며 몇 날이 남았는지 세어보곤 했다.

"엉가야!"

선물꾸러미를 손에 든 언니가 마당에 들어서면 신발도 신지 않고 달려 나갔다. 그 사이 언니는 많이 달라져 있었다. 새까맣던 피부는 하얗게 되어 있었고 나와 뒹굴던 예전의 분위기가 아니었다. 약간의 이질감을 느꼈지만 그래도 언니는 내겐 최고의 손님이었다. 며칠은 언니와 자고 일어났으며 언니 뒤를 졸졸 따라 다닐 수 있었다.

그렇게 세월이 흐르니 그립던 마음도 누그러지고 당연하게 받아들여지고 학교에서 친구들과 어울리며, 특히나 동네의 우엽이와 단짝으로 지내며 다른 즐거움을 찾아갔다.

어머니의 구전가요

　명절이면 어머니는 아들딸을 호위 삼아 술을 한잔씩 했다. 자식들이 있으니 기세도 살아나서 아버지 눈치를 볼 염려도 없었다.

　긴 세월 억눌리고 억눌린 감정들이 쏟아져 나오기도 했다. 울화통 터지는 세월의 얘기들이 화병이 되어 입을 통해 토해졌다. 어머니는 술이 한 잔되면 늘 웃음 끝은 눈물로 마무리를 했다. 아버지는 그런 관계로 어머니가 술을 한 잔씩 하는 걸 싫어했다.

　명절은 그런 어머니를 말리지 못했다. 딸들은 어머니를 위로했다. 어머니는 한 많은 삶의 자락들을 위로받고 싶어 토해내었을 것이다. 정 많은 둘째 딸은 그런 어머니를 제일 잘 위로했다. 어느새 어머니의 한숨과 통곡을 웃음으로 돌리는 재주가 있었다. 노래를 부르며 어머니를 위로하면 어머니는 울다가도 금방 고운 목소리로 흘러간 구전가요를 한 곡조 뽑아 올렸다. 동동거리며 자식들 음식을 챙기다 수돗가에서 한 잔 한 술에 얼큰히 취해서 그대로 주저앉아 뽑아 올린 가락이 앵두나무 가지사이를 비집고 공중으로 차올랐다. 어머니의 목소리는 너무나 애처롭고 애잔해 나는 어머니 따라 눈시울이 붉어지고 가슴이 먹먹해지곤 했다.

　어린 기억에 스치는 어머니의 삶이 줄에 달린 사진처럼 한 장면 한 장면이 떠올랐다.

어머니가 우는 게 아버지보다 더 싫었다. 막내언니가 집 떠난 뒤로 한 잔에 취하면 나를 붙들고 울었다.

"아이고 옥아! 아이고 아이고……"

어머니의 곡소리는 너무나 듣기 싫었고 난 그때마다 핀잔을 줬다.

"엄마! 또 그런다. 고만 그래라."

어머니는 목 놓아 우는 날이 많아 그 모습을 보는 나는 어머니를 위로하기는 너무나 어렸고 어머니의 삶을 천만분의 일도 이해하지 못했다.

함께 평생을 해로하자고 한 집사람에게 왜 그런 모진 세월을 살게 했는지, 세상에서 제일 귀한 아내를 섬기지는 못할망정 짐승처럼 매질을 하며 어머니의 육신을 짓밟았는지 그것만은 이해하기 힘들다. 아버지의 청춘을 앗아간 전쟁이라는 운명 앞에 하늘을 찌를 듯 분노가 가렸다 해도 어머니에게 한 행동을 정당화하기엔 고개가 저어진다. 어떤 병이 아버지를 눈멀게 했을지라도 나에게 어머니는 천하에서 제일 존귀하고 성스러운 분이다. 어느 누가 어머니를 그리 대할 수 있겠는가. 순결하기가 백합보다 더하고 아름답기가 천상의 여자다. 마음 씀 또한 너무 고와 봄밭의 새 풀보다 부드럽고 여리다.

아버지는 그런 어머니를 평생 사모하고 아끼며 지냈어야 했다.

아버지와의 추억은 나를 마냥 아버지를 책망하지 못하게 만든다.

아버지 큰 발걸음 따라 6살부터 논으로 나서던 발길이 막내딸이라 그런지 자주 아버지를 따라 다녔다. 늘 뒷짐을 지고 예의 큰 걸음으로 나서면 나는 늘 작은 걸음으로 따라잡기 힘들어 풀쩍풀쩍 뛰어야 했다. 산 몽당에 있는 밭으로 아버지를 따라 나서면 밭 아래로 옛날 아버지 땅이었던 과수원을 5촌이 짓고 있었다. 그 복숭아밭은 저 밑 편편한 길까지 이어져 드넓게 아래로 뻗어 있었다. 복숭아가 탐스레 익어 가면 아버지는 복숭아 하나를 따서 풀에 털을 쓱쓱 비벼 나에게 주었다.

나무에서 단맛을 다 받은 복숭아는 너무나 달고 맛있었다. 과즙을 질질 흘리며 복숭아를 개 눈 감추듯 먹어치우는 딸을 바라보며 아버지는 긴 한숨을 지었다. 회환의 한숨이리라 지금은 짐작한다. 부모로부터 받은 조상대대의 전답을 아버지 대에서 몰락시켰으니 한숨이 땅이 꺼지고도 남을 만 하다. 나이가 들고 힘이 빠지고 주막을 끊으니 잘못 산 인생이 회환으로 밀려 올 것은 자명한 일이다.

자식들에게 풍족히 먹이고 공부도 충분히 시킬 땅을 술로서 탕진한 아버지의 마음도 땅속 어둠 같은 지옥이었을 것이라고 이해는 간다. 다만 머리로는 이해해도 가슴으로 받아들이기 힘들 뿐이다.

아버지가 괭이로 밭을 일구는 동안 나는 '넓적바구'라는 이름이 붙은 뚜껑이 그늘을 가리는 바위 아래서 혼자 놀거나 낮잠을 자기도 했다. 일을 마친 아버지가 그곳으로 나를 데리러 올 때까지 혼자 잘도 놀았다.

논으로 가는 날이면 논으로 따라갔다. 논에서 피를 뽑거나 논에 물길을 잡으러 가면 또 어김없이 따라 붙었다. 안쪽 논 옆으론 '가재골'의 개울이 풍부한 수량으로 흐르고 있었다. 아버지가 일을 할 동안 가재골에서 다슬기를 잡거나 새우를 잡으며 놀았다. 돌 사이 우리 식구만 아는 전용 목욕탕이 있었는데 그곳은 움푹 들어가 안쪽으로 일부러 쳐다보기 전엔 잘 보이지가 않았다. 위에서 흐르는 물이 샤워기처럼 물을 내뿜어주고 있는 곳이었다.

나는 그곳에 들어가 목욕을 하며 밀린 때를 밀어내기도 했다. 물에서 너무 놀아 입술이 시퍼렇게 저승사자처럼 변해 있을 때면 아버지 부르는 소리가 들렸다.

"옥아! 집에 가자."

아버지는 늘 막내딸을 부드럽고 다정하게 불렀다. 내 기억 어디에도 아버지가 나에게 역정을 내거나 화를 내며 말을 하는 걸 들어보지 못했다. 아버지도 어머니처럼 자식이 귀히 여겼지만 좀 더 일찍 자식사랑을 표현하며 살았어야 했다는 생각이다.

대처로 나간 언니들이 땀 흘려 벌어 보내온 돈으로 산 송아지가 어미 소가 되도록 나와 남동생은 겨울이면 작두질을 해야 했다. 작두는 한사람이 짚을 베기엔 힘이 든다. 봄부터 가을까지는 들과 산에 풀이 있으니 풀을 베다 먹이면 되지만 겨울이면 마른 짚을 작두로 잘게 썰어 겨를 넣어 따뜻하게 끓여 먹여야했다. 소도 한 식구라고 겨울이면 따뜻한 음식을 끓여 먹였다. 아버지는 작두질을 할 때마다 불렀다. 겨울은 추워서 정말 밖에 나오기 싫었다. 그리고 작두질은 허리를 수 백 번은 구부렸다 펴야 한다. 당연히 힘들고 귀찮았다.

남동생은 나보다 어리니 자연히 나를 더 불러냈다.

저학년에서 고학년으로 올라 간 어느 날이다. 그때까지도 아버지에게 반말을 하던 내게 아버지는 나무람이 없었다. 철부지 막내딸이 그저 사랑스러웠던 아버지의 마음이었을 거라 생각된다. 어머니는 다 큰 가시나가 아버지에게 말을 놓는다고 나무랐다.

높임말을 못해서도 아니었다. 공부는 자식들 중에 제일 잘했던 내가 어른을 공경하는 것을 못 배운 것도 아니었다. 다만 쑥스러웠다. 망설이던 끝에 그날은 용기를 내어봤다.

"아부지! 인자 높임말 쓰까?"

"그래야지, 다 큰 놈이."

그러고는 끝이었다. 그러고도 한참을 존대 말을 못 쓰던 나는 어느 순간에 존대 말을 쓰긴 했지만 언제부터였는지 기억이 나질 않는다.

그 해가 가고 다음 해였던 걸로 어렴풋하게나마 기억될 뿐.

아버지는 조금이라도 살림에 보탬이 되고 싶었나 보다. 어느 여름 땅을 조금 빌려 수박농사를 지었다. 태어나 처음 보는 수박농사였다. 다른 집 아이들은 수박농사를 지어 여름이면 찬물에 동동 띄워놓고 반으로 탁 쪼개서 다시 반달모양으로 얇게 썰어 놓으면 하모니카를 불 듯 고개를 쓱쓱 왔다 갔다 하며 한 조각을 해치웠다. 그 모습이 너무나 군침이 돌고 부러웠다. 작은 집에서 혹여 한 통을 주면 많은 형제가 한 쪽씩 들고 먹었다. 특히 하모니카를 잘 부는 막내가 늘 여러 개를 먹어치웠다. 가운데 제일 단 쪽을 아들이라고 연신 챙겨주는 어머니가 밉기도 했다. 어머니는 테두리 귀퉁이 제일 덜 단 쪼가리를 맛보며 자식들에게 하나라도 더 먹이려 했다.

아버지는 널따란 바위가 있는 수박밭에 정열을 쏟았다. 바위 위에 대나무를 베다 원두막도 지었다. 원두막은 기가 막힌 걸작품이었다. 바위를 바닥으로 반달모양의 지붕을 대나무로 둥글게 씌웠다. 원두막은 동굴처럼 시원한 공간으로 아무데서도 보지 못한 기막힌 쉼터였다.

"너거 아부지도 저런 재주가 있었네."

어머니도 감탄했다.

그 원두막에서 긴 여름을 거의 다 보냈다. 방학 책을 들고 가 그곳에서 숙제를 했고 아버지가 쪼개주는 수박을 원 없이 먹었다.

한번은 수박이 따 보고 싶었다. 아버지에게 말했더니 잘 익은 수박을 따야한다며 꼭지를 기점으로 수박 줄까지 상세히 설명했다. 내 눈에는 수박이 모조리 익은 것처럼 보였다. 신이 난 나는 크기가 조금 큰 것으로 보이면 죄다 꼭지를 따 냈다.

아버지가 수박을 가지러 와서야 내가 딴 수박은 잘 익은 수박이 아니란 걸 알게 되었다. 열통 넘게 딴 수박은 상품이 못되었다.

"허허, 낭패로세."

아버지는 그 말만을 하며 야단도 치지 않고 그만 따라고만 했다.

"원두막에 가서 수박 묵으며 놀거라."

아버지의 허허로움이 읽혀지는 대목이다. 자식들에게 해 준 것이 없으니 나무람도 가슴 아파 못했을 것이다. 특히 막내딸에게는 더더욱.

텔레비전이 처음으로 신을 보였다. 당시 동네에는 텔레비선 있는 집이 두 집밖에 없었다.

우리 뒷집 장가네와 아랫담 6촌 당숙 집이었다. 부자였어도 텔레비전을 들여 놓는다는 것은 상상하기도 힘들었다. 가구처럼 다리가 네 개 달린 텔레비전은 앞쪽이 양쪽으로 밀어 여는 문이 달려 있었다. 가구처럼 합판으로 집을 만들고 그 안에 화면이 있었다.

그 물건은 신기하기 이를 데가 없는 것이었다. 안테나를 통해 전파를 타고 흘러오는 화면 가득 채워지는 연예인들은 촌에 묻혀 흙만 파며 살던 촌사람들에게 희한한 구경거리를 제공했다. 텔레비전을 사면 일주일은 문을 활짝 열어놓고 자랑도 할 겸 구경 온 동네사람들에게 드라마를 보여주며 선심을 베풀었다. 하지만 시간이 갈수록 귀찮은 법이다. 매일 몰려오는 동네 조무래기들이 귀찮아 나중은 모두 내쫓았다.

문을 닫아걸면 더 이상 어찌 할 도리가 없다. 창호지문으로 비치는 화면의 깜박거림만 바라보다 발길을 돌리곤 했던 기억이 난다.

우리 집은 전축을 동네에서 맨 먼저 장만을 했다. 집안에서 레코드판을 통해 음악이 흘러나오는 것은 처음 있는 일이었다. 음악이라면 새마을운동 때 이장 집에서 엠프를 통해 온 동네를 깨우던 '잘 살아보세' 건전가요밖에 없었다. 그 정도로 문명의 선두가 된 집안이다.

오빠들은 어머니의 부러움 소리를 듣고 곧 바로 텔레비전을 들여왔다. 동네 3번째였다. 큰방 문을 활짝 열고 구경 온 동네 사람들에게 자랑 삼아 구경을 시켰다. 어깨가 으쓱해지고 목에 힘이 들어가는 일이다. 동네방네 다니며 자랑을 했다.

"와 니는 좋겠다, 매일 보여주라이."

나는 그럴 수 있다 했다.

누구집이나 처음 텔레비전을 들이고는 자랑삼아 공개를 하다가 일주일 쯤 지나면 약속이나 한 것처럼 문을 닫아걸었다. 동네 조무래기들이 나를 조르고 동생을 졸랐다. 한번만 보여 달라는 것이다. 검지손가락에 힘주어 세우곤 "딱 한번!"이라고 말했지만 우린 아무 권한이 없었다. 부모님의 철저한 통제 하에 어느 주장도 내세우지 못했던 그 옛날에 우리가 할 수 있는 말이라곤 "안돼."라는 차가운 외마디 밖에는. 나는 약속을 지키지 못했다.

6학년이 되고 남동생은 3학년이 되었다. 남동생 하고의 추억은 별로 없다. 성별이 달라서 그런지 남동생 하고의 추억도 오빠들 하고의 추억도 별로 머릿속에 없다.

다만 남동생에게 못되게 군 기억은 난다. 어머니는 옛날 사람이었다. 남성 우월주의와 아들선호 사상이 뿌리 깊이 골수에 박혀 있던 때라 늘 동생이 먼저였고 동생 편을 들었다. 둘이 다툼이 일어나도 이유 불문하고 나를 나무랐고 먹을 것도 동생을 더 챙겼으며 동생 밥그릇에는 아버지 밥그릇과 마찬가지로 쌀이 많이 섞인 밥이 담겼다. 내 밥은 어머니보다는 쌀이 더 보였지만 꽁보리밥이었다. 나는 그것이 못마땅해 동생이 미웠다. 아버지 밥상에는 가운데 동가리 통통한 갈치가 놓여졌다. 아버지는 막내아들이 마냥 귀해 당신도 좋아하는 갈치를 살만 발라 동생 밥그릇에 올려 주었다. 나는 늘 꽁지 윗부분 살도 없는 부분이 주어졌다. 어머니는 그마저도 드시지 못하고 생선대가리나 꽁지를 뼈째 씹어 먹었다. 영양보충을 그런 식으로 했던 것이다.

나중은 아버지 밥상에서 같이 밥을 먹으면 서로가 미운 두 남매의 젓가락 싸움이 벌어지곤 했다. 한 가지 반찬을 두고 서로 찍어가려고 하는 젓가락 싸움이었다. 아버지는 그때면 호통을 쳤다. 좀처럼 꾸지람이 없었던 아버지의 호통으로 우리 남매는 젓가락 싸움을 멈추곤 했다.

분이 풀리지 않았던 우리는 상 밑으로 발 싸움을 했다. 서로 발끝을 툭툭 치며 싸우면 아버지의 두 번째 호통이 날아왔다.

나는 억울해서 동생이 더 미워졌다. 혀를 날름 내밀며 약을 올리는 동생도, 이유도 묻지 않고 무조건 동생 편을 드는 부모님도 미웠다. 언니들에 비하면 막둥이라고 귀한 대접을 받긴 했지만 동생에 비하면 찬밥 신세였다.

어느 날은 싸움이 크게 벌어졌다. 동생이 커가면서 힘이 세지고 나는 힘이 달렸다. 방이 세 칸 이었지만 방 한 칸은 본 건물에서 이어 만든 갓방이라 쥐가 드나들고 비가 세는 통에 방이라 하기보다 고방(창고처럼 쓰는 방)이라 하는 정도였다. 그 방으로 명절이면 아버진 귀양 가는 신세처럼 쫓겨 가고 내 동생도 나로 인해 그 방으로 거처를 옮겨야 했다.

싸움이 벌어졌고 동생이 너무 미웠던 나는 동생 책을 마당에 죄다 던져버렸다. 작은방 책상을 같이 쓰고 책도 같이 꽂혀 있던 우리는 자주 다툼이 일어났다.

순한 동생은 그 날만은 누나라고 봐주지 않았다. 제 나름 참았던 부분이 터져버렸는지 몽둥이를 들고 나를 쫓아왔다. 동네를 한 바퀴 다 돌았다. 조금 지나면 제풀에 꺾일 줄 알았던 동생의 화는 그날만은 정도를 넘었다. 한 바퀴를 다 돌고도 죽여 버린다며 몽둥이를 들고 나를 쫓았다. 이런 적이 없었던 나는 겁에 질렸다. 다시 집으로 내달렸다. 제발 집에 누가 있기를 바랐지만 불행히 아무도 없었다. 후다닥 작은방으로 들어간 나는 방문을 걸어 잠갔다. 뒤이어 온 동생은 돌촉에서 문이 빠질 만큼 흔들어 댔다.

"문 안 열면 직이삔다. 빨리 열어라이."

나는 악을 썼다.

"니 엄마 오면 이른데이, 나도 니 가만 안둘끼다."

겁이 나면서도 악을 바락바락 써 댔다. 긴장의 시간이 지나고 밖이 잠잠해졌다. 어머니가 돌아왔고 동생은 어머니에게 그 사실을 일렀다. 어머니는 이번에도 나를 크게 꾸짖었다.

"싸워 싸서 큰일이다, 빌어 묵을 가시나 어디다 써 묵노."

어머니의 꾸중은 동생을 더 미워하게 만드는 불길이 되어 나를 활화산처럼 타오르게 했다. 고학년이 된 어느 날 동생은 어머니에게 갓방을 쓰겠다고 했다. 잠을 부모님과 자던 동생이 사춘기가 되면서 혼자 방을 쓰고 싶은 것도 당연하고 무엇보다 내 등살에 한 방에서 공부를 하기가 힘든 부분이 컸다.

난 그 당시 엄마가 되면 절대 차별 없이 키우겠다고 다짐을 했건만 나도 똑같이 내리 사랑으로 큰 아이에게 마음에 씻을 수 없는 상처를 남기는 우매한 엄마가 되어 있는 것을 발견하게 된다.
큰 아이가 미워서 그런 것이 아니라 큰 아이라서 모든 걸 이해하리라는 믿음이 커지만 그 아이도 똑같이 관심 받고 싶고 엄마 사랑을 독차지 하고 싶은 어린 아이라는 사실을 몰랐던 무지함이 큰 아이에게 상처를 남긴다는 사실을 미리 알았어야 했다.
어머니는 그 옛날 배움도 없는 분이었고 나는 그나마 교육이라는 것을 받았으니 내가 격은 일을 똑 같이 큰 아이에게 겪게 한 내가 어리석기 짝이 없다.

버드나무 세 그루

어느 봄날이었다. 봄비가 내리고 대지가 겨울잠에서 깨어 절대 녹지 않을 것 같던 섬진강 얼음이 살얼음이 되어 녹아가고 있었다. 그 시절은 겨울 날씨가 매일 영화권이라서 섬진강은 얼음 위를 걸어서라도 전라도까지 갈 정도로 얼음두께는 두껍게 얼었다. 다만 어른들은 혹여나 얼음이 깨지면 강물에 빠져 영락없이 죽음을 면하지 못하기에 단속을 철저히 했다.

온 만물을 일깨우는 산들바람이 부는 날 아버지는 버드나무 세 그루를 심었다. 그 땅은 집 앞 지척 길가에 있었으며 아버지 땅에서 고모 땅으로 넘어간 밭 가장자리였다. 버드나무는 쑥쑥 커갔다. 며칠을 다르게 키가 하늘을 향해 뻗어나갔다.

감수성이 남달랐던 나는 국어시간 '버드나무'란 시를 지었다. 아버지가 심은 버드나무를 바탕으로 지은 시는 담임선생님에게 깊은 감명을 주었는지 국어시간에 소리 내어 읽으며 시평을 했다. 시의 소재가 되었던 버드나무는 반년이 지나자 키는 하늘 높은 줄만 알고 자라 나하고 비슷하던 키가 두 세배는 훌쩍 커 있었다.

가을이 오고 푸르던 버드나무 잎이 노란 색깔의 옷을 갈아입었다. 집으로 들어가는 그 길을 하루에도 몇 번을 오가며 버드나무를 바라보았고 만져 보았으며 잎사귀를 부딪치며 사각거리는 소리를 들었다.

버드나무의 매끈거리는 피부는 내 손끝에서 죽죽 미끄러지며 기분 좋은 촉감을 남겼고 만질 때마다 살이 올라 주먹으로 쥘 수 없을 만큼 부피가 커져갔다. 얼마의 시간이 흘렀는지 모른다. 어느 날 버드나무는 밑 둥지만 남긴 채 잘려져 나갔다. 나는 소리치며 집으로 뛰어 들었다. 아버지는 아무 말이 없었다.

"저거 집도 아니고 길가에 숨가 논 나무를 한마디 말도 없이 싹둑 잘라버리는 심사는 뭐꼬?"

어머니의 불평어린 말이 버드나무가 잘려나간 이유를 설명하게 했다. 이유인즉 버드나무가 고모 집을 덮치면 지붕을 내려앉게 한다는 것이었다. 고모부는 그 이유를 대어 한마디 상의도 없이 버드나무를 잘라 버렸다. 그 버드나무는 고모 집 지붕하고는 상관없는 길가에 심어진 나무였다.

자기 땅이 된 이상 길가에도 풀 한 포기 심지 말라는 심사였던 것이다. 어머니의 잔소리는 그로 인해 더 아버지를 공격하게 했다. 어머니가 제일 아끼던 기름진 전답을 노름으로 날린 아버지를 원망하는 어머니의 잔소리는 조그만 꼬투리라도 잡히면 밥을 짓는 내내 이어졌다.

버드나무에 대한 추억은 내 어린 감성을 살리기 충분했다. 집 바로 옆 길가 쪽으로 커다란 버드나무 한 그루가 있었다. 고모부 말대로라면 그 버드나무는 우리 집 지붕하고 바로 붙어 있어 태풍이 부는 여름장마에 나무가 쓰러져 지붕을 열 번이라도 덮쳤어야 맞는 말이었다. 자신이 베어 버린 어린 나무도 아니었고 수 십 년을 자라 하늘을 향해 뻗은 고목이었다. 하지만 그 나무는 무성히 자라도록 지붕을 덮치지 않았고 우리 집에 그늘을 만들어주고 안테나를 고정시키는 지렛대역할을 충실히 수행하고 있었다.

밤이면 작은방 창호지 방문에 달빛을 받은 버드나무 잎이 모양을 수놓았다. 그 모양은 바람 따라 잔잔히 흔들리며 여러 형상을 보여주었다. 나뭇잎도 사각거리는 소리를 내며 흔들려 나는 자장가 삼아 그 소리를 들으며 잠들기도 했다. 비가 내리는 날이면 잎사귀 위에 떨어지는 빗소리가 더 듣기 좋았다. 토도독 톡톡, 토도독 톡톡. 세상에는 없는 악기였다. 양철지붕을 드럼처럼 두드리는 거센 빗줄기가 나뭇잎의 음률을 가려 버릴 때면 들을 수 없었지만 조용히 비가 내리는 날이면 버드나무 잎은 내 가슴에 잔잔한 잎의 음률을 들려주었다.

비 오는 밤 들려주던 양철지붕의 드럼소리, 버드나무 잎의 타악기 소리는 자연이 내게 주는 관현악의 무대였다. 큰 방에 잠들어 계시는 부모님과 빗소리의 평온한 밤, 아버지가 술에 취해 흐느적거리지 않았고 어머니의 바가지 긁는 소리가 대세가 되어 안락한 날이 흘러가고 있었다. 내 인생에 꼽으라면 엄지를 내놓을만한 행복한 날들이었다.

그렇게 내게 가슴속 토닥임으로 다가왔던 우리 집 버드나무도 생명을 다 할 날이 찾아왔다. 싸리나무로 엮거나 대나무로 엮던 담장을 세월 따라 시멘트로 찍은 벽돌을 쌓아 올리면서 나무를 베어내야 할 때가 온 것이다. 학교 갔다 돌아 온 어느 날 싸리 담장은 흔적도 없이 사라지고 군데군데 벽돌이 쌓아져 있었으며 그 벽돌들이 차곡차곡 담장자리에 얹혀 져 갔다. 내게 무한한 안식이었고 잠자리에 들면 청각을 일깨워 사각거림으로 잠드는 순간까지 잎사귀의 음률을 들려주었던 버드나무는 시멘트에 밀려 무성한 잎을 영원히 피울 것 같던 내 희망을 안고 흔적도 없이 떠나가고 말았다.

집을 들어서면 제일 먼저 주먹만 한 탐스런 얼굴을 내밀며 미소로 반기던 싸리대문 옆 키다리 노란 꽃도 마지막 작별도 없이 떠나가고 없었다. 싸리문 옆 키다리 꽃만 사라진 것이 아니었다. 장독대를 둘러싸고 있던 내 허리만큼의 키로 자라 해마다 꿀벌들이 잉잉거리며 꿀을 채취하던 포슬포슬한 노란 꽃들도 모두 뽑혀 나가고 그 자리도 시멘트 벽돌이 쌓여 있었다.

너무 서운했다. 작은 집이었지만 어머니는 꽃을 좋아해 곳곳에 꽃을 심었다. 특히 노란 꽃들이 대문과 장독대를 차지해 봄부터 여름까지 우리 집은 미니 꽃동산으로 변했다. 앵두꽃까지 가세해 피어나면 나비와 벌들이 날아들었고 작은 마당에 있으면 요정이 된 것처럼 마음이 환히 밝아오던 느낌이 들곤 했다.

시멘트 벽돌은 우리 집만 침범한 게 아니었다. 나무와 꽃들은 시들고 나면 마당을 지저분하게 만들어 손이 많이 갔다. 일손이 턱 없이 부족한 시골 사람들에게 시멘트 벽돌은 튼튼하게 집을 지켜주며 잎사귀와 꽃잎, 잔가지 등으로 집을 더럽히지 않았기 때문에 당연히 바꿀 수밖에 없는 최신 담장이었다. 선택의 여지가 없이 모두의 집을 빠르게 침범했다.

어머니는 앵두나무가 있는 안쪽 담장을 쌓으면서 앵두나무도 베어버리려는 아버지를 극구 말렸다. 앵두나무조차 없으면 그나마 앵두 철이 되면 앵두나무만 바라보던 자식들의 군것질거리가 하나도 없어지고 만다. 다른 집들은 과일나무가 이것저것 많이 심어져 있었지만 워낙 작은 집터에 앵두 두 그루도 버겁기는 했다. 앵두나무는 너무 잘 자라 장독을 덮고 마당까지 침투해 가지를 늘어뜨렸다. 그 늘어진 가지도 베어내지 않았다. 손이 잘 닿는 가지는 키 작은 우리 형제가 가지를 잡고 앵두를 따 먹기에 최상의 조건이었기 때문에 어머니는 가지를 베어내지 못하게 했다. 결국 안쪽 담은 나무가 있는 곳은 비우고 담장이 쌓였다. 그런 담장은 벽돌이 다 연결된 담보다 튼튼하지는 못해 세월이 가니 저절로 금이 가고 보수공사를 수시로 해야 했다.

어머니는 그래도 마음이 흡족한 듯 보였다. 앵두나무를 살린 어머니의 선택은 탁월했다. 지금까지도 앵두 철이 되면 시골 오두막집 앵두나무는 알이 굵은 앵두를 매달며 우리를 그곳으로 발길을 머물게 한다.

상수도 공사도 이루어졌다. 어머니 목이 거북목이 되도록 우물에서 물을 길어다 써야 했던 힘겨운 세월들이 역사 속으로 사라지는 기쁜 일이었다. 집에서 수도꼭지만 돌리면 물이 철철 나왔고 나는 깔끔한 어머니 성격을 뼈 속까지 물려받아 수돗가에서 씻어대기 시작했다.

키다리 노란 꽃과 장독대를 둘러 한 줄로 늘어서 있던 노란 꽃들의 이름도 모른다. 그리고 그런 꽃들을 그 후로 어디서든 한 번도 보지 못했다. 씨앗을 구해 지난날을 그리며 화분에라도 심어 추억하고 싶다. 식물도감이라도 뒤져봐야 꽃 이름이라도 알 수 있을지. 어머니와 더불어 추억이 되어버린 노란 꽃은 천상에서 어머니 주위에 피어 어머니를 웃음 짓게 하고 있을지 모를 일이다.

매년 어버이날이 되면 뒷동산에서는 어버이날 행사가 열렸다. 내 기억으로 그 행사는 내가 아주 어릴 적부터 해마다 열렸으며 청소년기가 되면서 어버이날 행사도 시들해져 기억 속에나 머물 추억이 되어 버렸던 것으로 안다.

어버이날은 참으로 큰 행사였다. 남녀노소 할 것 없이 모든 사람들이 모여 즐기는 마을의 큰 행사였다. 봄에는 정말 바쁜 철이다. 집집마다 보리타작을 하고 모내기를 해야 하는 일 년 중 가장 바쁜 시기이기도 했다. 그런 바쁜 농번기에도 어버이날 하루는 어른들은 일손을 놓았다. 마을 청년들이 마련해 주는 어버이날 행사를 즐기기 위해서다.

어머니 아버지도 그날만은 모든 일손을 접었다. 서둘러 아침을 챙겨먹고 뒷산으로 올랐다. 우리도 부모님을 따라 뒷산으로 갔다. 엠프가 설치되고 노래 가락은 일찌감치 엠프를 타고 마을 전체를 축제 분위기로 만들었다. 신이 난 동네 조무래기들은 너나 할 것 없이 뒷산으로 올라 어른들이 마시고 노는 풍경을 보며 덩달아 신이 났다.

뒷산 커다란 무덤은 그 날도 역시 유감없이 아이들의 놀이터가 되어줬다. 아이들은 무덤을 오르내리며 잡기놀이를 하거나 맹감나무의 둥근 잎을 따서 나뭇가지를 짧게 잘라 엮어 월계관을 만들어 쓰고 연극놀이 등을 하였고 어머니들이 눈치껏 챙겨 주는 음식을 옷 앞섶에 숨겨서 살짝살짝 먹으며 희희낙락하며 즐거워했다.

어머니 아버지는 요즘으로 치면 국악인이었다. 아버지는 어버이날마다 장고를 맡았다. 어디서 배운 솜씨였는지 모르지만 꽹과리 북 등과 함께 굿거리장단을 잘도 맞추었다. 장고를 둘러메고 장단을 맞추면 어머니는 춤을 추었다. 연례행사라 여겨 한복을 차려입고 추는 어머니의 흰 고무신 코가 치마 끝으로 살짝살짝 선을 보였다가 이내 치마 속으로 숨어들어갔다.

어머니의 춤 솜씨는 무용가를 능가할 만큼 선이 곱고 교태가 뛰어 났다. 동네 아낙들이 어머니의 춤 솜씨를 칭찬했고 한복을 입은 우아한 자태를 부러워했다. 어머니와 아버지는 어버이날은 한 쌍의 잉꼬처럼 보였다. 그 모습을 보고 어느 누가 평생을 지지고 볶으며 산 부부라 하겠는가.

나는 어버이날이 오면 마냥 좋았다. 어머니가 일을 하지 않는 것이 좋았다. 어머니 아버지가 정다워 보여서 좋았고 그 날은 다투지 않아서 좋았다. 얼마나 못내 그리던 풍경인가. 제발 더도 덜도 말고 어버이날만 있었으면 했다. 어머니의 웃음이 뒷산에 메아리치는 그날이 어린 마음에 그렇게 좋을 수가 없었다. 어머니 아버지는 마음껏 먹고 마시고 즐기는 그 날을 아낌없이 불살랐다. 하루를 천년처럼, 짧았지만 길게 즐겼다. 동네 어른들은 이리저리 무덤가 풀밭에 앉아 굿거리장단을 구경했으며 흥이 많은 사람은 덩실덩실 함께 춤을 추었다.

어버이날마다 어머니 아버지는 센터를 차지하는 주인공으로 솜씨를 유감없이 발휘했다. 어머니 아버지의 끼가 그렇게 뛰어 났거늘 다 풀지 못한 어두운 시대를 타고 태어난 것이 못내 가 슴 아프고 솜씨가 너무나 아깝다.

　어둑해져서야 마치는 어버이날의 행사를 끝까지 즐긴 아버지 는 모처럼 취하도록 마셔 큰방에 들어가서는 술이 깨도록 옛날 처럼 중얼거리며 늦도록 잠을 못 이루었고 어머니는 흥이 남아 집에 돌아와서도 수돗가에서 막걸리 한 잔을 김치와 곁들여 마 시며 노래를 불렀다. 어머니의 노래는 숨이 넘어가도록 호흡조 절이 필요한 길게 빼는 창법이었으며 나는 그 노래 가락의 음절 을 알아듣지 못했다. 알아듣지 못해도 그냥 좋았다. 매일이 그 날일수 있으면 어머니처럼 춤이라도 덩실덩실 출 만큼 감사한 날이었다. 제발 깨어나지 않는 꿈이었음 했다.

물귀신을 만나다

중학생이 되었다. 아버지와의 모녀지간의 살뜰했던 추억을 뒤로하고 읍내 4킬로를 걸어서 다녀야 하는 여중생이 되었다. 우엽이와의 단짝도 그로서 끝났다. 내가 중학생이 되면서 초등생인 우엽이와 잘 지내지지 않았다. 먼 거리를 통학해야 하는 이유도 있었고 한 번씩 전처럼 싸리문 밖에서 나를 부르는 그 아이를 문밖에서 잠시 만나고 돌려보내는 일이 많아졌다. 차츰 여중생이 되고 여고생이 되도록 한 동네에 머무는지조차 관심도 없었다. 그저 내 새로운 친구가 좋고 소녀의 민감한 감성을 노래했으며 이성에 대한 호기심을 키웠다. 우엽이는 초등학교를 졸업하고 객지로 돈을 벌기 위해 나가야 했다는 것을 한참만에야 어머니를 통해서 들었을 뿐이다. 쓸모없는 우월감으로 멀리했던 그 아이를 지금은 연락처도 모른 채 아련한 그리움이 일고 안부가 궁금해지고 소식을 전해 듣고 싶다.

1학년은 거의 다 걸어서 통학을 했다. 아침이면 동네 어귀에 모인 친구들과 손을 잡고 학교로 향했다. 신작로를 버스나 오토바이가 내달리면 뿌연 먼지가 교복이며 책가방이며 구두를 덮쳤다. 한손으로 코를 막을 뿐 다른 대책이 없었다.

학교에서 돌아오면 어머니부터 찾았다. 교복도 벗지 않고 들로 내달렸다. 어머니는 기겁을 했다.

"아이고, 교복에 때 타면 우짤라고 그러노. 교복이나 벗어놓고 오니라."

어머니가 너무나 보고 싶어 교복 벗는 시간도 아까웠던 것이다. 그나마 들에라도 어머니가 있으면 다행이었다. 장사 나가고 없는 날은 낙심해서 풀이 죽었다. 아버지는 어느 땐가부터 집에 자주 있었다. 기침 소리를 심심찮게 들었다. 학교 갔다 돌아와서 아버지가 마루청에 앉아서 담배를 피우는 모습을 자주 봤다. 담배를 피우면 기침을 더 잔지러지게 했다.

"아부지! 엄마 어디갔어요?"

들에 갔다는 소리는 좋아도 장사 갔다는 소리는 맥이 풀어졌다. 들에 갔으면 바로 어머니를 보러 들로 내달리면 그만이었다. 장사 간 날은 찾아 갈수가 없다. 해가 지고 어두워야 올 것이기 때문에 어머니를 목이 빠지도록 기다려야 한다.

줄 곧 어머니만 찾았다. 어린 기억 잠에서 깨어 어머니를 본적이 몇 번 없었기에 너무나 그리웠다. 학교에서 돌아와 집 모퉁이를 돌아서면 어머니가 집에 있든 없든 싸리문도 들어서기 전 골목에서 '엄마!'를 소리쳐 불렀다. 기적처럼 어머니가 집에 있는 날도 있었다.

"오야! 어서 오이라, 우리 딸 핵교 갔다 왔냐?"

그런 날은 너무나 좋았다. 어머니가 집에 있다는 사실은 나를 안도하게 했고 폴짝폴짝 뛸 듯이 기쁘게 했다. 어머니의 따스한 품이 그리워 목말라 고갈되어 어머니 아닌 어떤 누구도 내 고갈된 목을 축여줄 수 없었다. 어머니만 있으면 되었다.

아버지는 어머니가 장사 나가는 날이면 손수 밥을 지었다. 어느 순간부터 마냥 기다리지 않고 밥을 짓고 어머니를 기다리곤 했다. 언니들은 초등학교 저학년부터 어머니가 없는 날이면 밥도 짓고 집안일을 다 했지만 막내딸이라고 아버지마저도 일을 시키지 않았다.

아버지는 언제 배웠는지 밥을 아주 고슬고슬 잘 지었다. 땔감으로 지은 밥은 불 조절을 잘 해야 밑이 타지 않고 3층 밥이 되지도 않는다. 아버지 밥 짓는 솜씨는 어머니도 인정 할 만큼 아주 잘 지었다. 아버지가 밥 짓는 날은 쌀을 많이 섞어서 지었기 때문에 쌀밥을 먹을 수 있어서 좋았다. 표현은 하지 않아도 장사로 지친 어머니를 조금이라도 돕고 싶은 아버지의 마음이었을 거라고 생각된다. 거친 세월을 살게 한 미안함이 녹아있는 아주 짧은 시간의 아버지의 표현. 아버지는 몸이 날마다 쇠약해져 가고 있었다.

어머니는 날마다 신작로에서 둘러 쓴 뿌연 교복의 먼지를 탈탈 털어 옷걸이에 걸고 뿌연 가방도 깨끗이 닦았다. 구두는 깨끗이 닦아 댓돌 옆에 신기 편한 방향으로 돌려놓았다. 하얀 교복 칼라를 이틀마다 손수 빨아 학교 교우 중 제일 단정하다는 소리를 들었다. 어느 시간에 그 모든 일을 감쪽같이 해치우는지 모르지만 나는 어머니의 끝을 모를 희생과 사랑으로 소설에나 나올법한 단정하고 깔끔한 도도한 모습의 소녀로 청소년 시절을 보내게 되었다.

중학생이 되고 여름방학이 다가왔다. 여름이면 동네 아이들은 강가로 나가 수영을 하며 놀았다. 섬진강은 모든 아이들의 놀이

터이고 추억이 아롱아롱 매달려 있는 곳이다. 강나루에 나룻배가 줄에 묶여 물결 따라 흔들거렸고 우리는 그 배 위에 올라타며 사공이 걸쳐놓은 노를 저어보는 시늉을 하기도 했다. 어른들은 강에 나가 놀면 물에 빠져 익사라도 할까 염려되어 강가에 나가는 것을 철저히 통제했지만 아이들은 그 말을 새겨듣지 않았다.

광복절은 여름이 거의 끝나갈 무렵이고 강물이 차가워지는 시점이기도 했다. 중학교까지 4킬로가 떨어져 있는 탓에 방학 중 있는 광복절 기념일은 동네에 있는 초등학교에 출석을 해서 도장을 받아오면 결석으로 처리하지 않았다. 제법 많은 중학생이 초등학교 광복절 행사에 출석을 했고 그 행사가 끝나고 우리는 바로 집으로 돌아가지 않았다.

동네에서 왕초언니 역할을 했던 정숙이 언니가 모두 강으로 가자고 제안했다. 헤엄도 잘 못 쳤고 어머니의 당부가 마음에 걸렸던 나는 잠시 망설였지만 모래사장 끝에서 강물에 발만 담그기로 마음먹고 동참했다. 그렇게 다 모여 놀기도 자라면서 처음 있는 일이었다. 여름이면 대부분 서너 명이 모여 수영을 하거나 두꺼비 집을 지으며 놀던 기억은 있지만 동네 여학생 모두가 몰려간 것은 처음 있는 일이었다. 언니나 친구들과 강 조개(재첩)를 잡으러 다닌 적은 많지만 어머니 노파심에 눌려 수영을 배우지 못했던 나는 겨우 20미터 정도의 거리만 오가는 개구리헤엄을 치던 맥주병이나 다름없는 실력을 갖고 있었다.

7명의 중학생들은 신이 났다. 강가에 도착하자 교복을 훌렁 벗어 모래사장에 벗어던지고 속옷 차림으로 물에 뛰어 들었다. 헤엄을 못 치는 것을 아는 선배가 나더러 교복을 지키라고 했다. 모두 수영대회라도 하듯이 전라도를 향해 물을 가르며 헤엄쳐 나갔다. 혼자 남아 그 광경을 지켜보았다. 나는 부러워서 헤엄을 쳐 보고 싶었다. 교복을 벗어 던지고 강으로 들어갔다. 당시 나루터는 수심이 제일 깊은 곳에 위치하고 있었으며 칼바위라는 이름을 가진 뾰족한 바위가 모래 끝에서 강 쪽으로 연결되어 있었다. 그 바위 끝으로 강물이 소용돌이치며 세차게 흘러가고 있었고 어른들이 말하기를 열 길이 넘는 깊은 곳이라 정말 위험한 곳이라고 했다.

말하지 않아도 그곳은 깊은 물길을 알려주기라도 하듯이 검은 빛을 띠며 강물이 일렁거리고 있었고 다른 곳이 잔잔히 흘러도 그곳은 물살이 회오리를 치며 모든 것을 삼켜버릴 것처럼 거칠게 휘몰아치고 있었다.

그 중간쯤에 동그란 바위가 하나 물속에 잠겨 있었다. 그곳도 칼바위와 접해 있어 물길이 깊었다. 물속에 숨어 있는 바위는 그곳에 가기 전에는 보이지 않았으며 아이들이 헤엄을 치며 다녀봐서 발견한 바위였다. 그 바위까지의 거리는 모래에서 30여 미터쯤 되는 거리였으며 초등학교 때 우엽이를 따라 그곳까지 헤엄을 치며 연습했던 기억을 더듬어 헤엄을 쳐 나갔다. 갔다가 돌을 밟고 다시 돌아오기를 두어 번 했을 때였다. 발에 쥐가 났다. 발버둥 치면 칠수록 몸은 물속으로 빠져 들어갔다.

모두 전라도로 건너 간 상황이다. 칼바위 뒤는 남학생들이 자리를 차지해 놓고 있었지만 물소리와 바람소리에 가려 고함을 질러도 들리지 않을뿐더러 물속에 잠긴 몸은 소리를 낼 수조차 없었다. 아직 죽지 말라는 신의 계시였는지 그 극한 상황에 진리의 목소리가 들렸다. 허우적거릴수록 더 몸은 물속으로 가라앉는다는 것을 알지 못했던 시절이었다. 그런데도 숨이 꺼져가는 찰나 머리는 재치를 발휘했다. 죽음 앞에서도 살아 돌아온 번뜩이는 재치였다.

몸을 물속에서 차분히 가라앉혔다. 머리까지 모두 물속에 잠기도록 한 발 끝에 모래가 밟혔다. 나는 최대한 물의 저항을 줄이기 위해 손을 옆구리에 딱 붙이고 강시처럼 콩콩 뛰기 시작했다. 쥐가 난 발은 통증으로 힘을 줄 수 없었지만 남은 발에 힘을 더 주며 콩콩거리며 뛰었다. 발이 모래에 닿지 않고 몸은 더 깊은 곳으로 빠져갔다.

어머니의 노파심은 현실이 되었고 나는 어머니 생각만을 했다. 살아 돌아가야 어머니를 슬프지 않게 할 수 있다는 신념 하나였다. 더 열심히 강시처럼 콩콩거렸다. 그 동작을 얼마나 했는지 몸에 남아있는 힘은 다 동원해 강시가 되었다. 어느 순간 발끝에 모래가 닿았다. 깊은 물로 들어가던 몸이 가엾게 여긴 천사의 도움이었는지 얕은 곳으로 점점 나온 것이었다.

발 끝에 바닥이 닿는다는 느낌이 들자 나는 필사적으로 더 뛰어 드디어 머리가 물 밖으로 나와 구사일생으로 살아 날 수 있었다. 물 밖으로 나온 나는 모래사장에 그대로 뻗어버렸다. 물을 얼마나 먹었는지 배가 불룩 나와 있었으며 온 몸은 파랗게 변해 있었다.

죽음의 문턱까지 갔던 몸은 파르르 떨렸다. 정신을 차리고 쥐가 난 발을 정신없이 주무르자 발의 통증이 가라앉았다. 퍼뜩 옷을 주섬주섬 주워 입었다. 어서 집으로 돌아가고 싶었기 때문이다. 옷을 지키라 했던 부탁은 이미 내 머릿속에 없었다. 집으로 가기 위해 모래사장을 몇 걸음 걸었다. 몸이 휘청거렸다.

두 번째 오가며 전라도로 건너간 소녀들이 강물 여기저기 흩어져 파닥거리는 커다란 고기처럼 물살을 일으키며 돌아오고 있는 중이었다. 자기네들끼리 수영대회라도 하듯 힘찬 물질을 하고 있었다. 그때였다. 나는 눈앞의 상황에 빠져 있던 몸의 기운이 긴장으로 쪼여드는 것을 느낄 수 있었다. 헤엄을 치던 친구의 고함소리가 들렸다.

"수옥이 언니가 물에 빠졌다!"

전라도에서 중간점을 넘어 경상도 쪽으로 기운 지점이었다. 친구의 고함소리는 모두를 긴장시켰고 헤엄을 치던 소녀들은 서둘러 헤엄치는 속도를 내어 물 밖으로 나왔다. 나는 모래에 멍하니 서서 한 소녀가 물에 빠져 허우적대는 것을 지켜보았다. 소녀의 허우적대는 몸이 물 밖으로 올랐다 다시 가라앉으며 강물을 따라 떠내려갔다. 친구는 제일 늦게 도착해 거친 숨을 골랐다.

"옆에 헤엄치고 왔는데 발에 쥐가 났다며 나를 붙잡길래 나도 힘이 다 빠졌다고 뿌리쳤어."

아마 친구가 잡아준다고 붙잡았으면 그날 두 명이 큰일을 당했어야 했을 것이었다.

허우적대며 떠내려가는 소녀를 떨리는 몸으로 바라보던 나는 정신을 차리고 생에 제일 빠른 속도로 사공 집을 향해 뛰어갔다. 옷을 입은 사람은 나밖에 없었으니 당연히 내가 여기저기 어른을 찾아 나서야 했다. 불행은 비껴가지 않았다. 사공이 없었다. 늘 집을 잘 지키든 사공은 그날따라 부재중이었으며 가끔 강둑에서 풀을 베던 어른이 한 명도 보이지 않았다. 바위 뒤에서 놀던 남자애들도 일찍 돌아가고 없었다.

둑 밑에는 가옥이 두 채가 있었다. 나는 그곳으로 내달렸다. 죽을힘을 다해 고함을 지르며 달렸다.

"사람 살려! 사람 살려!"

두 채의 집도 비어 있었다. 나는 다시 강으로 달렸다. 수옥언니의 생사가 궁금했다. 내가 다시 간 강물 위는 허우적대던 언니의 모습은 보이지 않았으며 무심한 강물만이 햇빛을 받아 은빛으로 반짝이며 고요히 흐르고 있었다.

모래 위의 소녀들은 넋이 나간 표정들이었으며 그 와중에 옷은 언제 입었는지 모두 옷을 입고 있는 상태였다. 어디서 고함소리를 들었던지 어른이 하나 둘 모여들기 시작했다. 소문은 삽시에 펴졌고 동네의 모든 어른들이 당신의 자식들이 아닐까 혼비백산하여 달려왔다.

수옥언니 부모님은 까무러쳤다. 실신하기를 여러 차례하며 함께 수영한 우리들을 붙잡고 때렸으며 그러다 다시 실신을 했다. 사공이 배를 띄웠고 수옥언니 아버지는 우리가 봤다고 증언하는 그곳을 기점으로 강 아래 십 여리를 찾아도 시신은 찾을 수 없었다. 동네 건장한 헤엄을 잘 치는 젊은 청년들은 헤엄을 쳐 찾아 나섰지만 시신은 어디에도 없었다. 어른들이 오래 산 인생경험으로 봐서 물살 정도가 더 이상 먼 곳으로 시신이 떠내려가지 못했으리란 판단의 기준점까지 더해 그 아래까지도 찾았으나 허사였다.

어머니는 들에 나가 있느라 소식을 늦게 접해 집에 돌아온 나를 죽일 듯이 나무랐다.

"그렇게 강에 나가지 말라고 했는디 또 나갔나. 아이고 간이 오그라 들어 살 수가 엄다. 수옥이 어매가 어찌 살겠노."

나는 어머니의 안도의 한숨소리를 들었다. 나도 죽을 뻔 했다 살아왔다는 말을 차마 할 수가 없었다. 그날 해가 뉘엿하도록 어른들은 죽은 시신을 수습하려고 했지만 시신은 끝내 찾을 수가 없었고 다음날을 기약하며 밤을 맞았다.

밤이 되어 모두 모였다. 정숙언니가 한 명도 빠짐없이 모이자는 제안 때문이었다. 모두 모여 강에 나가 빠져 죽은 사람의 이름을 세 번 부르면 죽은 시체가 물 위로 떠오른다는 샤머니즘에 근거한 토속신앙을 어디서 들었는지 그 때문이었다. 학교 교문 앞에서 모인 우리에게 정숙언니는 강에 나가면 까무러치지 않기 위해 무서움을 이겨내는 극기 훈련을 해야 한다고 주장했다. 밖에 돌아다니기 무서운 밤이었다. 하늘에는 달도 뜨지 않아 어두운 시골길은 칠흑으로 변했고 그나마 집에서 새는 불빛만 별빛처럼 깜박이는 밤이었다.

정숙언니는 뒷산으로 가자고 했다. 낮에는 커다란 무덤을 놀이터 삼아 윗담 아이들이 날마다 놀던 곳이었지만 세월 따라 아이들 모습은 찾아볼 수 없었다. 그리고 보니 뒷동산에 올라본지도 몇 년은 된 것 같았다. 당찬 왕초였던 정숙언니의 말에 반대 의견을 내는 소녀는 한 명도 없었다. 우리는 손에 손을 잡고 어두운 골목길을 더듬더듬 발끝으로 더듬어 가며 뒷산을 향해 올랐다. 마을을 벗어난 뒷산은 사뭇 음산했다. 검은 나뭇가지들은 바람을 타고 귀신의 형상으로 하늘거리는 것 같았으며 발밑에 감겨오는 풀에도 소스라쳐 기절을 할 지경이었다.

모두 잡은 손을 놓지 않았으며 왕초답게 제일 선두에 선 정숙언니의 명령대로 우리는 움직이고 있었다. 5분여, 그렇게 어둠 속에 서로의 숨소리를 느끼며 앉아있던 시간은 길고도 두려웠다. 정숙언니는 드디어 내려가자고 했다. 손을 놓지는 않았지만 걸음들은 서로 앞서서 내려가려고 서둘렀으며 어느 새 좁은 골목에 다닥다닥 붙어서 내려오고 있었다. 그 발길들은 그대로 더듬거리며 강가로 향했다. 둑길을 걸어 강으로 가는 여섯 소녀들의 가슴이 콩닥거리며 드럼을 치듯 심장소리가 빠르게 요동쳤다. 한 걸음이 천 걸음쯤 되듯 느리고 긴 행렬이었다.

강물은 검게 흐르고 있었다. 여름이면 강가에 나오면 사람들이 밤에도 더위를 달래며 목욕을 하거나 모래사장에 앉아 더위를 식히며 여기저기 얘기소리가 들리고 했었다. 나는 언니들이랑 여름이면 강에 나와 발도 담그며 더위를 달랬고 모래사장에 앉아 언니들과 얘기하며 놀던 아름다운 추억을 그 날로 싹쓸이 지워야 했다.

하긴 광복절 날을 기점으로 거짓말처럼 강물이 차가워 심장마비를 일으키기 십상이라 어른들은 삶의 지혜를 살면서 내리받아 그 시점부터는 강가에 나가지를 않았다. 그 날은 사람이 강물에 빠져 죽은 날이라 더 인기척은 느낄 수 없었으며 마치 유령이라도 나올 것 같은 음침한 기운이 강가에 펴져 있었다.

우리는 한 줄로 모래사장에 앉았다. 낮의 열기로 데워진 모래가 식지 않고 따뜻하게 엉덩이에 전달되었다. 겁이 많았던 나는 중간을 차지해 앉았다. 우리는 정숙언니의 구령에 맞추어 목소리를 모아 큰 소리로 죽은 수옥언니의 이름을 세 번 불렀다.

손에 손을 잡고 움직이던 소녀들은 세 번 이름을 부른 후 다잡은 손을 놓았으며 초를 다투어 도망치듯 모래사장을 벗어나 둑길을 달렸다. 모두 제각각 흩어져 어디로 사라졌는지 생각할 겨를이 없었다. 참았던 무서움이 공포로 변했고 왕초를 하며 전두지휘하던 언니마저도 '걸음아 날 살려라' 며 도망을 쳤다. 하긴 그 언니라고 심장의 용량이 무한정은 아니었을 것이다.

단숨에 집으로 들어 온 나는 후다닥 방문을 열고 내 방으로 들어갔으며 즉시 문고리를 걸었다. 숨이 차서 헉헉거리며 후다닥 들어오는 통에 동네 개들이 모두 짖어대는 소동이 일어났다. 6명의 소녀들이 저마다 흩어져 뛰어 각자의 집으로 그런 식으로 움직였으니 동네 개가 다 짖어대는 것도 당연했다. 아버지는 살짝 빠져 나가 몰랐던 통에 딸 방에 괴한이라도 든 줄 알았던지 고함을 지르며 큰방 문을 열었고 어머니도 일찍 든 잠에서 깨어 상황파악을 하느라 내 방문을 열려고 했다. 방문 고리가 걸린 것을 안 어머니는 또 고함을 치며 꾸중을 했다.

"이런 날 가시나가 간땡이도 붓고로 어디를 나갔다 돌아왔다냐."

나는 아무 말도 할 수 없었다.

그날로 나는 아름다운 추억으로만 머물렀던 뒷산도, 강가도, 공포의 장소로 변했으며 밤에 대한 트라우마로 밤길을 쉽게 나다닐 수가 없었다.

우리의 극기의 힘으로 빚어낸 간절한 합창 덕이었을까. 밑으로 떠내려가며 모습을 감추었던 시신은 희한하게도 사흘 만에 칼바위 밑 제일 깊은 소용돌이치는 물속에서 떠올랐다. 과학으로 설명되지 않는 일이었다. 물은 아래로 흐르기 마련이고 물살에 밀려 허우적거리며 떠내려가던 시신이 물을 거슬러 바위 밑 제일 깊은 곳에서 떠오른다는 것이 말이 될법한 일인가.

더군다나 혹시 하는 마음에 어른들이 그곳을 긴 장대로 수없이 찔러보며 찾았던 자리였다. 그 어디에서도 시신의 흔적은 없었다. 그렇게 찾던 시신이 정확히 사흘 만에 스스로 강 위로 떠오른 것이었다. 사흘째 시신을 찾던 어른들은 기절할 뻔했다. 시신은 팔과 다리를 오그린 상태였으며 팔은 주먹을 꼭 쥔 채로 귀 옆으로 붙이고 있었다고 한다. 어른들은 혀를 끌끌 차며 물귀신에 홀렸다고 이구동성으로 입을 모았다. 시신의 형태가 그랬으며 그리 찾던 자리에서 없던 시신이 저절로 떠 오른 것도 그랬지만 분명 밑으로 떠내려가던 시신이 물을 거스른 것도 설명하기 힘든 아이러니가 아닐 수 없었다. 정말로 어른들이 말하는 우리가 설명하기 힘든 토속신앙이 있는 것인지 아무튼 시신은 찾았고 그나마 기절을 수십 번도 더 했던 수옥아주머니의 품에 딸을 돌려 줄 수 있어서 다행이었다. 말랑거리는 살아있는 딸이 아니라도 강물에 휩쓸려 영원히 못 찾는 것보다는 나았다. 그것은 더 지울 수 없는 한이다.

시신은 팔과 다리를 웅크린 자세여서 관에 넣기 위해선 펴야 했으며 어른들은 펴지지 않는 팔다리를 펴느라 진땀을 흘렸다고 했다.

중학교에 들어가 처음 맞은 여름방학과 슬픈 광복절의 추억은 동네에서 함께 자란 한 언니의 영혼을 하늘나라로 보내며 끝을 맺었다. 두려운 섬진강은 그 후로 어떤 동네 아이들의 모습도 보이지 않았으며 다음 여름이 되어도 수영을 하는 사람은 한 명도 없었다. 마을에는 구전처럼 물귀신이 꼭 재물로 한 명은 데려간다고 더 철저하게 자식들을 단속했으며 아이들 스스로도 그 사건을 알고 있었기에 무서웠을 것이다.

전설로만 전해지던 물귀신이 왜 하필 우리가 놀던 그 날에 첫 재물로 그 언니를 삼았는지 모를 일이었지만 그 언니는 칼바위의 재물로 어린 영혼을 바쳤다. 어쩌면 나를 표적으로 삼았던 물귀신이 하도 살고자 필사적으로 버둥거려서 그 언니를 데려갔는지도 모르겠다. 내가 칼바위 근처에서 얼쩡거리며 놀았기 때문이고 발에 쥐가 먼저 난 것도 나이기 때문이다.

나는 지금도 물을 무서워한다. 조금만 깊은 물은 아예 들어가지도 못한다. 그날의 공포는 수십 년이 흐른 후에도 기억을 흐리게 할 줄 모르고 내 안에 잠재해 있다.

둘째 언니의 결혼과 죽음

둘째 언니가 어느 순간 자주 집으로 내려왔다. 그러다 아예 서울로 가지를 않았다. 읍에 있는, 당시의 유명한 서울약국을 다녀오는 눈치였다. 언니의 어디가 아픈 것인지 어리다고 생각했는지 아무 말도 해 주지 않았다. 그러다 약이 잘 들은 것인지 집에 쉬던 언니가 시집을 갔다.

이유야 어찌 되었던 나는 마냥 좋았다. 둘째 언니는 우리 동생들의 우상이었다. 동생들을 참으로 예뻐해 주었고 어머니에겐 더 할 수 없는 효녀였다. 막내 언니가 떠난 허전함은 바래졌지만 둘째 언니가 오니 다시 그 빈자리가 꽉 차는 느낌이었다. 통통한 얼굴에 복스러운 미모를 갖추고 성격도 좋아 누구나 좋아할 인물이었다. 가족 모두 노래를 잘 했지만 특히 둘째 언니는 최고로 노래를 잘했다. 마을 콩쿨대회가 열리면 단연 1등을 해서 상을 타왔다. 언니 오빠들 모두가 다 콩쿨대회가 열리면 상을 타 왔다. 그 정도로 노래를 잘 하는 집안이었다.

언니는 집에 오면 어디든 내 손을 잡고 데리고 다녔다. 동네 사촌, 육촌언니들과 놀 때도 데리고 다니며 챙겼다. 어느 날 춥지 않은 계절이었던 것 같다.

"옥아! 엉가랑 학교 운동장에 가자."

언니는 내 손을 잡고 운동장으로 갔다. 해가 진 운동장에 은은

한 달빛이 내려앉아 있었다. 언니는 그네 위에 걸터앉아 앞뒤로 그네를 움직였다. 흔들리는 그네에 앉아 언니는 노래를 불렀다. 명절 때 전축에서도 들어보지 않은 신식 노래였다. 언니의 노래는 내 부푼 마음에 차고 들어 와 전율을 일으키게 하고도 남았다. 달빛이 무대 조명처럼 은은하게 비추는 텅 빈 운동장에는 언니의 목소리만이 달빛과 함께 운동장을 아름답게 수놓았다. 두고두고 언니와의 추억의 한 페이지에 머물며 때론 아련하게 때론 가슴을 매이게 하는 날이 될 줄 그 순간은 차마 알지 못했다.

그러던 어느 날 둘째 언니가 시집을 간다고 했다. 진주에 있는 남자라 했다. 장남이 아니라서 어머니는 순순히 귀한 딸을 시집 보낼 생각을 했는지도 모르겠다. 나는 또 한 번의 시린 가슴을 느꼈다. 그 남자가 미웠다. 곱디고운 언니를 데려가는 그 남자를 패주고 싶었다.

언니가 시집가는 것도 마땅찮은 내게 결혼식 날 하기 싫은 일을 시켰다. 전통혼례식을 올리던 그때는 '축사' '답사'를 양가에서 붓글씨로 세로로 써 내려 읽어주는 절차가 있었다. 신랑 측에서 '축사'를 읽으면 신부 측에서 '답사'를 답례로 읽는 것이다. 그 절차는 어린 아이에게 시키지는 않는다. 주로 청년이 되고 어른이 되어야 그 절차를 밟았다. 무엇보다도 '남, 녀'가 유별해서 여자는 그런 일 자체를 하지 않았다. 그런데 이제 갓 중학교에 입학한 초등학생 티도 못 벗은 촌뜨기 시골 소녀한테 답사를 읽으라는 게 가당키나 한 일인가. 이것저것 다 떠나서 부끄러워서도 못 할 짓이었다.

결혼식은 동네 구경거리다. 어버이날 못지않게 남녀노소 구경을 하겠다고 몰려든다. 그 많은 관중 앞에 서서 어린 촌뜨기가 답사를 읽기에는 감당하기 벅찬 일이었다. 요즘처럼 무슨 대회니 하면서 대중 앞에 서서 발표를 하는 것이 자연스런 시절이 아니었다. 수업시간 발표도 없던 시절이다. 선생님이 지목해 겨우 국어책을 읽히는 정도였다.

결혼이라는 큰 대소사, 예를 갖추는 자리에 어린 나를 앞세운다는 게 이치가 맞지 않았다. 난 못한다고 했다. 어디 도망이라도 가고 싶었다. 식구들은 한사코 나를 지목해선 밀어붙였다. 하도 못한다고 하니 살짝 수긍하는 것처럼 하더니 끝내는 나를 구슬려 결혼식 답사 자리에 세웠다.

단정히 손질한 교복을 입고 양가 어른들과 구경 온 마을 전체 사람이 모인 자리에서 답사를 읽어 나갔다. 익숙지 않은 세로 글이 난제였지만 한글을 여섯 살 때부터 익힌 수제가 아닌가. 집안에서도 그것을 노려 나를 그 자리에 세운 원인이 되었을 테고.

첫 발표인 셈이었다. 국어시간에 국어책을 읽어본 이래 처음 대중 앞에 나선 셈이다. 약한 마음에 누가 살짝만 건드려도 울음보부터 먼저 터지던 촌뜨기의 답사읽기는 대성공이었다. 떨리는 손으로 세로로 길게 만 화선지 답사종이를 풀어가며 자꾸만 감겨드는 목소리를 진정시키며 읽어내려 갔지만 다행히 더듬지는 않았나 보다. 박수소리가 우렁차게 터져 나왔다. 여기저기서 웅성거리는 소리가 들렸다.

"오매, 똑똑하다이."

"저 어린 것이 어찌 저리 당찰꼬."

결혼식이 끝나고 사돈어른들은 일일이 내 손을 잡았다.

"사돈처녀, 똑똑허요"

나는 꿈처럼 어떻게 지나갔는지 모를 하루를 보냈다. 도적처럼 생긴 형부가 하룻밤을 묵은 뒤 천사 같은 고운 언니를 데리고 집을 떠났다. 어머니는 눈물을 훔치며 어머니의 분신 같은 딸을 떠나보냈다.

"아가! 잘 살거래이."

언니도 복스러운 얼굴 가득 미소를 머금고 있었지만 눈에선 눈물이 냇물줄기처럼 흘러 내렸다. 두 모녀의 눈물은 언니를 보내기 싫어하는 내 마음에 더 슬픈 장면으로 박혀왔다.

둘째 언니가 시집을 가고 다시 집안은 허전함으로 채워졌다. 막내 언니가 서울로 간 날보다 더한 알 수 없는 허전함이 몰려왔다. 직장을 다니기 위해 집을 떠나는 것과는 다른 느낌이었다. 큰 언니는 워낙 나이차가 많아 시집을 가는가보다 했지만 둘째 언니는 달랐다.

시댁에서 시부모님을 모시지 않아도 되는 형부의 조건도 어머니 마음에 들었겠지만 둘째 형부는 언니 못지않게 서글서글한 성격이었다. 신체도 튼튼해 보이고 밥은 굶기지 않아 보였다. 명절에 가족이 다 모이면 둘째 형부는 걸걸한 입담과 서글서글한 성격으로 가족의 마음을 녹였다. 도적 같은 형부는 단번에 내 마음도 녹여버렸다. 형부 또한 처갓집을 편안해 했다. 아버지는 예전부터 동네에서 호인으로 칭송받았다. 집안 대대로 양반 집안에 할아버지가 호인으로 칭송받았기에 할아버지 덕을 많이 봤을 수도 있었지만 밖에 가서 싫은 소리 한 마디를 하지 않는 선한 성품에 더 호인이란 칭송을 받았을지도 모른다. 아무튼 호인 같은 장인과 정 많은 장모를 좋아했고 명절이면 전축을 틀어놓고 잔치를 벌이는 화기애애한 집안 분위기에 매료됐다. 어머니는 무뚝뚝하고 말 수 없는 큰 형부보다 입담 좋고 애교 많은 작은 형부에게 반해 사위가 오는 날이면 웃음꽃이 떠나지를 않았다.

 어둡고 칙칙하던 어린 기억들. 눈에 눈물이 마를 새 없이 울부짖던 어머니의 통곡과 땅이 꺼지고 하늘이 무너지던 어머니의 한숨 소리가 잦아드는 시점이기도 했다. 그대로 살아계시는 동안은 잔인한 악마는 어머니의 삶에 더 이상의 어두운 장막은 드리우지 말았어야 했다. 허나 그 운명의 악마는 잠시의 어머니의 웃음도 시샘을 했다.

 둘째 언니는 시집가서 잘 살았고 형부는 처갓집에 더 없이 잘했다. 어머니는 만족했고 모든 시름이 다 사라지는 것처럼 여전히 부지런히 일을 해 남편을 섬기고 막내 둘을 알뜰살뜰 키우고 살폈다.

 둘째 언니가 임신을 했다. 무슨 병인지 서울 약국을 다니며 치료가 다 된 것 같았던 병이 서서히 언니를 괴롭혔다. 언니의 배는 그래도 불러왔고 그 때까지도 모두가 언니가 무슨 병 때문에 시름시름 앓는지도 몰랐다. 시골이라 큰 병원도 없었고 있다 해도 대수롭지 않게 생각해 약국을 찾았을 것이다. 어머니는 애가 타다 못해 속이 까맣게 타들어 갔다. 너무 고생시켜 그런 줄만 알았다. 딸 중에 제일 통통하고 성격도 좋아 털털해서 웬만한 일에는 내색도 않고 잘 견디는 편이었지만 어머니에게까지 힘든 것을 내색하는 것을 보면 예사로운 일은 아니라는 걸 직감적으로 느낄 수 있었다. 어느 날 학교 갔다가 돌아온 집안 분위기가 예사롭지 않았다.

둘째 언니가 사산을 했다는 것이다. 진통 때 태동이 느껴지던 아기가 죽어서 태어난 것이었다. 슬픔이라 표현하기도 무색한 일이었다. 뒷골을 한 대 얻어맞은 것처럼 찡하는 충격이 와 닿았다. 그 다음날에는 언니가 집으로 몸조리를 왔다. 어머니는 지극정성으로 언니를 간호했다. 통통하고 늘 미소가 떠나지 않았던 언니의 생경한 얼굴은 병자처럼 낯빛이 어두웠고 반쪽이 되어 있었다. 낯선 언니 모습이었다. 동생들을 끔찍이 여기고 부모님에게 효도하며 특히 어머니의 정신적 위안이었던 둘째 언니의 모습이 아니었다.

아기까지 잃고 마음이 본 마음일리 없었고 그런 딸을 지켜보는 부모님의 마음은 또한 얼마나 애간장이 다 녹았을지 짐작이 간다.

며칠을 몸조리를 하던 언니는 이젠 다 나았다며 자기 집으로 가겠다고 했다. 출가외인인 언니가 집으로 돌아가고 싶었는지 아니면 어머니를 고생시키기 싫었는지 잘은 모르겠지만 어쨌든 언니는 형부와 함께 집으로 돌아갔다.

저승사자는 아기만 데리고 가는 게 아니었다. 그 뒤로 언니는 더 야위어지며 시름시름 앓았다. 어머니는 언니 집에서 거의 살다시피 했다. 진주시에 있는 큰 병원에 급기야 입원을 했고 백

혈병이라는 진단을 받았다. 어머니의 마음이 무너져 내렸다. 고생시킨 것도 미안해 어찌할 바를 모르고 애잔한데 시집보내기 전 조금씩 좋지 않던 몸을 대수롭게 여겨 약으로 다스리려고 했던 당신을 자책하며 어머니는 주저앉았다. 하늘이 무너지는 것을 느꼈을 어머니였다. 어머니는 백방으로 뛰어다녔다. 딸을 살릴 수 있다면 못 할 것이 없었다. 당신의 목숨이라도 내 놓을 판이었다. 좋다는 약을 수소문 했으며 언니에게 그 약을 달여 먹였다. 애간장을 쥐어 정성이 하늘에 닿도록 기도하고 산병을 했지만 언니의 병은 호전될 기미가 보이지 않았다.

어머니는 집안 살림할 겨를이 없었다. 서울에 있는 막내 언니가 불려 내려왔다. 막내 언니가 내려오면 풀쩍풀쩍 망둥이처럼 좋아서 뛰어야 할 판이었는데 나는 그러지 못했다. 집안을 떠다니는 검은 그림자는 우리 가족이 웃는 꼴을 보지 못했다. 기쁨도 잠시 내리는 선물이었고 행복도 광음처럼 스치는 한낮 형상이었다. 우리 가족들은 어두운 골짜기를 향해 발걸음을 다시 내디디고 있었다.

중학교 2학년이 되었다. 어두운 집안의 분위기에도 학교를 가면 집안일을 잊을 수 있었다. 단짝과 어울리며 누가 생리를 시작했다는 둥의 이야기며 가정선생님 과학선생님 등등 선생님들의 모든 일거수일투족을 관찰하고 칭찬하거나 흠을 잡았다. 당시 가정선생님은 노처녀였는데 히스테리가 정도를 넘어 학생들을 괴롭혔다. 뚱뚱한 체형의 가정선생님은 시집 못간 히스테리를 특히 여학생들에게 풀어냈다. 수업을 마치고 쉬는 시간이면 껌처럼 여학생들에게 씹혔다. 과학선생님은 바람둥이였던 것 같았다. 누구랑 부적절한 관계였는지 희귀한 소문이 돌면서 학생들의 입에 오르내렸다.

초등학교 때 잘한 공부는 그런 잡다한 수다와 지금껏 몰랐던 소설에 눈을 뜨면서 성적이 떨어지기 시작했다. 교무실에 여러 번 불려갔다. 담임선생님은 성적표를 비교하면서 성적이 왜 이리 떨어지는지, 집안에 무슨 일이 있는지 물었지만 나는 아무 대답도 못했다. 딱히 변명할 여지도 없었다. 공부를 하지 않았기 때문이다.

소설에 빠지면서 닥치는 대로 소설을 읽었다. 친구에게 빌려서 읽든 동네 누구 집에서 빌려다 읽는 삼류소설이든 너무나 재미있어 수업시간도 교과서를 세워놓고 몰래 책을 읽고 또 읽었다. 가난한 집 형편에 책을 가려서 사 볼 형편이 못되었다. 책이라 하면 어떤 책이든 빌려주면 다 읽었다. 그러다 선생님에게 들키면 책을 빼앗아갔다. 뒤에 벌을 세웠고 수업을 마치면 교무실로 책을 찾으러 오라고 했다. 남의 책이니 찾으러 가야 했고 담임선생님께 또 꾸중을 들었다. 학교 성적표에 있던 '수 수 수 수 우'는 '우 미 미 미 미'로 바뀌어 갔고 성적표를 받는 날이면 아버지에게 보여줄 일이 꿈만 같았다.

그런데도 소설의 유혹에서 벗어날 수 없었다. 같은 반 친구들에게 가상연애편지를 써 주었으며 밤마다 새벽까지 불을 밝히고 공책에다 수업내용 대신 소위 문학을 끄적였다.

아버지는 늦은 밤 소변을 보러 나오면 딸의 방에 켜진 불을 보고 밤이 늦도록 공부에 매진하는 줄 알았는지 부드러운 목소리로 말하곤 했다.

"옥아! 늦었다. 어서 자거라."

아버지의 목소리가 어찌나 부드럽고 다정다감하던지 늦은 시간 꿈속에서 들리는 목소리 같기도 했다.

학교에서 돌아왔다. 여느 때의 분위기보다 더 심상찮음을 느꼈다. 시집간 큰언니 내외도 와 있었고 작은집 식구들도 와 있었다. 우리 십이 밝은 분위기가 아닌 것은 어색하지 않은 일이지만 더 블랙홀처럼 어두웠다.

학교에서 돌아와 쭈빗거리는 내게 아무도 일언반구 말이 없었다. 모두 그저 침울한 표정으로 반쯤 넋 나간 모습이었다.

작은방으로 들어섰다. 어머니의 눈은 퉁퉁 부어 눈을 떠도 떠지지 않을 만큼 눈꺼풀이 두꺼비눈처럼 튀어 올라 있었고 눈물범벅된 얼굴은 얼룩져 일그러져 귀신형상이었으며 아무렇게나 흐트러진 머리가 흡사 미친 사람처럼 보였다. 동공은 퍼져 있었으며 몸은 이리저리 흔들리고 있었다. 슬픔에 겨워 슬픔을 감당하지 못하는 처참한 모습이었다. 가슴이 뛰었다. 어머니는 늘 자주 통곡을 했지만 저 정도는 아니었다는 생각이 들었다. 무엇이 어머니를 저리도 미치게 했는지 가늠이 가지 않았다.

침울한 마음으로 상황파악도 하기 전 어머니는 나를 붙들었다. 그전에도 수없이 나를 붙들고 울던 어머니라 오늘은 무슨 일로 그럴까라는 생각을 할 필요도 없었다.

"아이고 옥아! 니 엉가가 죽었다. 진주엉가가 죽었다."

쿵! 방망이가 가슴을 치는 소리가 들렸다.

꺼이꺼이 울던 어머니는 까무러졌다. 기절하기를 수십 번도 더했다. 저러다 어머니가 이번엔 진짜로 미쳐버리지나 않을지 걱정이 앞섰다. 믿겨지지 않는 현실을 어떻게 받아들여야 할지 다른 생각을 할 겨를도 없었다. 언니의 죽음에 대한 애절함보다 당장 앞에 있는 엄마가 걱정되었다.

"아이고 행님! 아 앞에서 진정하소."

작은어머니는 어머니 정신을 차리게 했지만 어머니는 정신을 가다듬지 못했다.

"행님! 남은 자식들을 봐서라도 정신을 차려야 될 거 아니오."

작은어머니는 어머니를 흔들며 애걸복걸하듯 했다.

어머니는 까무러쳤다가도 다시 벌떡 일어나 주저리주저리 아무 말이나 늘어놓았다. 울다 기절하고 다시 울다 기절을 했다. 아버지는 큰방에서 꼼짝도 하지 않았다. 그렇게 내던 기침소리도 없었다. 집은 유령의 집처럼 무거웠고 어두웠다. 며칠을 그렇게 어머니는 정신을 놓았다 다시 붙들고 다시 정신을 놓았다. 작은 어머니가 날마다 찾아와 밥을 차려 조금이라도 먹이려 했지만 밥 한 톨 입으로 넘기지 않았다.

권유에 못 이겨 숟갈을 들다가도 다시 내려놓으며 하염없이 꺼이꺼이 울었다. 미치는 것도 염려되었지만 저러다 어머니까지 언니를 따를 것 같아 불안은 공포로 변했다.

막내 언니가 차려주는 밥을 먹고 학교를 갔다. 어머니를 두고 학교 가는 것이 정말 싫었다. 학교에 가 있는 동안 어머니가 미치거나 죽을 것 같아서 불안하기만 했다.

"너거 어매 쪼매만 있음 괘안을끼다. 걱정 말고 핵교 가거라이."

　아침 일찍 집을 찾은 작은 어머니는 그 순간은 어머니 대신해서 참 든든했다.

　그렇게 학교를 갔고 위의 언니는 어머니를 대신해 살림을 살았다. 큰언니는 시댁식구도 감당하기 힘든 맏며느리였다. 오래 집을 비울 수 없는 처지였다.

자식을 가슴에 묻고, 살아야 한다

산 사람은 살게 되어 있는지 곡기를 끊었던 어머니가 죽을 쑤어 오게 했다. 마음을 겨우 부여잡은 지난 시간은 어머니에겐 저승의 문간을 밟다가 되돌아 온 긴 시간이었을 것이다. 어머니에겐 지금껏 살아온 힘든 어느 시점보다 더 억겁의 시간이었을 것이고 사는 동안은 가슴에 맺힌 절규를 두고두고 하늘에다 쏟아 부을 것이었다. 죽은 언니는 그렇게 허망하게 갈 사람이 아니었다. 하늘에서 데려갔다면 천상의 선녀로 큰 자리에 쓰일 영혼이라 그랬을 것이다. 그만큼 그 언니는 선녀처럼 곱고 아름다운 영혼으로 세상을 산 사람이었다. 어느 자식이 선하지 않은 것도 순하지 않은 것도 아니었지만 부모님에게나 형제들에게 언니는 천사의 자리를 도맡아 한 없어서는 안 될 귀한 존재였다. 언니의 빈자리가 더없이 공허하게 느껴지는 이유다. 아름다운 모습으로 태어나 아름다운 마음으로 살다가 스물다섯 해의 짧은 생을 마감한 언니는 우리 식구들 모두의 마음에 선홍빛의 상처를 남기며 하늘나라로 갔다.

어머니는 반달쯤 곡기를 끊은 빈속에 미음을 넘겼다. 어머니가 자식을 따라가지 않고 마음을 잡은 단 하나의 이유는 남은 자식들이었다. 아직은 어린 막둥이들이 있었고 시집보낼 언니도 있었다. 그동안 어머니는 숨만 겨우 붙이고 작은 방에 누워 입으로 넣어주는 물 몇 방울을 목으로 넘겼다. 곡기를 끊었으니 힘이 빠지면서 드러눕게 되었다. 뼈만 남은 앙상한 어머니의 가슴이 힘겹게 위로 올랐다 다시 꺼지곤 했다. 산송장이 따로 없었다. 나는 어머니 옆에서 어머니가 그랬던 것처럼 목젖이 다 보이도록 울었다.

"엄마! 정신 차려, 엄마 죽으면 우리는 어떻게 살라고."

어머니를 흔들며 목 놓아 울었다. 나는 공포에 가까운 마음을 진정시킬 수가 없었다.

학교 갔다 돌아오면 엄마부터 외치며 들어오던 마음이다. 어머니가 그리워 학교 가서도 빨리 돌아가 어머니를 보고 싶었던 마음이다. 어머니 없으면 살 수가 없을 것 같았다.

내 모든 뒷바라지를 티끌의 빈틈도 보이지 않고 말끔히 해 주시던 어머니가 이럴 수는 없었다. 목숨보다 귀히 여기던 자식이 하늘나라로 갔지만 목숨보다 귀한 남은 자식들을 위해서라도 정신을 차려야 했다. 나뭇가지보다 더 앙상한 팔을 힘겹게 들었다. 허공을 헤매는 어머니의 손을 잡았다. 어머니의 눈에 두 줄기 뜨거운 눈물이 흘렀다.

미음을 삼킨 어머니는 조금씩 회복되어 갔다. 학교 갔다 돌아가면 앉아 있었다. 다음은 마루청에 나와 앉아 있었다. 그 다음은 집안일을 했다. 다시 따뜻한 밥을 짓고 새벽에 아버지에게 줄 생쌀을 갈았다. 새벽 잠결에 어머니의 생쌀 가는 소리는 내 마음을 평온하게 했다.

그 소리는 자장가 소리보다 더 부드러운 음률이며 교향곡보다 더 경쾌한 행진곡이다. 어머니가 건강하다는 신호다. 나는 그 소리를 들으며 다시 깊은 잠으로 빠져들곤 했다.

"옥아! 일어나거라, 핵교 가야지."

어머니의 목소리가 잠을 깨울 때까지.

주막에 발길을 끊은 지 수 해가 지나도 아버지는 여전히 술심부름을 시켰다. 이제 그 술심부름은 나와 내 동생밖에 할 사람이 없었다. 사춘기가 되면서 술심부름이 창피해졌고 입에서 군소리가 나기 시작했다. 심부름을 시킬 때마다 투덜거렸다. 아버지는 내 투덜거림이 눈치가 보였던지 동생에게 술심부름을 시켰지만 남동생은 남자아이다. 집에 머물 시간이 없다. 책가방만 던져 놓으면 사라지고 없었다. 술심부름이 싫어 총알처럼 뛰쳐나가 버리는지도 모를 일이다. 심부름을 시키기 위해 학교에서 자식들이 돌아오기만 기다린 아버지는 오후에는 하루 일과처럼 술을 반 되씩 받아오게 했다. 위에서 아래로 물이 흐르듯 우리 형제들의 아버지 술심부름은 끝날 기미가 없었다.

어머니는 헤아릴 수 없는 날 동안 생쌀을 갈았다. 몽돌이 몇 개씩 닳아 없어지고 도가지도 닳아 쌀 갈이 도가지를 몇 개째 새로 장만해야 했다. 쇳덩이도 세월이 지나면 녹슬고 닳는데 어머니의 팔이 어찌 되었을지.

나중은 팔을 들어 올리지 못했고 밥숟가락 드는 것도 힘들어했다. 어머니는 늙어가며 가벼운 것만 좋아했다. 팔이 아파 조금만 무게가 나가도 들지를 못했다.

팍팍한 흙을 파는 호미질에, 들에서는 까끌한 보리걷이가 끝나면 모내기로 이모작을 했고, 그 많은 식구의 빨래 방망이질에,

장사 다니며 인 함지박을 하루 종일 벌서듯이 잡고 목이 터져라 외쳐야 했고, 앵두 다라이도 곧 백번은 더 이고 나르며 팔을 위로 뻗어 잡아야 했다. 수도가 없어 우물물을 이다 나르며 머리엔 양동이, 두 손엔 찰랑거리는 바케스를 양 손 들고 곡예를 하듯이 종종걸음 친 날은 또 얼마든가. 밤이면 잠자는 자투리시간을 쪼개 삯바느질을 했고 동네 품앗이며 잔칫날은 또 얼마나 불려 다녔던가. 아버지의 모진 매질을 온 몸으로 받으며 들끓는 설움을 참은 날은 또 얼마든가. 시어머니의 병 수발은 어머니를 더 삭게 했으며 시동생들을 키워 시집 장가를 다 보냈고, 자식들은 또 얼마나 많이 생산을 하였으며 키워 내었는가.

어머니는 밤이면 끙끙 앓았다. 팔이 아파 잠을 쉬이 들이지 못하는 날도 많았다.

"아이고 폴(팔)이야, 아이고 허리야."

어머니의 앓는 소리는 슬픈 곡조였다.

뭣 하러 그리도 힘든 일을 자처해 남편을 섬기는지, 또한 내 뒷바라지를 손끝 하나 닿지 않게 완벽하게 해 주는지, 어머니의 애틋한, 무한한 희생의 어리석음으로 당신 몸을 돌보지 않았다. 어머니의 몸 기관은 감당할 수 있는 무게보다 지나치게 더 써먹어 삭신이 녹아내려 있었다.

철없는 난 어머니가 그리 앓아도 자식을 섬기는 편안함에 익숙해 당연하게만 받아들이며 어머니를 아낄 줄 모르고 부려만 먹었다.

아버지의 기침소리가 심해지기 시작했다. 아버지의 목에선 가래소리가 들끓었다. 아버지 머리맡엔 담배 갑을 가래를 뱉기 위해 늘 세워 두었다. 어머니는 바가지를 퍼부었다.

"저리도 기침을 하면서 담배를 끊어야제. 죽어야 말지 저놈의 담배, 저놈의 술, 아이고 징그러버라이."

어머니는 기침을 연신 해대는 아버지에게 잔소리를 하면서도 생쌀 물을 갖다 바쳤다.

"옛소, 마시소."

생쌀 물을 마시면 이상하리만큼 기침이 멎고 거뜬해 지는 것 같았다.

아버지는 늘 마루 끝에 쭈그리고 앉아 담배를 피웠고 담배를 피우면 기침이 멎지 않았다. 그런데도 담배를 끊지를 못했다.

아버지는 부엌 찬장 안에 있는 소다가루를 한입 입으로 털어 넣고 물을 마셨다. 소다를 넘기면 더부룩한 속이 편안해 진다는 것이었다. 언젠가부터 가슴을 주먹으로 쿵쿵 쳤으며 마당에서 발뒤꿈치를 들고 아래로 콩콩 찧는 행동을 했다. 소화가 잘 안 된다며 하는 행동이었다. 아버지의 건강이 나빠진다는 징조였지만 대수롭지 않게 생각했다. 더부룩한 속에 소화가 되지 않으니 방귀도 자주 나왔을 것이다.

어머니는 방귀소리를 신기해했다.

"궁딩이에서 왜 저런 소리가 나꼬."

식구 중 누구라도 방귀를 뀌면 아무리 화가 나 있더라도 깔깔 깔 뒤로 넘어갔다. 아버지는 마루 끝에 쪼그려 앉아 담배를 피우며 기침을 연신 했으며 그때마다 방귀를 뀌었다. '뿡뿡'거리는 소리가 줄을 타고 이어졌다. 수돗가에서 빨래를 하던 어머니는 우스워 제대로 숨을 쉬지도 못했다. 조금 뒤엔 얼굴이 벌개 지며 쭈그리고 앉아 있지도 못해 뒤로 발라당 넘어가며 뒤로 누었다. 어머니의 웃음소리는 호탕했다. 웬만한 대장부도 그리 호탕하게 웃지는 못할 것이다.

나는 어머니의 웃음소리가 좋았다. 어머니가 웃으면 내 영혼까지 밝아지는 듯 했다. 눈물로 점철된 어머니의 삶에 어머니가 눈물을 흘리시 않는 날이 몇 날인시 손가락으로 세어노 셀 수 있었다. 그런 어머니가 웃는 날은 천국의 천사들이 모두 내려와 어머니의 웃음을 축복하며 함께 연주를 하는 기분이었다.

어머니를 웃게 하려면 방귀는 최고의 명약이었다. 아버지가 어머니의 눈가를 마를 날 없게 했듯이 또한 아버지 방귀는 어머니를 웃게 만든 최고의 충신인 셈이었다.

너무 웃어 나중은 눈물을 흘리는 어머니를 보며 민망했던 아버지는 핀잔을 줬다.

"씰데 없이, 할망구가 노망이 났나."

어머니는 그런 핀잔 따위는 귀에 들리지도 않는다는 듯 웃음이 멈추질 않았다. 어머니는 한번 웃음이 시작되면 잘 멈추지를 못했다. 웃다 너무 웃어 눈물이 나면 눈물을 닦으면서 웃었다. 그 웃음은 바이러스처럼 전염되어 옆에 있는 사람 누구라도 따라 웃게 만들었다. 어머니가 웃는 날이면 아버지만 '허허 참' 하면서 혀를 끌끌 차고 따라 웃지 않았고 우리 식구 모두는 웃음 바다가 되곤 했다. 어머니의 웃음은 묘한 전염병이 되어 식구 모두를 전염시켰다.

어머니는 그렇게 호탕한 성품이었고 뒤끝이 지나치리만큼 없었다. 녹록치 않은 한 평생을 속병 없이 산 이유이기도 한 성품이 그런 환경에서도 웃음을 만들어 낼만큼 대인이었다.

어머니의 웃음은 아주 사소한 것에서 시작된다. 그렇게 여리고 소박한 심성을 가진 분이다. 크고 거창하지 않아도 스스로를 웃음 짓게 하면서 속의 화를 풀어내면서 살아내고 살아낸 어머니는 맡은 소임을 다한 학처럼 고고한 분이었다.

'존경'이라는 단어는 어떤 때 쓰는 것일까. 위인들이나 학자들에게만 쓰는 단어는 아니다. 실로 '존경'이라는 단어는 '어머니'라는 위대한 인물에게 쓰는 것이 맞다. 나는 어머니가 존경스러우며 자랑스러우며 세상 제일 위대하다고 생각한다.

'사랑'이라는 단어도 무색한 어머니의 거대한 희생은 숭고하고 경배 받아 마땅하다.

언니의 죽음으로 드리워졌던 그늘이 조금은 벗겨갔지만 어머니는 땅이 꺼질 듯 긴 한숨을 시시때때로 쉬었고 때로 일손을 멈추고 멍하니 초점 없는 시선으로 한곳을 응시했으며 불을 때다가도 불길이 바짓가랑이에 붙고서야 화들짝 놀라 정신을 차리기도 했다. 눈물은 수시로 훔쳤다.

그럴 때면 마음이 아파왔다. 자식이 부모 앞서 가는 것만큼 불효가 또 있다 했던가. 하지만 어느 누구도 입 밖으로 그 사실을 드러내지 않았다. 입 밖으로 내는 순간 슬픔이 폭풍처럼 몰아와 집안을 덮을 것이고 무엇보다 근근이 정신을 차리고 살아가는 어머니가 염려되어 입 밖으로 언니 얘기를 꺼낼 수가 없었다. 둘째 형부는 언니가 죽고 난 후에도 처갓집을 찾았다.

호인인 장인과 정 많은 장모와 순해 터진 식구들, 명절이면 모두 모여 노래자랑을 펼치고 화기애애한 분위기에 섞여서 한 식구가 된 걸 큰 복으로 여기던 처갓집과 못내 인연을 끊기 싫어했다. 하지만 둘 사이엔 후손도 없었고 인연을 이어나갈 어떤 끈도 없었다.

수시로 드나드는 형부를 어머니는 막지 않았지만 형부만 보면 더 애틋하게 언니 생각을 하게 되었고 그런 형부를 못 오게 해야 한다고 모두가 입을 모았다.

한동안 자식과 한 이불 덮고 산 사람이라고 사위를 보면 조금이라도 위안된다던 어머니는 형부에게 조용히 타일렀다.

"이보게 김서방, 이리 찾아주는 건 고마운 일이지만 자네도 앞길이 구만리인디 언제까지 혼자 지낼 수가 있겠는가? 자네만 보면 마음이 더 못 견디겠네. 매정하다 말고 이제 그만 찾아오고 새로운 인연 만나 잘 살게나."

형부는 어머니 손을 맞잡고 굵은 눈물을 뚝뚝 흘렸다. 두 사람은 꽃다운 청춘에 하늘로 일찍 떠난 한 여인으로 인해 가슴에 골박힌 상처를 끌어안고 하염없이 울었다. 그렇게 들인 정을 못 끊어하던 형부는 그 날 이후로 더 이상 찾지 않았다.

다만 큰언니를 통해 안부를 물어오곤 했다는 얘기를 전해 들었을 뿐이다.

'정'이란 인간관계를 맺으며 살아가는 정상적인 삶에 소리 없이 스며든다. 들이려고 해서 들여지는 것도 아니며 돈을 주고 살 수 있는 감정도 아니다. 누가 강압적으로 윽박지른다고 들어지는 감정은 더더욱 아니다. 천만금의 부유가 하루아침 자신의 삶이 된다고 갑자기 들일 수 있는 마음도 아니다. 그저 살가운 손길에서, 살가운 눈빛에서, 살가운 목소리에서 가랑비에 옷 젖듯이 소리 없이 스며든다.

우리 어머니는 특히 정을 들이기에 적합한 사람이었다. 어머니는 어머니 특유의 희생과 사랑으로 사위들조차 어머니의 정에 물들게 만들었다. 그 어머니를 제일 많이 닮은 사람이 둘째 언니였다. 어쩌면 팍팍하게 살아 억척스런 어머니보다 언니는 훨씬 솜사탕 같은 푹신하고 달콤한 성품이었다. 그런 언니를 살아평생 조강지처로 못 잊을 형부였다.

중학교 2학년이 되면서 걸어서 다니던 통학을 버스를 이용해가는 학생들이 많아지기 시작했다. 세월 따라 형편이 조금씩 나아지면서 버스요금을 부모님들이 주기 때문이었다. 문제는 통학 버스였다. 버스는 맨 윗마을을 출발해 학생들을 싣고 내려오는 통에 우리 동네에 도착하면 초만원 상태가 되었다. 마음 좋은 버스기사는 콩나물시루 같은 차라도 일단은 세워 보았다. 버스안내양이 있던 때라 안내양은 안으로 한 발짝씩만 들어서라고 고함을 질러댔고 등으로 학생들을 밀어 넣었다. 억척스럽지 않으면 못 할 일이었다. 그렇게 조금씩 들어서면 몇 명이 더 탈 자리가 생겼고 우리 동네를 마지막으로 버스는 더 이상의 사람을 승차시킬 수가 없었다.

콩나물시루 버스는 문도 닫히지 않아 안내양이 양쪽 손잡이를 잡고 사람이 밖으로 떨어지지 않게 막고 있었으며 그것은 위험한 일이었다. 안내양의 팔의 힘은 한계가 있을 것이고 손잡이를 움켜잡은 손을 놓치기만 하면 우르르 달리는 차에서 떨어져 큰 사고로 이어진다. 다시 안내양의 찢어지는 고함 소리가 들렸고 모두 틈도 없이 포개서면서 겨우 문이 닫히고 했다.

여학생들만 옹기종기 모여 있으면 그나마 다행이었다. 옆에 남학생이 붙어 있는 날은 숨을 더 못 쉴 정도였다. 수줍음을 많이 탔던 나는 고개도 들지 못했고 신발만 바라보며 빨리 버스가 종점에 도착하기만 바랐다.

비 오는 날 만원버스는 퀴퀴한 냄새로 구역질이 날 정도였다. 너무 포화상태로 실은 버스는 자갈길을 달리니 이리 기우뚱 저리 기우뚱 하면서 흔들리며 달려갔다. 차가 한쪽으로 넘어가지 않은 게 다행일 만큼 버스에 탄 사람은 초만원이었다.

그나마 그렇게라도 태우고 가면 다행이었다. 어떤 날은 우리 마을은 세워주지도 않고 바로 지나가버렸다. 그런 날은 아무리 빨리 걷는다 해도 영락없이 지각을 하고는 했다. 학교 도착하면 첫 교시가 이미 시작되었고 살그머니 교실 문을 열고 들어서도 모든 시선은 일제히 나를 향해 날아왔다. 사정을 일일이 알 수 없던 담임선생님은 벌을 세우거나 나머지 청소를 시켰다.

그날도 버스는 매정하게 통과해 버렸다. 다른 날은 안쪽 동네 학생들까지 제법 많은 인원이 버스를 기다렸는데 그날은 일찍 걸어서 갔는지 세 명밖에 남지 않았었다. 우리는 모두 동갑이었고 학교는 각기 달랐다. 중학교가 두 개가 있어서 물레방아 추첨으로 나뉘어 들어갔던 것이다. 모두 펄쩍펄쩍 뛰어가며 세워

달라 손을 흔들었지만 버스는 매몰차게 지나가 버리고 우리 셋은 터덜터덜 먼지 날리는 신작로 길을 걷기 시작했다.

뒤에서 오토바이 달려오는 소리가 들렸다.

"옥아! 이리와."

나는 한쪽으로 급히 비켜섰지만 친구는 내 가방끈을 자기방향으로 잡아 당겼다. 순간 넘어졌고 오토바이는 내 무릎 위를 그대로 달려 갈아버렸다. 무릎 뼈가 다치고 피가 흥건히 길 위에 쏟아졌다.

요행이라면 그 사람이 나쁜 사람은 아니라는 거였다. 급히 나를 태우고 병원으로 달려갔고 응급처치를 했으며 다행히 뼈는 시간이 지나면 붙을 정도로 심하게 다치지는 않았다는 것이었다. 그 남자는 나를 다시 태워 집으로 갔다. 그날따라 집에 있던 어머니는 혼비백산하여 그 남자를 나무랐고 그 남자는 내가 이리저리 왔다 갔다 하는 바람에 그리 되었다고 용서를 빌었다. 내 잘못도 아니었다. 친구가 나를 사정없이 잡아끌었기에 일어난 사고였다.

그 후 내 다리가 정상으로 걸을 때까지 그 남자는 아침이면 우리 집에 들러 나를 태우고 학교까지 등교를 시켰으며 하교 때를 기다려 집으로 실어줬다. 물론 하교하면서 병원도 들러 치료를 잘 받을 수 있게 도왔다. 누구의 실수였든 그 남자가 나쁘지 않아서 불행 중 다행이었고 어머니는 안심했으며 날마다 태우러 오는 그 남자를 미안해하기까지 했다.

그런 사고까지 나도록 통학하기가 하늘의 별따기보다 힘들던 시절 학생들은 부모님에게 힘겨움을 토로했는지 자전거 통학이 늘어나기 시작했다.

어느 순간인가 우리 동네와 안쪽 동네, 그리고 우리 아래 동네까지 버스를 탈 수 없었던 아래쪽에 위치한 모든 학생이 자전거를 타고 통학을 했다. 나는 아버지에게 자전거를 사달라고 졸랐다. 어머니는 다리를 다친 이후로 위험하다며 절대 안 된다고 했다.

어느 날 학교를 파하고 집으로 돌아가니 자전거 한 대가 서 있었다. 주로 남학생들이 타는 뒤에 짐을 실을 수 있게 생긴 자전거였다. 여학생들이 타는 자전거는 색깔부터가 다르고 날렵하게 생겼으며 뒤에 짐 싣는 칸이 넓적하지는 않다. 아버지는 남자들이 타는 짐 싣는 자전거를 사온 것이었다. 나는 볼멘소리로 아버지를 원망했다.

"아부지, 저건 남자들이 타는 자전거고만, 나 안타요."

"이게 어때서 그러냐, 최신식으로 최고 좋은 걸 사 왔고만."

사실 돈이 없었던 아버지는 자전거를 살 돈을 겨우 마련했고 여자들이 타는 자전거는 가격이 더 비싸 남자들이 타는 실용적인 자전거를 사온 것이었다. 자전거를 마련 해 줄만큼 넉넉지 않은 살림에도 딸이 조르니 근근이 마련한 것이었다. 어쩔 수 없이 그 자전거를 타고 다녔지만 창피했던 기억이 난다.

신작로 길은 버스가 다닌 바퀴 따라 길이 양쪽으로 닳아 있었으며 그 한쪽을 자전거 바퀴가 들어가 달리지 않으면 돌이 툭툭 튀어나와 달릴 수가 없었다. 차가 지나면 그 길로 자동차 바퀴가 지나가기에 자전거를 세우고 퍼뜩 길가로 피해야 했다.

버스가 지나가면 먼지는 뿌연 연기처럼 꼬리를 이어 일어났고 우리는 대책 없이 그 먼지를 둘러 써야 했으며 아무리 깨끗이 하고 다녀도 하루면 온 몸이나 가방 등에 뿌옇게 먼지가 앉았다. 신작로가 위험해서 수시로 비껴서야 했던 우리는 둑길을 달려 학교를 가기도 했다.

둑길은 방해하는 무엇도 없고 먼지도 날리지 않았지만 그 둑길도 학교까지 이어지지 않아 결국은 다시 신작로 길을 들어서야 했다.

어머니는 먼지 묻은 옷이며 가방 등을 날마다 털고 닦고 손질해서 다음날이면 단정하게 집을 나서게 했다.

훗날 결혼해 자식을 낳으면 학교와 먼 곳에 살면서 내 자식들을 통학하게 하는 불편을 절대 겪게 하지 않겠다는 신념을 세워주는 계기가 되었다. 그렇게 다짐했어도 살다 보니 여의치 않은 순간도 많았다.

막내 언니가 불려 와 살림을 산 까닭에 어머니의 힘든 수고가 조금은 덜어져서 그런지 어머니는 여유가 있어 보였다. 누구보다 순했던 언니는 착실히 살림을 살았고 나는 학교에서 돌아가면 언니가 있다는 사실에 너무나 좋았다. 언니는 아직 나이가 얼마 되지 않으니 그대로 오랜 세월을 한 집에서 옛날 어릴 때처럼 함께 할 줄 알았다.

그런 내 기대에 반기라도 드는 것처럼 또 가슴이 허허로워지는 날이 빨리도 찾아왔다. 둘째 언니가 집에 내려와 있다 시집을 간 날 느꼈던 허전함과는 비교도 되지 않는 엄청난 텅 빈 느낌이었다. 천지가 다 비어 공허하기 이를 데가 없었다.

어머니의 야무진 성격과 곧은 인품이나 아버지의 호인인 성품은 인근 마을까지도 칭찬이 자자했다. 중매쟁이가 또 드나들었다. 언니 나이 겨우 스무 살로 올라선 해이다. 중매쟁이가 언니를 탐내며 어머니를 꼬드겼다. 어머니는 아직 어리다고 시집보내기를 꺼려했다.

"아직 어리서 쪼매 더 있다 보내야지."

"아이고 혼처가 놓치기 아까운 자리가 있는데."

중매쟁이의 말은 우리 마을에서 60여리 떨어져 있던 산골짜기 마을에 착실한 총각이 있다는 거였다. 그 당시 그 마을은 하루에 버스가 몇 대 다니지 않아 읍내를 나오려면 큰맘을 먹어야 나다닐 수 있을 만큼 산골에 위치해 있었고 우리 집에 비하면 엄청난 촌구석이었다.

거기다 외동아들로 홀어머니를 모시고 있는, 부모라면 누구나 싫어할 조건이었다. 어머니는 맏며느리 자리로 시집을 정말 보내기 싫어했다. 어머니가 맏며느리로 살아 온 그 세월을 어찌 딸더러 다시 살게 할 거냐며 활활 내 떨 듯이 싫어했지만 큰언니도 맏며느리로 시집을 갔고 또 언니도 맏며느리자리로 중매가 들어온 것이었다.

내키지 않았던 어머니는 중매쟁이를 돌려보냈지만 중매쟁이는 다시 찾았다. 재산이 너무나 많은 집이라 놓치기 아깝다 했다. 근방에 있는 산과 들은 모두 그 남자 재산이라며 시어머니 자리와 총각은 용하기 이를 데가 없다고 입에 침이 마르도록 칭찬했다.

어머니는 이제 스물 된 언니를 시집보내고 싶어 하지 않았다.

인연은 사람의 항력으로 어찌 할 수 없나보다. 만날 인연은 천 리를 떨어져 있더라도 우연히 만나진다고 하더니 두 남녀는 어머니가 아무리 탐탁지 않더라도 부부 연을 맺을 인연이었던가 보다. 형부 될 사람이 우리 집으로 선을 보러왔고 형부를 본 언니는 담방 시집을 가겠다고 했다. 어머니는 그 촌구석에 가서 어린 것이 맏며느리로 어찌 살겠냐고 했지만 언니는 한사코 시집을 가고 싶어 했다. 첫눈에 반한건지 인연 따라 간 건지 알 도리가 없다.

읍내에 있는 작은 결혼식장에서 결혼식이 열렸다. 집에서 전통 혼례식을 올리던 풍습은 이제 결혼식장이 생기면서 그곳에서 혼례를 올렸다.

언니가 결혼 하던 날 신혼여행이라고는 꿈도 못 꾸던 시절 작은 오빠는 어디서 승용차 한 대를 구해 와서 뒤에 언니 부부를 태우고 나를 조수석에 태우더니 남해로 신혼여행이라 하기엔 어설픈 여행을 떠났다. 금산 아래 위치한 절에 도착해서는 인증 샷을 남겼으며 곧 바로 돌아왔다. 다음 날 언니는 형부를 따라 시집살이를 하러 산골로 들어갔다.

시집만 가면 모든 애로점이 다 풀릴 것처럼 여겼는지 지지리 가난한 살림살이가 하기 싫었는지 언니는 처녀로서 누려야 할 꿈처럼 아름다운 시간도 접어 혼수에 싸고서 형부를 따라 길고도 긴 고생길로 걸어서 들어갔다.

언니가 형부 따라 시집을 간 날 나는 그 허전함을 잊지 못한다. 다시는 못 올 먼 길을 떠나는 것처럼 서운해서 눈물을 흘렸으며 공허한 가슴을 달래지 못해 언니를 따라 그 골짜기로 가고 싶은 유혹을 힘들게 삭였다.

언니의 삶도 어머니처럼 고달프고 힘들어 못 살겠다며 친정에 몇 번이나 도망 나왔지만 데리러 온 형부를 뿌리치지 못하고 다시 그 골짜기로 들어가곤 했다. 어머니의 애간장이 다시 녹아내렸다.

"그러게 에미가 그렇게 말리지 않았냐, 이 노릇을 어쩌면 좋냐."

어머니는 지금이라도 집어 치우라고 했다. 언니는 등에 업고 나온 자식이 애처로워 다시 시집으로 들어갔다.

언니가 떠난 후 난 주말이면 하루에 몇 번 없는 버스를 기다리고 기다려 언니 집으로 가곤 했다. 사돈어른은 맨발로 달려 나오며 내 손을 잡고 반갑게 맞이했으며 정이 넘치게 대접했다. 형부는 순한 시골사람이었으나 술만 마시면 사람이 돌아버렸다. 모자가 사람들은 좋았지만 술만 마시면 본 정신이 아니었다. 어려서 어머니가 당했던 꼴을 언니가 당하는 꼴을 보는 나는 피가 거꾸로 솟았다. 몸을 다해 언니를 막아섰고 소리를 바락바락 질러댔으며 가여운 언니를 집으로 데려 오려 했다. 그러다 다음 날 술이 깨면 거짓말처럼 다시 순한 양이 되는 모자를 어이없이 바라보아야 했다. 언니 인생은 언니가 살아야 한다. 아무리 친정 식구들이 뜯어 말려도 무슨 연유인지 언니는 참고 살아갔다. 어머니가 그랬던 것처럼.

나는 언니가 무슨 봉변이라도 당할까봐 주말이면 골짜기 언니 집에 갔고 언니도 동생이 오면 안심하는 눈치였다.

시간은 흐르고 세월이 한 해를 더하며 명절 날 친정으로 다녀가는 언니 등에는 새로운 조카가 한 명씩 업혀 있었다. 나올 때마다 새로 태어난 조카였다. 언니 시어머니는 얼마 지나지 않아 이 세상과 작별했고 형부는 술을 줄이는 눈치였지만 삶은 녹록치 않아 보였고 다행히 언니는 잘 살아내고 있었다.

누가 그런 명언을 남겼을까. 딸들은 어머니 삶을 닮는다고. 그 말이 원망스럽다. 큰언니는 형부가 더 없이 선하고 좋은 사람이지만 맏며느리에 딸린 식구가 많은 가난한 집이라 오진 고생을 해야 했고, 작은언니는 골짜기 외진 촌으로 시집을 가 알콜중독인 형부와 갖은 고생을 하며 살아야 했다. 어머니의 삶에 비하면 십분의 일도 안 된 고초지만 시대에 따라 견디는 마음가짐은 다른 법이다.

살얼음을 딛는 아슬아슬한 세월을 굳건히 지킨 모녀들의 삶. 어머니는 그래서 가슴 아파 했고 시집을 가서까지 힘겹게 사는 딸들을 '내가 복이 없어 그렇다'며 자책했다.

나는 언니들 집으로 어지간히 찾아다녔다. 큰언니 집에 가면 처음 태어난 큰 조카가 너무 예뻐 어린 고사리 손으로 조카 똥 기저귀를 맨손으로 빨아도 더럽다는 생각이 들지 않았다. 가난을 조금이라도 면해보고 싶은 언니는 집 마루 한쪽 조그만 찬장에 과자를 떼다 넣어놓고 팔았다. 어머니의 상도를 산교육으로 지켜봤던 딸다운 행동이었다. 언니네 시댁은 읍내에 있었어도 마을 골목 끝집 높이 자리하고 있었던 터라 편편한 아래 동네까지 가서 과자를 사먹기 힘들던 동네 아이들이 언니 네서 과자를 사먹었다.

언니는 물건을 떼 와야 할 때면 조카를 나에게 맡기고 다녔다. 똥 기저귀를 갈았고 언니의 수고를 덜어주고 싶어 집 옆 개울에 가서 장갑도 없이 똥을 털어내고 기저귀를 빨았다. 그래도 조카가 사랑스러웠다. 바구니를 달아 만든 그네를 흔들어 잠재웠으며 울기라도 하면 팔이 떨어질 것 같아도 울리지 않으려고 안고 흔들었다.

큰언니가 나를 등에 업어 키웠듯이 나 역시 조카들을 업어주느라 등이 쉴 틈이 없었다. 언니가 학교도 못가고 업은 것만큼은 아니었지만 언니들 집에 가면 내 등엔 언제나 조카가 업혀졌다.

명절은 아예 내 등엔 조카들이 떠날 날이 없었다. 언니들과 큰오빠가 낳은 조카까지 언제나 내 등을 차지했다. 명절이라고 새옷을 차려입은 동네 친구들이나 사촌들이 놀러가자고 집에 오면 난 나가지를 못했다. 조카들을 업어줘야 하기 때문이다.

여고 졸업을 다 할 때까지 조카들은 쉴 없이 태어났고 내 등은 조카들의 안식처가 되었다. 큰언니가 그토록 동생들이 태어나는 걸 질려 할 만 했다. 한 번씩 보는 조카도 등이 아프고 힘들었는데 큰언니나 둘째 언니는 오죽했으랴.

핏줄은 무서운 것인지 아기를 업고 동네 한 바퀴를 돌면 등에서 잠이 들고 고개를 한쪽으로 떨구면 더 무겁게 느껴지는 아기를 조심조심 팔로 받치고 집으로 돌아오곤 했다.

내 중학교 시절은 그렇게 언니들 집을 찾아다니며 조카들을 돌봐야 했고, 불행히 사는 언니를 지켜야 했고, 하늘나라로 사랑하는 언니를 보내며 영원한 이별을 해야 했다.

중학교 시절은 어릴 적 기억만큼이나 너무나 많은 사연들이 내 주변을 서성였다. 희로애락이 엇박자로 톱니바퀴처럼 맞물려 돌아가고 있었다. 어느 한 가지도 쉽게 문제를 풀어나가게 하지 않았다. 수학시간 풀기 힘들어 포기한 방정식은 차라리 포기만 하면 그만이지만 생은 포기도 할 수 없다. 살라고 한다. 풀어내기 힘들어도 꼬여서라도 살라고 했다.

어머니의 인생이 톱니바퀴에 물려 벗어날 수 없이 돌아가니 우리 자식들도 그 톱니바퀴에 물려 돌아가야 했다. 고통으로 아무리 벗어나려고 해도 벗어날 수가 없었다. 한숨은 쉴수록 깊어져 해가 진 깊은 바다 속 어둠보다 더했다.

여고생이 되었다. 딸들은 고등교육을 받을 필요가 없다는 아버지의 고지식한 관념을 어머니는 끝까지 반대하며 결국 아버지를 이기고 나를 여고에 입학시켰다.

"내가 재산만 있었어도 자슥들 공부를 전부 다 시켰다. 노름으로 재산 다 말아 묵고 무신 할 말이 있노. 막둥이 둘만이라도 공부를 시켜야제. 요즘 세상에 가시나라고 공부 안 시키는기 어딨노."

어머니는 깨어 있는 사람이었다. 재산만 있었어도 모든 자식들을 가르치고도 남을 사람이었다. 배움에 한이 맺힌 사람이었다. 어머니처럼 까막눈으로 세상을 살게 하고 싶지 않았던 어머니는 막내딸이라도 고등교육을 받게 하고 싶었던 것이다. 입학금은 부모님 힘으로 마련하기 힘든 액수였다. 있는 돈을 다 긁어모아도 턱 없이 부족했다. 아버지는 앞집 뒷집 다니며 모자란 입학금을 빌렸다. 객지에 있는 자식이 돈을 부쳐오면 갚겠다고 했다. 이제는 돈을 부쳐올 자식이 없었다. 오빠 언니들 모두 결혼을 하고 자기들 살기도 빠듯했다. 그동안 부쳐온 돈을 조금 모았지만 자식들 결혼을 시키면서 남아있는 돈이 있을 턱이 없었다.

반대는 했어도 경제권을 가장이 쥐고 있던 그때는 아버지가 어찌 되었던 돈을 마련해야 했다. 그렇게 여러 집을 돌아다니며 아버지는 막내딸 입학금을 마련 할 수 있었다.

그렇게 꾸어가며 근근이 시킨 공부를 박 터지게 해서 장학금을 받아 드려도 모자랄 판에 공부는 늘 중간 정도에 머물렀다.

중학교 때부터 공부를 멀리 했던 나는 중3이 되면서 성적이 중간으로 돌았고 아버지에게 통지표를 검사 받을 때마다 실망하는 눈치였다.

공부가 재미없었으며 학년이 올라갈수록 소설에 심취되었다. 당시는 여고에 진학하려면 입학고사를 치러야 했으며 합격을 해야 여고에 다닐 수 있었다. 합격자 공고문은 여고 운동장에 길게 써 붙여 공개를 했으며 직접 가서 합격 여부를 확인해야 했다.

1등부터 찾아 내려오던 내 이름이 중간 이하에 붙은 것을 본 나는 크게 충격을 받았다. 열심히 공부해야겠다는 생각이 절로 일었다. 1학년은 그럭저럭 성적이 올라갔다. 문제는 2학년이 되면서부터 다시 공부가 하기 싫어졌다. 국어공부는 늘 최상이었다. 머리는 좋았는지 시험기간 한 자의 공부도 하지 않았고 수업시간 들은 내용으로 시험을 치러도 중간 이상은 돌았다.

전교 1등 하던 친구는 나를 보며 신기해했다.

"너처럼 공부 안하는 애는 처음 봤다. 그런데도 성적이 그 정도 나오는 것도 신기하다."

나 스스로도 그 정도 성적이 신기했다.

"이놈아! 어떻게 시키는 공부인디 왜 그리 공부를 몬하냐."

통지표를 아버지에게 보여주고 도장을 받는 날이면 아버지는 꾸중을 했다. 빚으로 시킨 공부다. 나는 제 날짜에 학비를 낸 적이 별로 없다. 독촉을 받아야 겨우 학비를 냈다. 교무실로 불려가 담임선생님에게 학비 독촉을 받았으며 나중은 부모님을 모셔 오라고까지 했다. 어려운 집안 형편을 알았던 나는 차마 말을 꺼내지 못했고 부모님을 모셔오라면 그 때가 되어서야 아버지에게 학비 영수증을 내밀었고 아버지는 어떤 날은 나를 시켜 뒷집에 돈을 빌려오게 했다.

가족들이 출가를 하면서 그나마 곡식이 조금 남았던 아버지는 쌀을 팔아야 했고 그 돈은 학비를 빌린 외상값으로 갚아졌다.

어머니의 멍에

어머니는 내가 여고생이 되면서 많은 이야기를 나누기 시작했다. 고등학생이 되어서도 집에 돌아가면 어머니만 찾았다. 교복을 입은 채 들로 달려갔으며 그때마다 어머니는 기겁을 했다. 여고생 흰 셔츠에 흙이 묻을까 염려한 어머니의 둥그레진 눈은 나를 집으로 쫓았다.

"아이고 집에 가서 교복 벗어놓고 오니라, 그리 타일러도 소용이 없노."

어머니는 애타는 목소리로 나를 먼 곳에서 손사래를 치며 가까이 오지 못하게 막았다.

"엄마!"

그도 그럴 것이 멀리 논두렁을 가로지르며 외치며 달려오는 딸을 안 쳐다 볼 수가 없었다. 어머니가 있는 걸 눈으로 확인한 난 다시 집으로 내달렸다. 다리가 길어 여고생이 되면서 달리기는 정말 잘했다. 긴 다리로 망아지처럼 풀쩍풀쩍 뛰어 집으로 돌아와 체육복으로 갈아입은 난 시간이 촉박한 사람처럼 다시 들로 뛰어갔다. 어머니를 초가 다투게 일초라도 더 빨리 봐야했다.

어머니는 내가 가면 굽혔던 허리를 잠시 펴며 주전자에 담긴 막걸리 한 잔을 간식으로 마셨다. 김치 한 조각에 막걸리 한 잔이라도 마셔야 내리쬐는 햇볕과 맞서며 현기증을 느끼지 않고 들일을 할 수 있기 때문이었다. 소금으로 현기증을 이기려던 그 옛날에 비하면 막걸리로 채우는 속은 호사라고 어머니는 말했다.

섬진강과 모래가 동화처럼 펼쳐진 아름다운 전경을 보며 논두렁에 앉아 산들바람을 맞으며 한 잔의 막걸리로 고단한 몸을 쉬게 하는 어머니를 보며 세상의 모든 평온은 그 자리에 다 모인 것처럼 마음이 고요히 평화로워 지곤 했다. 현재 어머니가 내 앞에 계신다는 평화였다.

어머니는 아주 잠시의 휴식에도 딸을 바라보는 눈은 애정을 넘치도록 담고 있었으며 너무 귀해 풀을 깔고 앉는 것 초차 아까워 머리에 쓴 수건을 재빨리 엉덩이 밑에 깔고 앉게 했다. 어머니의 행동은 순간적이다. 그것이 어머니가 늘 우리 자식들을 향해 갖고 있는 마음이므로. 한 잔 술에 얼큰해진 어머니는 노래 한 곡조를 불렀다. 늘상 그렇듯이 구전 민요다, '창'이라고 해야 할 것이다.

어머니는 참으로 노래를 좋아했다. 어머니는 목청도 좋았으며 그 고운 목청으로 노래도 기가 막히게 잘 불렀다. 어머니의 솜씨가 아깝고 불운한 시대에 태어난 것이 아깝고 살아온 환경이 너무나 아깝다. 자식들이 노래를 모두 잘 하는 이유는 어머니로부터 물려받은 유전인자 때문이었다.

어머니는 멋지게 민요 한 가락을 뽑아 올리고는 나에게 지난 얘기를 간혹 들려주었다. 한스런 인생을 산 지난 이야기를 밑도 끝도 없이 꺼내 토막 내어 들려주곤 했다.

어머니는 지난 세월을 얘기하시며 간간히 울컥 솟아오르는 감정을 억누르기 힘들어 눈물을 보였다. 어머니가 제발 그만 울었으면 좋겠던 나는 또 어머니를 면박 주었다.

"엄마! 고만 좀 울어라."

잘 나가다가도 끝내는 울음으로 마무리를 하는 어머니가 그땐 너무나 싫었다. 시집을 가서 자식을 낳아봐야 철이 든다는 얘기가 틀린 것은 아니다. 그렇더라도 난 철이 너무나 늦게 들었다. 그러기엔 막내딸로 애지중지 곱게 키워진 탓도 있었다.

시골에서 어머니만큼 다난한 인생을 살지 않는 엄마들도 딸들은 모두 살림밑천으로 부려 먹었다. 큰딸 작은딸이 따로 없었다. 우리 어머니가 다른 집처럼 남편 그늘아래 가진 재산 일구며 평탄한 삶을 살았다면 큰딸부터 모두 공부를 시키고 그렇게 동생을 돌보게 하지 않았으며 집안일 또한 호되게 시키지 않았을 것이다.

어머니로선 어쩔 수 없는 원하지 않은 삶 앞에서 먼저 태어난 자식들을 불쌍하게 키운 것을 늘 가슴 아파했다. 어머니의 지난 얘기 중에 그 부분이 제일 큰 비중을 차지했다.

"너거 엉가 오빠들은 말도 못허게 불쌍히 컸다, 묵을 걸 제대로 묵있나 입을 걸 제대로 입혔나, 굶기를 밥 먹듯이 허고, 그 어린것들을 객지로 내보내 고생시키고... 쯧쯧."

어머니는 같은 말을 수 없이 했다.

"너거 큰 엉가는 동생들 키우니라고 핵교도 제대로 몬 가고, 딸딸이(슬리퍼의 사투리) 하나 사달라는 것도 못 사주고."

어머니는 자식들 일을 제일 한스러워 했다.

큰언니는 슬리퍼를 신고 싶어 했다. 검정 고무신만 신고 다니다가 걸으면 딸딸 소리가 나는 일명 딸딸이라 지어진 슬리퍼가 나오기 시작한 것이다. 언니는 동네 계집애들이 신고 다니는 딸딸이가 너무나 신고 싶었다. 어머니를 조르기 시작했으며 어머니는 슬리퍼 하나를 사 줄 돈이 없었다. 줄줄이 달린 대식구들 입에 풀칠도 어려웠다.

철모르는 어린 딸이 사달라는 딸딸이를 어머니인들 사주기 싫었겠는가. 어머니는 애먼 언니에게 호통을 쳤다.

"딸딸이 사줄 돈이 어딨노. 시끄럽다"

언니는 포기하지 않았고 어머니는 결국 속상한 마음에 몽둥이를 치켜들었다. 뒤를 힐끗 힐끗 돌아보며 달아나는 언니를 쫓아가다 결국 포기하고 말았다.

그 딸딸이를 사 줄 수 있는 시기가 온 후에는 언니는 객지로 나갔고 스스로 멋을 한껏 부리는 숙녀가 되어 있었다. 어머니는 두고두고 딸딸이 하나를 못 사 준걸 가슴에 맺혀 했다.

둘째 언니 애기가 나오면 더 한스러워 했다. 당신이 자식을 죽였다며 본인의 무지를 자책했고 가슴을 치며 지난 일들을 한 맺혀했다.

막내 언니도 가슴 아파 했다. 막내 언니는 고구마를 참 좋아했다. 그 좋아하는 고구마라도 잔소리 없이 많이 먹였어야 했다며 눈물을 훔쳤다. 먹을 것이 귀해 고구마를 한 솥 삶아 놓으면 그 고구마를 거의 다 언니가 먹어치웠다. 나중에 먹으려고 보면 고구마는 없어지고 빈 솥만 고구마 국물을 머금고 있었다. 어머니는 막내 언니를 보며 잔소리를 했다. 고구마를 혼자 다 먹어치운다는 잔소리였다. 그 언니는 고구마를 아무리 많이 삶아 놓아도 다른 형제가 다음에 또 먹도록 남겨두지 않았다. 어머니는 골고루 나눠먹길 바라는 마음에서였을 것이다. 고구마가 뭣이라고 구박을 했을까 하며 어머니 마음에 고구마라도 잔소리 없이 풍족히 못 먹인 일이 한으로 남아 있는 것이다.

그 골짜기로 뭣 하러 시집을 보냈을까 라며 귀신에 씌이지 않고서야 그럴 일은 없었다고 했다. 조금 더 데리고 있다 읍내에 있는 혼처가 나오면 시집보내도 늦지 않았으리란 생각에서다. 큰언니는 가깝게 읍내에 있으니 어머니가 장을 보러 갈 때도 만날 수 있었지만 막내언니는 정말 보기 힘들었다. 그곳은 너무 골짜기였다.

어머니의 마음에는 한이 되지 않은 것이 없었다. 살아있는 온전한 이유가 자식이었던 어머니의 마음에 날이 갈수록 자식들을 고생시킨 뼈에 사무치는 아픔은 목숨이 끊어질 때까지 가져갈 멍에였다.

어머니는 내가 여고생이 되면서 아침에 어머니의 목소리로 잠을 깨우는 날이 많아졌다. 어머니의 나이에도 겨울이 온 것인지 겨울에도 찬바람 맞서며 언 길을 걸어 장사 나가시던 어머니가 더 이상 겨울이면 새벽장사를 나가지 못했다. 진이 빠진 것인지, 기력이 쇠한 것인지. 아침밥을 어머니의 따신 손길로 지어 주셨다.

어머니는 완행버스를 놓칠까봐 늘 일찍 깨웠다. 첫차를 타야 그나마 우리 동네에서 버스를 세워주었고 다음 차는 초만원이라 세워주지도 않고 통과해 버린다. 무조건 첫차를 타야 했다.

누구보다 부지런한 어머니다. 늦게 깨울 리도 없었고 준비를 늦춰 딸이 버스를 놓치게 할 일도 없었다. 여고생이 되면서 하루라도 아침에 머리를 감지 않는 날이 없었다. 멋을 부리기 시작할 나이다. 잠을 자면 머리가 바깥으로 뒤집어져 그대로 학교 가기가 영 마음에 내키지 않았다. 어머니는 물을 많이 사용하는 딸 때문에 아침이면 가마솥 한 솥 물을 데웠다. 일어나 머리를 감으러 수돗가로 나가면 바케스에 김이 모락모락 올라오는 따뜻한 물을 대기시켰다. 그 물을 다 쓰면 금방 또 바케스 하나 가득 물을 담아 왔다. 어머니는 대기조였다.

머리를 감고 나면 밥상을 들여왔다. 뜨끈한 국물이 식기 전 퍼뜩 먹으라고 성화다. 불을 때서 지은 따뜻한 밥과, 아침 부산을 떨어 만든 금방 만든 찬과, 따끈한 국물은 내 식욕을 한껏 돋았다. 밥숟가락을 놓기 무섭게 숭늉을 떠왔다. 밥이 눌어 고소한 숭늉은 뜨거워 금방 마시기 힘들었다.

"바깥이 얼마나 추번디, 이거 마시고 가면 속이 뜨뜻하니 덜 춥다. 마시고 가거라."

머리를 뒤집어지지 않게 손질할 시간도 부족해 먹지 않겠다고 하면 어머니의 극성에 마시지 않을 수가 없었다.

일찍 깨웠건만 어머니가 차려 주는 따끈한 밥을 누룽지 물까지 마시고 나름 준비한다고 하면 늘 시간은 촉박했다. 완벽한 어머니의 뒷바라지에도 나는 꾸물거리다 헐레벌떡 뛰어나가면 첫차를 자주 놓쳤다. 그때는 무조건 걸어서 갈 생각을 해야 했다. 다음 차는 희망이 없다.

중학교 때 붐을 일으켰던 자전거 통학은 얼마 지나지 않아 시들해졌다. 모든 건 한순간이었다.

허겁지겁 방에서 나오면 마지막으로 어머니가 준비하는 것은 신발이었다. 어머니는 가방에 묻은 먼지를 먼저 닦아놓고 딸이 방에서 나오기를 기다렸다가 신발을 바로 대기시켰다. 잉그락 불을 아궁이 밖으로 긁어내어 구두를 데웠다. 비닐재질의 구두가 타지 않고 따끈히 데워지도록 거리조절에 신경을 써야 했다.

구두는 겨울이면 딱딱해졌다. 우리는 교복이 추동복에는 바지를 입기는 했지만 시골 겨울은 살을 에일 만큼 추웠다. 어머니는 발이 시려울 딸을 위해 구두를 데워 미리 죽담에 갖다 놓으면 금방 식어버리기에 딸이 방에서 나오면 곧 바로 신발을 디밀었다.

"따실 때 빨리 신거라."

어머니는 딸자식을 학교 보내는 준비는 완벽히 했다. 어느 귀빈이 이 정도의 대접까지 받겠는가. 나는 정말 어리석게도 그 모든 걸 당연하게 받아 들였다.

드라이기도 없던 시절 머리는 출발하도록 마르지 못했고 머리 끝에 남아 있던 물기는 방에서 나오면 금방 얼음이 얼었다. 물이 머리끝으로 모여 작은 고드름을 만들었다. 어머니는 애가 탔다. 신발까지 발이 얼까봐 완벽하게 데워 준비했던 어머니는 아침마다 머리를 감고 나서는 딸이 못내 걱정스러웠다.

"아이고, 저걸 어쩐다냐. 추번디 아침마다 머리를 깜고 갈라하니 고만 저녁으로 깜고 자거라."

"아이참, 엄마! 저녁에 깜고 자면 머리가 까진다니까."

어머니는 겨울 내내 머리를 감고 길을 나서는 딸을 애가 타게 바라보곤 했다. 그리도 숭늉으로 속을 따뜻하게 데우게 하고 신발을 딱딱하지 않게 노곤하니 부드럽게 데우는 것도 머리를 감고 머리끝이 얼도록 다니는 딸을 조금이라도 덜 춥게 하려는 어머니의 정성과 애정이었다. 아무리 저녁에 감고 자라고 해도 말을 듣지 않으니 어머니는 노심초사였다.

어머니는 학교가 파하고 집으로 오면 교복 카라를 떼어냈다. 먼지가 날리는 신작로 길에 하루면 카라가 시커멓게 때가 탔다. 깔끔한 어머니 성격에 교복 카라에 때가 묻은 꼴을 보지 못했다. 겨울이면 빨아 그날 마르지 않는 교복카라를 솥뚜껑에 얹어 말려 주었다.

당시 학교에 가면 가정시간에 교복 카라를 검사했다. 대부분의 학생들이 카라를 일주일씩 씻지도 않고 달고 다녔다. 하얀 카라가 목 때가 묻어 시커멓게 변해 있었고 가정선생님은 그런 학생들을 죄다 일으켜 세웠다. 반에서 깨끗하게 카라를 달고 다니는 여고생은 다섯 손가락 안에 들 정도로 작았다. 난 어머니의 지극한 정성으로 '깔끔한 여학생'의 대명사였다. 어느 한 날도 흐트러진 모습으로 학교를 다닌 적이 없었다. 3학년이 되기까지는.

어느 날이다. 학교에서 돌아가니 어머니가 집에 있었다. 어머니는 딸이 학교에서 돌아오면 참으로 반갑게 맞이했다.

"우리 막내이 핵교 갔다왔나. 배 고프제. 어서 교복 벗고 고매 (고구마) 묵어라."

나는 어머니가 집에 있는 날이면 무조건 기분이 업 되었다. 방에 들어서니 그동안 보지 못했던 색이 곱고 케릭터 무늬가 있는 이불이 펼쳐져 있었다. 요에다, 이불에다, 베개까지 모두 새것으로 장만한 놀라운 일이었다. 어릴 때 모든 형제들이 발만 집어넣고 한 이불을 덮고 옹기종기 모여 자던 이불을 그때까지 낡아 덕지덕지 다른 천을 덧대어 기운 이불을 덮고 생활하던 참이었다. 그나마 나는 어머니가 제일 멀쩡한 이불을 깔아주어 덮고 있어서 솜이 살아 있었고 어머니나 아버지나 동생은 솜이 죽어 제대로 보온도 안 되는 이불이었다.

이불도 솜이 죽으면 보온이 잘 안 되는 법이다. 어머니는 무조건 동생 편을 들었지만 이불은 동생보다 더 새것을 덮게 했다.

"가시나는 몸이 따뜻해야 한다."

어머니는 말했다.

집에서 제일 새것을 덮고 있었는데도 그 이불은 동생을 주었고 새로 산 이부자리가 놓여 있었다. 나를 따라 방으로 들어 온 어머니는 놀라 토끼 눈이 된 나를 웃으며 바라보았다.

"엄마! 이거 누구 이불인디?"

"우리 딸래미 이불이지."

"엄마! 이건 왜 샀어?"

"우리 딸 줄라고 샀지 왜 사긴, 예뻐제? 오늘부터 덮고 자거라, 그동안 새 옷도 한개도 못 사 입히고 새 이불도 한개도 못 사 덮이고....."

어머니의 말끝이 흐려졌다.

"너거 엉가들은 뭘 사달라고 조르기라도 했지만서도 니는 이

애미를 한번도 조르지를 안 허고 속은 깊어가지고."

어머니는 그 날 처음으로 나를 위해 새 이불을 준비했던 것이다.

마음을 내지 못해서 그런 것이 아니었다. 어머니는 그동안 그럴 여력이 없었다. 누구보다 자식 욕심이 많은 어머니가 다른 집 자식보다 더 좋은 것을 먹이고 입히고 싶은 맘이 굴뚝같은 것은 말을 굳이 하지 않아도 다 알았다.

그날 나는 무슨 돈으로 어머니가 내 이불을 장만했는지 모르지만 푹신한 이부자리에서 꿈결 같은 행복을 느끼며 잠들었다. 그렇게 예쁜 이불은 내가 태어나 처음 덮어보았고, 케릭터 그림이 있는 이불을 살 생각을 했던 어머니도 신기했다.

유년시절 그런 그림을 덮어야 했지만 나는 청소년 시절 그런 그림의 이불을 덮었어도 어머니가 이불을 장만하기까지 얼마나 지독히 돈을 마련해야 했을지 짐작이 가기에 그저 감동했다.

동생 등살에 쌀밥을 한번 제대로 먹지를 못했다. 더 어린 시절의 기억이다. 내 생일이 돌아와 어머니는 생일날만은 쌀밥을 먹이고 싶었던 마음에 보리쌀이 하나도 섞이지 않은 쌀밥을 밥그릇 아래에 담고 위에는 보리밥을 덮어 위장했다. 하지만 몇 숟가락 먹지 않아 하얀 쌀밥이 모습을 드러내었다.

"누야만 쌀밥을 준다."

동생은 어느 새 내 밥그릇을 보며 생떼를 쓰기 시작했다. 동생 생일날은 위장 할 필요도 없이 하얀 쌀밥을 소복이 담아주고 나는 여전히 보리가 많이 섞인 밥을 받아도 한 번도 투정을 부린

적이 없었다. 그저 마음으로 부럽고 샘이 났을 뿐이다. 동생은 매일을 쌀이 많이 섞인 밥을 먹었으면서 그 하루를 이해하지 못하고 그냥 넘기지를 않았다. 떼를 쓰는 동생에게 결국 밥그릇을 빼앗겼고 동생 밥그릇은 나에게로 전달되었다.

그렇게 철이 들 무렵까지 겪어야 했던 동생에 대한 우선권은 나를 뒤로 밀리게 했기 때문에 이부자리의 우선권은 나를 더욱 놀라게 했을 뿐이다.

"엄마! 동생 이불은 안 사왔어?"

"니 동생은 머시마가 돼서 괜안타."

어머니는 덮는 이불만은 딸을 우선시 했다. 손발이 유독 찼던 내가 어머니는 걱정이 되었던 것이다.

동생과의 다툼은 자라면서 그 사건 이후로 한 번도 일어나지 않았지만 동생으로 인한 피해의식은 동생을 궁지로 모는 일이 종종 일어났다. 어머니는 가을이면 홍시를 추석 차례 상에 쓰기 위해 뚜껑이 달린 바구니에 담아 선반 위에 올려놓았다. 키가 쑥쑥 커 가던 나는 하루 종일 무엇이든 먹고 싶었다. 한참 성장기를 달리고 있던 때에 먹을 것은 늘 부족했다.

집에 아무도 없는 날 처음으로 의자를 딛고 선반 바구니를 뒤졌다. 아무리 먹을 것이 귀해도 어머니가 챙겨 놓은 것을 뒤져 본적이 없던 나는 그날따라 배가 너무 고팠고 뭔가를 먹고 싶다는 유혹을 뿌리치지 못했다. 선반 바구니를 차례차례 내려 뚜껑을 열던 나는 한 바구니에서 고운 빛깔을 띠는 홍시를 발견했다. 홍시는 열 개 정도였다. 나는 침을 꼴깍 삼키며 뚜껑을 닫아 다시 선반에 올렸다. 어머니에게 혼이 날 것 같았다. 하지만 홍시를 본 눈은 자꾸 홍시에게 마음이 가도록 했고 결국 홍시를 한 개 꺼내 먹었다.

며칠 뒤 다시 한 개를 꺼내 먹었다. 일주일쯤 지났을까 어머니가 바구니를 내려 홍시를 확인했다. 생감을 넣어 둔 바구니에 홍시가 잘 익었는지 확인하는 절차였다. 어머니는 홍시가 두 개 없어진걸 알았다. 어머니는 동생을 의심하며 야단을 치기 시작했다. 애먼 동생에게 화살이 돌아갔지만 겁에 질린 나는 사실을 실토하지 못했다. 어머니는 그런 일로 나를 의심하지 않았다. 어릴 때부터 정직했고 공부를 잘 했던 반듯한 내가 그랬을 거라곤 상상도 하지 못했다. 그렇다고 동생이 그런 짓을 할 리도 만무했다. 동생도 너무나 온순해서 어머니가 챙겨놓은 물건에 손을 댈 아이가 아니었다. 어머니는 한 번도 그런 일이 일어나지 않았기에 동생을 유력한 용의자로 보고 동생 말은 듣지도 않고 꾸중을 했다.

동생은 억울해 미칠 것처럼 항변했지만 어머니의 꾸중소리는 더 커져갔다. 동생은 포기했고 나는 동생에게 미안했지만 입을 꾹 다물었다. 그 후로 두 번 다시 어머니가 챙겨 놓은 제사 물건에는 손을 대지 않았다. 동생에게 고해성사라도 해야 할 판이다.

여고생이 되면서 실습을 했다. 학교에선 살며 맛보지 않았던 새 요리를 만들었고 집에 가서 그 요리를 만들어 보고 싶었다. 처음 거부감이 들던 음식은 먹을수록 구미가 당겼다.

일요일이었던 걸로 기억된다. 어머니가 집에 없는 날 나는 학교에서 실습한 카레라이스를 집에서 만들기로 결심했다. 카레가루는 어디서 구입해야 하는지도 모르겠고 숫기가 없던 난 가정선생님께 물어볼 용기도 생기지 않았다. 카레가루의 노란 빛깔을 내기 위해 치자 물을 노랗게 우려 밀가루에 부어 걸쭉하게 만들었다.

어머니는 가을 치자가 노랗게 익으면 반드시 치자를 식재료 양념으로 물감을 내기 위해 비치해 두고 있었다. 시골은 감자와 양파 등은 필수 새료로 놓고 먹었기 때문에 채소 재료는 고민하지 않아도 쉽게 구할 수가 있다. 오래 끓여야 하는 감자와 당근을 넣고 끓이다 양파를 넣고 노랗게 갠 밀가루 물을 부었다. 뭉근히 끓이니 맛은 학교에서 실습했던 카레 맛이 아니었지만 완성된 모양과 빛깔은 영락없는 카레였다.

처음으로 점심상을 차려 아버지에게 바친 날이기도 했다. 아버지는 청체불명의 노란 죽 같은 음식을 보며 눈이 둥그레졌다.

"이게 머꼬?"

"아부지! 카레라는 건데 학교에서 선생님한테 배웠어요."

"먼 이런 음식이 있노?"

아버지는 보지도 듣지도 못한 이상한 음식을 보고 이상한지 자꾸 이런저런 질문을 내게 던졌다. 어떻게 만들었냐, 무엇을 넣었느냐, 등등.

부엌에서 뚝딱거리며 안 하던 짓을 하며 몇 시간동안 차린 음식이 생전 접해보지 않았던 희한한 죽을 만들었으니 궁금한 것도 많았을 법 하다. 아버지는 죽이라면 싫어하는 음식의 1순위였다.

"아부지! 드셔 보세요."

아버지는 한 숟갈을 먼저 맛보더니 카레 사촌 같은 이상한 음식을 맛있게 싹싹 비워냈다. 다 드시고는 칭찬도 한마디 했다.

"묵어보니 맛있다."

나는 기분이 너무 좋았다. 아버지의 칭찬은 흔한 게 아니라서 더욱 기분이 들떴다.

실습 삼아 처음으로 차려드린 그 밥상이 아니었다면 나는 평생 아버지에게 밥상 한번 차려드린 적 없는 더없는 막심한 불효를 범할 뻔 했다.

어머니는 아무리 몸이 아파도 몸져누워 본적이 별로 없다. 기억 속에 딱 두 번이다. 훗날 병약해져 아주 드러눕기 전까지는 그랬다. 어머니는 그 부지런하고 가만있지 못하는 성품 탓에 웬만해선 자리보전하고 눕지를 못했다. 그날은 정말 심한 감기몸살이 난 것 같았다.

"엄마! 학교 갔다 왔어."

학교를 파하고 집으로 돌아가서 댓돌아래 놓인 어머니의 신발이 너무나 정겹고 반가운 나머지 고함을 질렀다. 집에 있을 땐 다른 날 같으면 방에 들어가 있지도 않고 연신 집 안 일이라도 하며 부산하게 움직일 어머니가 방에 있는 것도 이상했고 방에 있더라도 딸이 돌아오면 방문을 활짝 열고 급히 나오며 반갑게 맞이할 것이었다.

그날은 어머니는 힘차게 방문을 밀치지도 않았고 내가 방문을 열고서야 힘없는 목소리로 겨우 반겼다. 어머니는 그렇게 아픈 몸으로 근근이 새벽밥을 지어 우리 둘을 학교 보내고 다시 쓰러지고 만 것이었다. 처음으로 어머니는 내게 죽을 쑤어 달라고 했다. 쌀을 씻어 불려서 묽게 미음처럼 끓여 마시도록 해 달라고 했다.

어지간해선 내게 설거지도 시키지 않았던 어머니는 그 날은 심한 몸살로 몸을 가누기가 힘들 정도였다. 나는 쌀을 씻어 불릴 시간도 없이 촉박하게 죽을 끓였다. 딴에는 영양이 부족한 어머니를 위해 감자를 넣어 야채 죽을 만들었다. 불리지 않고 끓인 죽은 자꾸만 물을 먹었고 쌀을 너무 많이 잡았는지 미음처럼 묽게 되지 않고 되직하게 만들 수 있었다.

어머니께는 처음으로 차려드리는 밥상이었다. 어머니는 두어 숟갈 드시나 싶더니 이내 상을 물렸다. 어머니는 편도가 부어 목소리가 잘 나오지 않았으며 몸은 불덩이처럼 열이 나고 어지러워 일어 설 기력조차 없었다. 부은 편도 때문에 음식을 삼키기 힘들어 미음을 청했던 것인데 죽이 밥처럼 대니 삼키기가 힘들었던 것이다.

이튿날 어머니는 굳은 의지와 정신력으로 자리를 털고 일어났으며 내가 끓여놓은 죽을 묽게 데워 한 숟갈도 남김없이 다 먹었다.

"우리 딸이 암것도 못하는 줄 알았더니 죽도 맛있게 끓이네, 감자는 어찌 넣을 줄 알았시꼬."

어머니는 간도 딱 맞게 끓였다고 칭찬을 하며 전날 못 드신 죽을 맛있게 먹고 다시 기력을 회복해 갔다. 어머니가 온전히 어머니 자신을 위해 쌀만을 가지고 만든 최초의 음식이었을 것이다.

어머니는 텔레비전에 나오는 명창들을 부러운 시선으로 바라다보았다. 그 프로를 제일 좋아했으며 그래서 명절을 좋아했다.

"참 곱다, 노래도 어찌 저리 잘 넘어가꼬"

명절이면 한복을 화려하고 곱게 차려입은 명창들이 창을 부르며 몸을 살랑대는 걸 보면 어머니는 텔레비전에서 시선을 떼지 못했다. 어머니가 유일하게 오래 일을 하지 않고 앉아있는 시간이기도 했다. 어머니는 국악인 '김영임'을 특히 좋아했다. 요즘 말대로 표현한다면 팬이었다. 국악인 김영임이 나와 민요를 부르면 인물도 좋은 사람이 노래도 잘한다며 칭찬에 입이 말랐다. 어머니의 보는 눈은 정확해서 김영임은 무형문화재로 존경을 받는 인물이 되어있다. 그 당시는 센터를 차지하지 않는 옆자리였는데도 어머니는 그 인물의 가치를 알아 본 것이다.

어머니는 정확히 그 프로의 방송시간을 기억하고 있었고 그때마다 일을 제치고 그 프로를 즐겨 봤다. 나는 어머니의 그런 모습이 다소 낯설기도 했다. 어머니가 일을 하지 않고 오로지 당신 자신을 위한 시간을 갖는 것이 살며 있었던가 싶었다. 그 역시도 나는 설명 못할 안온함이 내 마음을 채워 오는 것을 느꼈다.

어머니가 내 앞에서 무엇인가를 즐기며 어머니의 몸을 편히 하고 웃음 짓는 것이면 무엇이든 좋았다. 어머니가 일을 그만했으면 하는 날이 내가 기억이라는 걸 하고 나서 매일 소원이었으니까.

2학년이 되고 여전히 어머니의 더할 나위 없는 뒷바라지를 받으며 통학을 했다. 나도 모르는 사이 통학 길에서 나를 지켜보던 선배나, 친구나, 후배는 나를 너무나 도도하고 깔끔한 말 한마디 못 붙여볼 여학생으로 기억하고 있었다. 어머니의 부단한 자식에 대한 희생의 산물이었다.

윗마을에서 출발하는 버스 뒤 칸은 남학생들의 집합소였다. 남학생들은 날마다 버스 뒤 칸을 차지하고 있었다.

어느 날 하교를 하고 버스정류장에서 집으로 돌아가기 위해 차표를 끊고 있었다. 우리 학년의 한 남학생이 내 곁으로 오더니 접은 쪽지를 건네고 갔다. 안 받으려니 심부름이라며 꼭 전해달라는 부탁을 받았다 했다. 그 남학생은 버스가 출발하는 제일 윗동네의 남학생이었고 2년 동안 나를 맨 뒷자리 창가에 앉아 지켜봤다는 것이었다. 단 하루도 흐트러짐이 없는 단정한 자세와 먼지 하나 묻지 않은 깔끔한 교복이며 가방, 구두 등을 살폈다는 것이었다. 그 바람에 도도해 보였으며 겨우 용기를 내어 쪽지를 보낸다는 내용이었다. 다른 여학생도 살폈지만 나만큼 깔끔하고 단정한 여학생이 없더라는 것이었다. 마음에만 둔지 2년 만에 졸업은 곧 하게 되어 있고 한번이라도 용기를 내어 프로포즈를 하고 싶었다는 거다.

우리 어머니가 알면 큰 일이 나는 사건이었다. 어머니는 여자의 행실에 대해 끊임없이 지도하고 단속했으며, 고개도 함부로 돌리지 말라고 가르치는 분이다. 어머니가 아시면 당장 호통을 치실 것이 자명했다.

"행실을 어떻게 하고 다녔길 래 그런 놈 사이가 넘보게 하냐."

나무랄 것이 분명했다.

나는 더 고개를 땅으로 쳐 박고 옆도 보지 않고 학교만 다녔다. 그럼에도 불구하고 이상하게 따르는 남학생이 자꾸 생겼다. 어머니는 딸만 나무랄게 아니라 어머니가 빈틈없이 뒷바라지한 결과로 월등히 정숙하게 남의 눈에 띨 만큼 키워낸 당신을 탓해야 했다.

어머니는 잘 키워 잘 가르쳐 막내딸만은 공무원에게 시집보낼 것이라 다짐하고 있었다. 언니들을 고생막심한 집으로 시집보내고 딸 하나는 일찍이 하늘로 보낸 어머니의 회환이 그려낸 마지막 바람이었고 욕심이었다.

그런 딸에게 약간은 양아치처럼 껄렁대며 다니는 남학생이 내 뒤를 스토커처럼 따라다니며 괴롭힌 사건이 생겼다. 하루는 통학버스를 타고 동네까지 함께 내려 나를 집으로 가지 못하게 막았다. 나는 겁에 질려 친구를 우리 집까지 동행하게 했고 한참의 시간이 지난 뒤 설마 갔겠지 하며 친구를 집까지 배웅하기 위해 집을 나섰다.

동구 밖 어귀에서 그 남학생이 가지도 않고 기다리고 있었다. 마치 이런 시간이 오리라는 것을 짐작이라도 한 것처럼. 친구와 난 붙잡혔다. 협박을 하며 둑길로 데려갔다.

밤이 왔고 친구는 그 남학생들을 몸으로 막으며 나를 도망치라고 고함을 질렀다. 나는 도망을 쳤다. 숨이 턱에 차고 빙글 현기증이 일 때까지 달렸다. 하지만 남학생의 힘에 친구는 밀렸고 나는 이내 붙잡혔다. 나는 힘으로는 안 되니 말로 구슬릴 수밖에 없다는 것을 곧바로 알아챘다. 가슴은 쿵더쿵 방아를 찧었지만 머리는 좋았고 다음을 기약하며 그 손아귀에서 곱게 벗어날 수 있었다. 친구와 난 풀려났으며 뒤도 돌아보지 않고 집으로 달렸다. 친구는 다시 나를 집까지 데려다 주고 혼자 어두운 길을 걸어서 돌아갔다.

참으로 용기 있고 우정이 뭔지 보여주는 친구의 우주보다 넓은 마음이었다. 혼이 반쯤은 달아난 나는 어째야 할지를 심각히 고민했다. 어머니에게 말을 하는 것이 제일 현명한 방법인 것 같았다. 어머니의 가르침대로라면 그 남학생은 불량해 보였고 다시 만난다는 것은 끔찍한 일이었다. 평생 남학생하고 얘기 한번 나눠보지 않은 처지였지만 딱 봐도 나하고는 거리가 먼 딴 세상 정서를 가진 사람이었다.

어머니에게 친구를 데려다 준다고 하고 집을 나온 까닭에 밤에 들어갔으나 어머니는 딱히 크게 나무라지도 않았다. 망설인 나는 자초지종을 설명했다. 사실 그대로를 다 말하니 어머니는 큰일 날 뻔 했다며 내일 당장 그 놈 집을 찾아가 버릇을 단단히 뜯어고치겠다고 노발대발 했다.

"어디서 감히 귀한 내 딸을 끌고 가서, 이놈의 새끼 요절을 내야지." 분을 참지 못했다.

다음날 이름만 알고 수소문 끝에 어머니는 어렵사리 그 남학생 집을 찾았다. 흥신소를 차려도 될 법한 일이었다. 서울의 김 아무개 식으로 이름 석 자 가지고 집을 찾는다는 것은 참으로 어려운 일이었다. 내가 알고 있는 것은 남고를 다닌다는 것과 이름 석 자밖에 없었으니 어머니에게 더 알려 줄 것도 없었다. 그 이름도 잡혔던 그날 그 남학생이 가르쳐 준 것이다.

어머니는 종일 그 이름을 가지고 수소문 했을 것이며 결국 오후가 되어서야 그 집을 찾을 수 있었다고 했다. 어머니는 그 집 부모님을 앉혀놓고 훈계를 시작했으며 사과를 받아내었고 잘 단속하겠다는 약속을 받아내었다. 그도 안심이 되지 않은 어머니는 그 학생이 돌아오길 기다렸다 학교에서 돌아 온 남학생을 무릎 꿇리게 했다. 두 번 다시 딸을 따라다니지도 괴롭히지도 않겠다는 다짐을 받고서야 그 집을 나섰다.

지금 같으면 양아치들이 부모 말을 들으며 그런 일로 무릎이나 꿇겠는가. 시대가 순박하기 이를 데 없고 결국 그 남학생도 무늬만 양아치였던 것이다. 그 당시의 멋처럼.

어머니는 딸을 보호하기 위해서라면 지구 끝이라도 찾아가 혼을 내 줄 든든한 바람막이였다. 아니 하늘보다 더 넓은 거대한 보호막을 치고도 남을 사람이었다. 그 남학생은 두 번 다시 내 주변을 얼씬거리지 않았다.

아버지는 서서히 물들어가고

어느 순간인가 아버지는 술심부름을 시키지 않았다. 도무지 끝을 보이지 않던 심부름이 어느 순간엔가 뚝 끊긴 곳이다. 심부름을 왜 시키지 않을까가 궁금하지 않았다. 귀찮았고 주막집 심술쟁이처럼 찡그린 할매 얼굴을 보지 않아 좋았다. 아버지가 왜 심부름을 시키지 않는가는 우리 형제에게 그다지 중요한 일이 아니었다.

아버지는 기침을 갈수록 심하게 했다. 한번 기침이 나오면 쉬 멈추지를 못했다. 어머니는 아버지의 건강이 심상치 않음을 느껴서인지 몸에 좋다는 음식은 다 해서 아버지께 바쳤다.

어느 날인가 학교에서 돌아가니 채반에 고기처럼 보이는 육질을 잘게 찢어서 마당 장작더미위에 말려 놓은 것이 보였다. 나는 귀한 고기를 저렇게나 많이 채반에다 말리는 광경에 의아했다.

"엄마! 저게 뭐야? 우리 해 줄라고? 고기 같은데..."

"고기 아니다. 너거 아부지 약이다."

"약이 무슨 고기처럼 생겼노?"

"너거 묵으면 안 되는 것잉께 함부래 손대지 말거래이."

어머니는 단속을 했다. 나중에 안 사실이지만 그것은 개고기였으며 아버지 병에 좋다는 소문을 듣고 어머니가 장만한 것이었다. 물론 잡아서 손질한 고기를 사왔을지라도 집에 개도 기르는 마당에 어머니로서는 쉽지 않은 일이었을 것이다. 어머니는 동물은 물론 곤충도 한 마리 잡지 못하는 분이었다. 시골은 아낙들도 흔히 닭 모가지 정도는 비틀어 잡고 했지만 어머니는 그런 모양을 옆에서 봐도 소름 돋아 했다. 그런 분이 평생 생각해 보지도 않던 개고기를 사서 준비하는 마음이 얼마나 불편했을까. 남편을 위한 지극한 마음이었다.

아버지는 힘든 일은 거의 하지 못했으며 방이나 마루에 걸터 앉아 자지러지게 기침을 해 댔다. 아버지의 몸에 이상증세가 나타나고 있다는 것을 어렴풋이 짐작은 했지만 어머니는 공부하는 자식들 괜한 걱정시킨다고 사실을 함구하고 있었다.

사실 어머니 역시도 아버지랑 큰 병원을 다녀오지 않았기 때문에 술을 너무나 많이 퍼 마셔 술병이 낫겠거니 했고 담배를 너무 피워대니 기침을 끝도 없이 하나보다 했을 것이다. 아버지의 기침소리는 밤과 낮을 가리지 않고 집안을 채웠다.

아버지는 어머니가 장사 나가는 날이면 손수 밥을 지었다. 고등학생이나 된 다 큰 딸을 깨워 밥을 시켜야 마땅하지만 아버지는 그러지 않았다. 그 전 옛날 어머니가 장사 나가기 전 준비를 다 해놓고 나서야 했던 때와는 다르게 그 정도도 그나마 자상해진 시간이었다. 어머니는 다소 홀가분했을 것이다. 예전처럼 첫 닭이 울어 '인시'에 일어나던 어머니는 나이 들어가며 체력에 한계가 올 법도 했다. 어머니의 몸은 나날이 무거워지고 있었다. 몸이 천근같다는 말을 자주 했다.

아버지는 어머니가 장사나간 뒤 막내 둘을 학교 보내기 위해 밥을 지었다. 아버지는 밥 짓기를 아주 잘했다. 쌀을 어머니보다 월등히 많이 넣어 고슬 하게 지은 밥은 너무 맛이 좋았다.

내가 자라며 쌀알이 그렇게 많이 든 밥은 먹어 본적이 없었다. 아버지는 밥을 짓고 전날 저녁에 어머니가 만들어 놓은 반찬을 밥상에 차려놓고 나를 깨웠다. 아버지의 목소리는 솜처럼 부드럽고 다정했다.

"옥아 밥 묵고로 일어나거라. 학교 가야지."

아버지는 꿈결처럼 애정이 담긴 목소리로 나를 깨우며 가마솥에 데운 따뜻한 물을 바케스에 퍼다 수돗가에 덮어 놓았다. 어머니가 그랬던 것처럼.

어머니는 아버지의 그런 고요한 목소리를 참으로 좋아했을 것이었다. 자라면서 그런 목소리로 어머니를 부르는 걸 들어 본적이 없었지만 어머니 말씀은 갓 시집 온 때는 아버지는 그런 고요한 목소리로 어머니를 부르고 했단다.

"임자!"

머리를 감고 나면 어머니가 그랬던 것처럼 상을 코앞까지 갖다 바쳤다. 아버지가 차려주는 밥은 쌀밥이라 더 맛있었다. 밥을 먹는 동안 도시락을 준비했다. 아버지는 도시락에 보리 한 톨을 섞지 않고 밥을 싸 줬다. 점심시간이면 아버지가 도시락을 싸주는 날은 창피하지가 않았다. 읍내에 살던 친구들은 도시락이 모두 쌀밥이어서 보리밥이 섞인 도시락을 꺼내기가 창피했기 때문이다. 어머니도 보리쌀을 많이 섞고 싶어 그랬겠는가. 가난한 살림을 꾸려 나가려면 그리 할 수밖에 없었을 것이다.

어머니는 저녁이 되어서 돌아오면 쌀독에 쌀이 푹 줄어있는 걸 확인해야 했다.

"영감이 쌀밥만 고실하니 해 묵고, 누군 그리 해 묵을 줄 몰라서 그러나, 이리 쌀을 푹푹 퍼서 밥을 하면 어떻게 감당하꼬."

어머니는 애가 탔다. 지금이야 '웰빙'이니 뭐니 하며 일부러 보리밥을 해 먹지만 쌀이 귀했던 옛날은 쌀밥 해 먹기가 그렇게 힘들었던 시절이다.

아버지는 새벽밥을 지어 주면서 푸념도 했다.

"다 큰 딸년 눕혀 놓고 쯧쯧."

동네 어느 누구도 나보다 더 어린 딸이 있으면 엄마가 집에 있어도 시켜먹었지 엄마도 아닌 아버지가 고등학생이 된 다 큰 딸을 잠자게 내버려 두고 손수 밥을 지어 바치는 일은 없었다.

당시 '신문에 나고도 남을 일'이라며 어머니와 아버지는 혀를 차면서도 막내딸이 애잔해서 시키지를 못했다.

부모님의 가없는 큰 은혜를 받고 곱디곱게 큰 나는 철이 빨리 들지 않았다. 시골에서 그리 헌신적으로 키우는 집은 맹세코 없다는 것쯤은 알았다. 친구들을 봐서도 그랬고 사촌들을 봐서도 그랬다. 실로 부모님은 자식바보였다.

시골은 욕실이 따로 없다. 어릴 때는 죽담 한 귀퉁이에서 한낮 햇살이 퍼지면 어머니가 목욕을 시켜주곤 했지만 다 자란 후엔 목욕할 곳이 없었다. 읍내에 있는 목욕탕은 겨울만 다녔고 봄이 시작되면 수돗가에 아버지가 가리개로 만들어 준 양철 문을 입구에 가리고 샤워를 했다. 입구만 가리고 앉으면 저 대각선 윗 집에서도 보이지 않을 만큼 완벽하게 가려졌다.

난 어지간히 씻어댔다. 어머니는 어릴 때부터 물을 너무 많이 쓰는 내 뒷바라지가 힘들다 했다. 상수도가 들어오기 전 물을 길 어다 쓸 때는 정말 힘들었을 것이다. 조금 자라면서 우물가에 가 서 머리를 감게 하거나 했지만 겨울이면 그마저도 추워서 힘들 었으니 어머니를 더 노동에 시달리게 한 원인 제공자였다.

그나마 상수도가 들어오고 수도꼭지만 틀면 물이 나왔으니 어 머니의 잔소리가 조금은 줄어들었다. 첫물만 따뜻한 물로 끼얹 고 하는 샤워는 몸에 소름이 돋았지만 나는 이른 봄부터 늦가을 까지 찬물을 퍽퍽 뒤집어쓰며 샤워를 했다. 비 오는 날도 예외 는 아니라서 비를 맞으며 샤워를 했다. 감기 걸릴까 염려한 어 머니는 씻고 방에 들어가면 솜이불로 내 몸을 둘둘 말기 바빴다.

아버지는 다 큰 딸을 위해 마루에서 매일 보초를 섰다. 아버지 에게 마루에 앉아 있어 달라 부탁한 것도 아니건만 성숙한 딸을 누가 훔쳐보기라도 하던지 못된 짓을 당할까 염려되었던지 어 느 시간대를 불문하고 늘 보초병이 되었다. 매일 시간이 동일한 것이 아니어도 아버지는 딸이 샤워하는 시간을 눈치로 알아챘 다. 이른 봄이나 늦가을은 마루청에 앉아 있으면 냉기가 온 몸 을 덮을 것이고 여름이면 모기가 극성을 부리며 달려들 것이었 다. 아버지는 그런 것쯤은 아무래도 좋은 듯 했다. 아버지는 헛 기침을 한 번씩 일부러 하며 보초를 섰다.

아무도 근접하지 말라는 암시였을 것이다. 여고생이 되면서 아버지는 헛기침을 따로 할 필요가 없었다. 담배만 한 개비 피워 물면 기침이 끊임없이 나왔다.

아버지의 기침소리를 들으며 샤워를 하면 아버지가 지켜주기 때문에 든든한 마음으로 씻을 수 있었고 아버지의 자리가 하늘 같음을 느낄 수 있었다.

큰오빠는 당시 현대조선에서 기술자로 수입이 꽤나 많아 가정을 꾸리고 살기가 어렵지 않았지만 더 큰 포부로 인해 사업을 벌이고자 했다. 아버지를 찾아 뜻을 밝히고 돈을 구하고자 했지만 아버지에게 모아 논 돈이 있을 까닭이 없었다. 막내들 등록금 마련하기도 빠듯했다.

부모님은 자식들을 위한 일이라면 짚신이라도 팔아 돕고 싶은 마음이라 동네 여기저기 다니며 빚을 내어 자금을 마련해 줬다. 사업은 보기 좋게 망했다. 큰 오빠는 기술이 있었기에 외국으로 나가 돈을 벌면 어느 정도의 빚을 청산하겠다 싶어 사우디로 이직을 해서 쫓기듯이 떠났다. 빚쟁이들이 아버지에게 몰려들었으며 아버지는 상심했다. 동네에 삽시간에 소문이 퍼졌으며 부모님은 창피해했다. 시골 어른들은 남의 말 하는 것을 좋아하고 작은 동네에 소문나는 것은 순식간이다.

장남은 집안의 대들보다. 할아버지는 아버지가 전쟁용사가 된 후로 시름시름 앓다 이승을 다 한 것처럼 아버지 또한 자식으로 인한 상심이 너무 컸던 탓에 기력을 자꾸 잃어갔다. 부모님은 빚쟁이들에게 말도 못한 고초를 겪으며 시달렸다. 동네 빚은 고사하고 도시에서 진 빚쟁이들까지 시골집으로 찾아와 문초를 당하게 했다. 그로 인해 부모님은 하루아침에 십년은 더 늙어 있었다.

사우디로 간 오빠는 돈을 꼬박꼬박 부쳐왔고 빚을 갚아 나갔지만 빚은 쉬이 갚을 수 없는 액수였다.

아버지는 나날이 기침을 죽을 듯이 해 댔다. 급속도로 몸이 야위어 갔고 앙상한 뼈만 남게 되었다. 아버지 스스로도 죽음이 눈앞에 닥쳐오고 있다 느꼈는지 뱀을 잡아 뱀탕을 해 먹기 시작했다. 살기 위한 몸부림이었다. 속이 더부룩하고 소화가 안 된다고 느꼈고 담배로 기침을 많이 한다 생각했다.

아버지는 스스로 덮치는 어두운 그림자로 담배를 드디어 끊었다. 기침 때문에 피우지 못한다고 해야 옳을 것이다. 어머니가 그리도 잔소리를 할 때 담배도 술도 끊었어야 했다. 아버지의 결단은 너무 늦어 시기를 놓치고 말았다.

마당 한쪽 낡은 양철 양동이를 밑은 디귿자로 구멍을 만들어 아궁이로 만든 이동식 솥 없는 양동이에는 뱀을 고우는 솥이 걸려 졌다. 아버지는 들에 나가 뱀을 매일 잡아왔다. 어머니는 매일 징그러운 뱀을 고우며 소름이 돋아 끝없는 잔소리로 한탄을 했다.

"하다하다 이젠 징그러운 뱀까지 고아 바치게 하냐, 아이고 못 살아, 이내 팔자야."

어머니의 성품에 뱀을 다룬다는 것은 실상 고문이었다.

그러고 보니 뱀을 고아 먹기 전, 예전 내가 들에 따라 다닐 때 아버지는 뱀을 잡아 껍질을 벗기고 알을 생채로 먹는 것을 본 적이 있었다. 그럴 때면 온 몸을 떨며 아버지를 책망하곤 했다. 아버지의 건강은 그때부터 나빴고 그런 끔찍한 행동을 스스럼없이 할 정도로 약이 필요한 상태였을 것이다. 식구들에게 말을 하지 않고 혼자 속앓이를 하며 어디서 주워들은 돌팔이의 말을 믿고 병을 다스리려고 나름 노력했을 것이었다.

사람이 막다른 골목에 다다르고 저승사자가 시시각각 운명에 종지부를 찍으려 드나들면 어느 사람인들 살고자 몸부림치지 않겠는가. 아버지는 더 이상 보류할 생명의 연장선이 남아있지 않았다. 뱀을 잡아 먹으면 낫는다는 아버지의 신념은 어머니를 징그러운 뱀 솥에 붙어있게 했다.

처음 뱀을 넣고 불을 지피면 뱀이 살겠다고 꿈틀거려 뚜껑을 들추는 힘찬 용트림에 인상을 극도로 찡그리며 뱀 힘이 다 빠질 때까지 솥뚜껑이 열리지 않게 눌러야 했다. 그 일은 실로 괴롭고도 온 몸에 식은땀이 나는 끔찍한 일이었다.

어머니는 그 일을 몇 달을 해야 했으며 뱀이 꿈속에 매일 나타나 악몽으로 시달려야 했다. 어머니의 그런 견딜 수 없는 수고와 정성에도 아버지의 병환은 깊어만 갔다.

쉼 없는 기침으로 건강이 좋지 않다는 것은 대충 느끼고 있었지만 아버지가 그리 빨리 드러누울 줄은 몰랐다.

촌에는 변소(화장실)가 밖에 있었다. 나무로 엉성하게 얽어 만든 변소는 밑의 오물이 다 보였으며 잘못하면 빠질 수도 있어서 집중을 해서 쪼그리고 앉아 볼 일을 봐야했다. 아버지는 변소를 드나드는 것조차 힘겨워 보였으며 어머니는 아버지가 변소에 빠지기라도 할까 봐 늘 노심초사하며 아버지 동태를 살폈다.

예부터 구전으로 전해 내려오는 얘기가 있었다. 시름시름 앓는 사람이 변소 다녀오다 쓰러지면 못 일어나고 조만간 죽는다고 했다. 그 구전은 아버지의 인생에도 적용되는 몹쓸 전설 같은 얘기였다.

어느 날이었다. 아버지가 변소 앞에 쓰러졌다. 피를 토하며 쓰러진 아버지를 어머니는 기암을 하며 방으로 부축해서 눕혔다. 드디어 심각성을 느낀 어머니는 아버지를 병원으로 모셔갔다. 자식들 걱정시킨다고 함구했던 일이 이젠 더 이상 숨길 지경을 넘어선 순간이 오고 만 것이다. 아버지 스스로 얼마나 고통 속에서 홀로 싸웠겠는가.

전쟁이 앗아간 건강한 정신을 찾을 길 없이 술로 한 평생을 탕진했으며 그런 까닭에 떳떳하지 못했을 것이다. 착한 집사람을 모진 가난으로 힘겹게 만들었으며 몸을 상하게 만들었다. 아내에게나 자식들에게 무엇이 떳떳하여 자신의 아픔을 일일이 드러낼 수 있었겠는지. 아버지의 삶도 참으로 딱하고 측은하기 이를 데 없었다.

아버지는 병원으로 실려 갔다. 어머니는 그날 집에 돌아오지 못했다. 사촌언니에게 우리들을 부탁하고 병원에 간 어머니는 뒷날 새벽에 급히 집에 와서 밥을 지어 먹였다. 사촌언니에게 부탁한 것도 마음이 놓이지 않았나 보다. 내가 밥을 지어먹고 동생도 챙길 수 있는 마음가짐을 가지고 있었고 그럴 정도의 철은 들어 있었지만 어머니의 마음은 못내 믿음이 가지 않았나 보다.

진주에 있는 병원에서 집에 오려면 한 시간이나 기차를 타고 읍내에 내려 다시 삼십분을 버스로 이동해 와야 하는 거리였다. 기다리는 시간까지 하면 두 시간은 넘게 걸리고도 남을 거리였다. 배차시간이 맞아 떨어져 바로 차를 갈아 탈수 있는 것도 아니어서 밤중 기차를 타고 아침 첫 버스를 타고 집으로 와야 한다. 어머니는 잠을 기차에서 쪽잠 자는 걸로 대신해야 했으니 그 정성이 하늘을 찌르고도 남았다. 너무나 먼 장거리를 왔다 갔다 해야 하는 고단한 여정이었다.

주말이 돌아왔고 어머니를 따라 병원으로 갔다. 아버지는 이미 살아있는 사람이라 할 수 없었다. 피골이 상접해서 마른가지를 눕혀 놓은 것처럼 앙상한 몸으로 병실에 누워 계셨다. 가족이 모이니 아버지의 몸 속 사진을 보여줬다. 영상으로 보는 아버지의 속은 이미 시커멓게 썩어 있었다. 시커먼 연기가 몸 속 기관을 돌아다니고 있는 것처럼 보였다. 아버지는 위암 판정을 받았고 더구나 말기라서 어떠한 손을 쓸 수도 없다고 했다. 우리 모두는 아버지의 병명에 할 말을 잃고 서 있었고 믿기 어려운 말에 동의하기도 싫었다.

어찌 되었던 내 아버지이고 내겐 더 할 나위 없이 자상하고 인자한 분이었다. 아버지로 인해 세상에 났으니 아버지는 드높은 하늘이고 어머니는 드넓은 땅이다. 하늘이 무너진다는 것이 이런 사실을 두고 하는 말일까라는 생각이 머리를 스쳤다.

바로 얼마 전만 해도 깡마른 몸을 힘겹게 마루에 걸치고 딸이 목욕을 다 할 때까지 보초를 서던 아버지였다. 그런 아버지가 순식간에 송장 같은 몰골로 병실에 누워 깔딱 숨을 쉬며 자식들이 온 것도 모른 채 눈을 감고 있는 모습을 봐야 하는 나는 이것이 현실이라 할 수 없었다.

아버지의 볼은 해골처럼 푹 패어 십리는 들어 가 있었고 손가

락 마디마다 흡사 죽은 나뭇가지를 달아놓은 것 같았다. 살이라
고는 붙어 있지 않은 배가 힘겹게 위로 올랐다 아래로 꺼지는 것
이 슬로우 화면을 보듯 느린 속도로 움직였다. 그 모습을 지켜
보는 난 아버지의 숨이 땅속으로 곧 꺼질 것처럼 위태롭다는 것
을 느껴야했다.

어머니는 아버지 걱정은 말고 학교나 잘 다니라고 했다. 어머
니는 아침이면 병원으로 갔고 다시 새벽이면 우리 밥을 챙기기
위해 집으로 왔다. 밥을 챙겨 먹이고 다시 급히 병원으로 가는
고단한 일과를 감내하고 있었다. 쓰러지지 않는 것이 이상할 정
도로 어머니는 오로지 마지막 동아줄이라도 부여잡는 정신력으
로 버티고 있었을 것이다.
그 감내도 달게 받으며 아버지를 살리기 위해 의사에게 애원
하며 매달렸다. 아무리 고생을 말로 표현하기 힘들 만큼 시킨 남
편이지만 살려야 했다. 아직 학생인 자식들이 둘이나 있었고 그
자식들 혼인도 시켜야 했다. 힘없는 가장이라도 어머니에겐 지
붕이었고 비바람을 막아줄 남편이었다. 숨만 쉬어도 살아있어
서 위안이 되는 게 남편의 힘이라고 했다. 그만큼 어머니는 아
버지를 살리고 싶어 했다. 어머니의 간곡한 애원에도 현실은 냉
정했다.
아버지는 병원에서 더는 손 쓸 수 없다고, 퇴원해서 편안히 임
종을 맞으라고 권유했다. 어머니의 하늘은 또 까맣게 변해버렸
다. 아버지를 집으로 모셔오는 어머니의 속도 까맣게 타서 지옥
의 길을 걷는 것처럼 아득했으리라.

고등학생이 되면서도 병에 대한 심각성이 어느 정도인지 체감으로 와 닿지 않았다, 설마 병원에 가면 아버지의 병을 낫게 해 줄 거라 믿었다. 아무리 중병이라도 병원에서는 치료가 가능하고 생명을 연장시키는 줄만 알았다.

학교를 파하고 집으로 간 나는 아버지가 조금이라도 차도가 있어 퇴원한 줄 알고 너무나 기뻤다. 하지만 하늘도 무심하게 아버지의 세상에서의 시간은 얼마 남아있지 않았다. 집으로 돌아온 아버지는 운신을 아예 하지 못했으며 방에 요강을 두고 생활을 해야 했으며 그 요강에 올라앉는 것도 식구들의 도움 없이는 불가능했다. 얼마 지나지 않아 기저귀를 채워야 하는 처절한 순간까지 왔다. 아버지의 고통은 나날이 더해갔다. 구역질을 쉴 새 없이 해 댔고 링거로 겨우 목숨을 연명했다. 아버지 몸 구석구석 암세포가 침범해 아버지 육신을 짓이겼으며 진통제 없이는 하루도 버티지 못할 극심한 통증이 시시각각 덮쳐왔다.

어머니는 읍내에 있는 의사를 돈을 주고라도 문진을 와서 수시로 링거를 맞게 했다. 아버지의 고통을 차마 외면 못했던 어머니는 아버지가 너무 괴로워 신음 할 때마다 당신이 할 수 있는 최선의 방법을 동원해서라도 고통을 멎게 하고 싶어 팔방으로 뛰었다.

아버지는 병원에서 처방해준 주사제를 매일 놓아야 했다. 일주일에 한번이 삼일이 되었고 삼일에 한번 듣던 진통제는 이제 하루에 한 번도 부족할 만큼 아버지의 몸은 암세포가 잠식을 하고 있었다.

문제는 시골이라 날마다 의사나 간호사를 불러 주사를 놓을 수 없다는 것이었다. 링거도 얼마 가지 않아 팔에 꽂아 둘 수가 없었다. 고통에 온 방을 뒹굴었기에 링거를 꽂고 있으면 바늘이 더 위협을 가했다.

어머니는 고등학생인 나에게 주사를 놓으라고 했다. 난 기겁을 했다. 어떻게 아버지 엉덩이에 주사를 놓는단 말인가. 난 아직 청소년이고 주사를 놓아본 적도 없다. 하물며 주사를 뻰질나게 맞아 본 적도 없었다.

학교에서 불 주사를 놓거나 예방주사를 놓기 위해 출장 의료진이 와서 단체 주사를 맞는 것이 고작이었다.

"집에 누가 있어 너거 아부지한테 주사를 놓아 주끼고, 니빼끼 더 있냐, 니 동생은 더 어리고 그나마 니는 고등학생 아이가, 너거 아부지가 저리 아파 죽어가는디 쪼깸이라도 덜 아프게 해야지 아이고 어쩌꼬."

못한다고 말하는 나에게 어머니는 대성통곡을 했다. 아버지는 너무 고통스러워 이미 온 방을 헤매고 있었다. 할 수 없는 노릇이었다. 주사기를 들었다. 간호사가 하던 모양을 옆에서 지켜봤던 나는 바늘을 앰플에 꽂고 주사기를 쭉 뽑아 약을 채웠다. 어머니는 이리저리 뒹구는 아버지를 있는 힘을 다해 꽉 붙들었다. 주사기를 눌러 공기를 조금 뺀 바늘을 고통에 몸부림치는 아버지 엉덩이에 꽂았다. 심장이 멎고 손은 달달 떨려 어떻게 주사를 놓았는지 모른다, 아버지를 조금이라도 덜 고통 속에서 살다 가게 하려는 어머니의 명령에 어쩔 수 없는 처방을 했어도 여전히 겁이 났고 몸은 덜덜 떨렸다.

조금의 시간이 흐른 뒤 아버지는 몸부림치던 육신을 고요히 잠재웠다. 주사약효가 몸에 퍼지는 모양이었다. 어머니는 뒤로 털썩 주저앉으며 진이 빠지는 표정으로 안도의 한숨을 쉬었다.

그 후로 아버지의 주사는 내 담당이 되었다. 학교에서 돌아가면 어머니는 무조건 내게 주사를 놓게 했다. 아버지의 엉덩이는 주사바늘로 빠끔한 틈도 없이 멍들어 있었으며 시간이 지날수록 주사바늘의 부작용으로 곪기 시작했다.

그 정도로 진통제를 쉼 없이 맞아야 했던 뼈밖에 없는 엉덩이가 더 이상의 주사바늘도 허락하지 않았다. 실로 못 볼 광경이었다. 가족의 고통도 환자의 고통 이상으로 괴롭고 지옥 같은 시간이었다. 죽음으로 치닫는 아버지는 살아 지옥을 맛보았고 세상에 없는 통증을 겪으며 마지막 삶의 관문을 서서히 통과하고 있었다.

아버지의 고통을 지켜보는 어머니의 애통함은 어디에도 견 줄 수 없었다. 집안은 예의 어둠이 다시 덮고 그 어둠은 길고 지루하게 우리 가족에게 머물렀다. 우리의 하늘에 태양이라는 이글거리는 밝음은 무용했다.

아버지, 너무 짧은 58년의 생애

아버지의 나이 겨우 58세였다. 저승사자는 살생부에 아버지의 이름을 잘 못 기입한 것 같았다. 너무 빨리 찾아 온 마지막 길이었다. 따라가지 않으려고 한사코 몸부림치는 아버지를 온갖 고문을 하며 기어이 끌고 가려 했다. 아버지를 끌고 가는 저승사자는 가장 잔인하고 악독했나 보다. 아버지의 몸부림이 그걸 말해주고 있었다. 아버지는 온 방을 헤매고 구르느라 뼈만 남은 살이라곤 없는 앙상한 몸이 성한 곳이 없었다. 감정을 가진 사람이라면 그런 처참한 광경을 눈물 없이 보지 못했다.

그렇게 저항하는 아버지를 기어이 데리고 저승사자는 떠났다. 전쟁으로 지옥의 불구덩이에서 기껏 살아 온 아버지를 그렇게 허무하게 일찍 죽음으로 몰고 갈 그 어떠한 명분도 없었다. 어머니하고 백년해로 하고자 근근이 정신을 차리고 가장역할을 하고자 했던 전쟁의 피해자를 그렇게 데려가면 세상은 너무 잔인하고 가혹하다.

겨우 남편의 그늘아래 평온을 찾아가던 어머니의 마음은 더 이상 지탱할 무엇이 남아 있을지. 요즘 같으면 58세는 너무나 청춘이다. 팔팔한 나이로 자식들을 어느 정도 키우고 여행을 다니며 인생을 즐길, 죽기에는 억울한 나이이다.

적어도 아버지는 그리 죽으면 안 되었다. 아내에게 한 행동의 일부라도 죄 값을 치르고 마음을 풀어주고 나서야 데려가는 게 맞았다. 첫째 어머니가 아버지와 이별하기 싫어했다. 그토록 살고자 하는 아버지만큼 어머니도 아버지를 살리기 위해 백방으로 뛰고 징그러운 뱀까지 매일 고아먹이며 남편을 살리려 혼신을 다했다. 하늘이 보고 있다면 그럴 수는 없는 일이었다.

한밤중이었다. 깊은 잠에서 깨어났다. 웅성거리는 밖의 소리가 들려왔다.

"행님! 쟈들 깨우소, 임종은 지켜야제."

작은 어머니의 목소리였다.

"놔두게, 저것들이 일어난다고 뭘 하겠는가, 잠이라도 더 자고로."

"아이고 행님, 그래도 자식들이 아부지 가는걸 봐야제."

작은 어머니는 우리를 깨웠다. 잠에서 깨어 아버지에게로 갔다. 아버지를 만졌다. 살아 아버지의 권위에 눌려 아버지 손조차 잡아보지 못했던 아버지의 삭신을 처음으로 만졌다. 아버지의 손을 만지고 아버지의 다리를 만지고 아버지의 발을 더듬었다. 눈물이 끊임없이 흘렀다. 눈물에 가려 아버지의 해골 같은 창백한 얼굴이 몇 겹 절이 되어 어른거렸다.

아버지는 더 이상의 생명 줄도 붙들고 있을 힘이 없었나 보다. 어제 밤까지 그렇게 온 방을 돌며 독한 저승사자와 맞싸우던 아버지는 살아있는 마지막 숨을 깊이 몰아쉬고 있었다. 반듯이 누운 모습이었다. 원래 아버지는 평생을 저렇게 반듯이 누워 주무셨다. 온 몸을 쥐어틀며 괴로워 신음을 토해내던 아버지는 내 아버지가 아니었다. 저승사자와의 싸움에서 백기를 든 아버지는 고요한 자세로 가파른 마지막 숨을 토해냈다.

아버지의 얼굴은 이미 산 얼굴이 아니었고 아버지의 발끝은 이미 얼음처럼 차가워져 가고 있었다. 오싹 한기가 드는 온도였다. 쉴 새 없이 아버지의 손과 발을 주무르며 아버지를 목 놓아 불렀지만 아버지는 대답이 없었다.

"옥아! 일어나야지.", "옥아! 물 한 잔만 떠 오니라."

아버지의 부드럽고 다정한 음성은 이미 들을 수 없었다. 물 한 잔 떠다 달라는 것도 구시렁대었던 천하의 불효녀가 이제 아버지를 위해 물 한 잔을 바칠 수가 없었다. 다시 그때로 돌아간다면 골 백 잔이라도 갖다 바치련만 아버지는 숨을 거두고 계셨다. 벌떡 일어나 다시 술심부름을 시켰으면 하늘에다 대고 백배 천배라도 감사의 절을 올릴 수 있었다.

이렇게 모든 것이 쉬이 종지부를 찍으리라는 허망함을 누군들 귀띔이라도 해 주어야 했고 모든 건 찰나이니 잘 하라고 조언이라도 했어야 했다. 난 아버지에게 더 할 수 없는 불효녀로 눈물밖에 바칠게 없었다. 아버지의 가슴이 하늘로 크게 부풀었다 다시 땅으로 쑥 내려갔다. 아버지는 이후 숨을 쉬지 않았다. 한 많은 이승의 마지막을 놓아버리고 홀연히 하늘나라로 떠났다. 나와 내 동생은 목 놓아 울었다. 우리 남매의 울음은 소문을 듣고 달려온 이웃과 친척들을 눈물짓게 했고 아직 어린 저것들을 두고 어찌 눈을 감았을 거냐고 한탄했다.

큰오빠는 맡 상주로서의 역할을 해야 했고 맡 상주가 아니어도 부모님이 돌아가시면 당연히 부모님 곁을 지켜야 하는 것이었지만 끝내 아버지의 장례식에 참석하지 못했다. 2년 계약으로 중동으로 건너간 오빠에게 편지를 써야 했지만 그 사실을 접한다 해도 쉬이 나오지 못할 입장이었다. 오빠에겐 언제나 내가 편지를 썼다.

어머니는 고심 끝에 어차피 나오지도 못할 일 알리면 마음만 찢어지고 일손도 잡히지 않고 나와 봐야 빚쟁이들 등쌀에 살지도 못 할 거고 감옥이나 드나드는 신세가 될 것이 뻔하다고 만류했다. 기한이나 채우고 빚이나 갚도록 하자는 결론을 내렸다. 결국 맏아들은 평생 씻을 수 없는 불효를 범하고 만 것이다.

천륜은 끊을 수 없다더니 도저히 감이 닿지 않는 머나먼 나라에서도 낌새가 이상했는지 편지가 매일 날아들었다. 집에 아무일 없이 무탈하냐는 내용의 편지였다. 당시 나는 아버지를 잃은 충격과 슬픔에 답장을 해 줄 마음의 여유가 없었다. 편지는 오빠가 외국에 나가 있는 동안 조카를 데리고 시집에 들어와 있던 올케언니가 대신 답을 해 주고 있었다. 올케도 잘 있다고 염려말고 몸 건강히 잘 있다 오라고 안심시켰지만 사람의 느낌이란 어쩔 수 없나 보다.

2년 기한을 다 채우지도 못하고 결국 1년 만에 귀국을 했으며 벌어진 상황 앞에 격분과 슬픔을 한꺼번에 쏟으며 오열을 했다. 결국 목숨 줄을 앞당긴 것은 장남의 사업실패로 인한 상심 때문에 몸이 극도로 못쓰게 되면서였으니 그 불효를 살아 갚지는 못할 것이었다.

오빠는 빚쟁이들에 의해 법정에 결국 서게 되었다. 감옥살이는 면했지만 어머니는 그 때문에 밤잠 한숨을 못 이루고 애를 태워야 했다.

　어머니는 극한 상황엔 언제나 침착하게 뒷일을 정리했다. 아버지가 마지막 숨을 거두는 그때까지도.
　"복남아부지, 우리 옥이 코 낫게 해 주고 허리 아픈거 갖고 가다 북망산천에 뿌려 버리소."
　아버지의 굳어가는 손을 내 코와 허리에다 갖다 대며 어머니는 빌고 빌었다. 당시 나는 축농증으로 냄새도 못 맡고 고질병을 앓고 있었고 어느 날부터 세수를 엎드려 못할 만큼 허리 또한 심각했다. 어머니는 남편이 가는 마지막 길에도 자식의 불편한 몸이 치료되기 바라는 마음에 토속신앙을 믿으며 기도를 했다. 어머니의 슬픔은 뒤에 천천히 겪을 참이었나 보다.
　죽음은 처음은 실감나지 않는 법이다. 시간이 지날수록 빈자리가 크고 공허하게 느껴지는 법이다. 새록새록 이별의 빈자리가 현실로 다가오면 허망함에 몸서리를 칠 어머니는 우선은 아버지 가는 길에 빌어야 했다. 떠나고 나면 다시 오지 않을 기회를 어머니는 놓치고 싶지 않았다.
　아버지는 현대사의 파란만장한 희생자였다. 그런 아버지를 남편으로 삼고 지아비를 끝까지 버리지 않고 죽을힘을 다해 섬기던 어머니의 지고지순함은 한 마리 학처럼 고고했다.
　두 분의 기구한 인연은 이것으로 영원한 이별을 고했지만 어머니의 가슴속에 남편은 살고 있으며 우리들 가슴에도 아버지는 살아있다.

내가 논두렁길을 따라 아버지 뒤를 따르고 들일을 마치고 돌아올 때면 아버지는 섬진강이 화폭처럼 담긴 논두렁 끝자락에 앉아 섬진강을 바라보며 쪼그리고 앉았다. 담배 한 개비를 피워 물고 연기를 깊숙이 마시고 다시 길게 내뿜었다. 담배연기가 아버지의 두 콧구멍을 타고 굴뚝처럼 흘러나왔다. 나는 어릴 때부터 아버지의 콧구멍을 타고 힘 있게 뿜어져 나오는 연기를 물끄러미 바라보곤 했다. 담배를 길게 빨면 빨간 불이 생기는 것도 신기했고 한 모금을 빤 담배연기가 그렇게나 많은 양의 연기를 생산한다는 것도 신기했다.

허나 참으로 어리석게도 그 담배가 아버지의 위를 잠식해서 질식시키고 아버지의 폐를 까만 굴뚝으로 만들어 그렇게 기침을 죽도록 하게하며 죽음으로 몰아가는 마약인지는 상상도 못했다. 알았다 해도 아버지의 권위에 눌려 아무 반대도 하지 못했겠지만.

아버지는 앞에 펼쳐진 섬진강과 모래와 산, 바람과 이름 모를 새의 지저귐과 풀꽃까지도 모두 두 눈에 담으며 길게 담배 두어 모금을 더 빨았다.

"저기가 이 애비가 죽으면 묻힐 자리다."

옆에 똑 같이 쪼그려 앉은 어린 나를 보고 아버지는 바로 밑 작은 평수의 논을 손가락으로 가리키며 언급을 했다. 죽음이 무엇인지 죽음의 의미조차도 모르는 어린 나이였다. 아버지가 딸에게 죽음을 이해시키려 한 얘기는 아닐 것이다. 단지 혼자 넋두리처럼 한 말인지도 모른다. 하지만 이상하게도 그 말은 뇌리에 똬리를 틀고 들어앉았고 그다지 유쾌하지 않은 슬픈 사실이라는 것은 직감했다.

아버지는 늘 들일을 마치고 돌아오는 시간이면 습관처럼 그 자리에 쪼그리고 앉아 시야에 들어오는 풍경을 훑으며 바라보곤 했다. 주로 끝을 모를 긴 한숨을 쉬며 담배를 꺼내 물었다. 아버지의 그런 행동은 내가 여고생이 되어서도 그랬고 그런 아버지를 바라보는 마음은 참 쓸쓸하고 고독했다.

아버지의 유연대로 아버지는 섬진강이 조망되는 그 묘 자리에 묻혔다. 겨울이 시작되어 진눈깨비가 하나씩 폴폴 하늘에서 원을 그리며 날리고 있었다. 찬바람이 대지를 얼렸고 우리 가족의 마음에도 북풍한설이 몰아치고 있었다.

어머니는 자식들 앞에서 혼자 남은 부모로서의 위엄과 체통을 갖추려 마음을 다잡았는지 이런저런 지시를 내리며 남편을 떠나보낸 슬픔을 속으로 삼키고 있는 눈치였다. 이제 홀 부모님이니 어찌 되었던 아버지 역할까지 책임져야 한다는 굳은 신념이기도 했을 것이다.

아버지는 평소 좋아하는 색이던 청결한 하얀 꽃상여에 실려 동구 밖을 벗어나 마을 끝 모퉁이를 돌아 가재 골이 있는 아버지의 들판으로 영원히 영면했다.

나는 동생과 상여 뒤를 따르며 하염없이 울었다. 눈물은 그토록 사흘 밤낮을 흘려도 마르지 않았다. 동생은 더 힘겨워 했으며 아버지를 벌써부터 그리워하고 있었다. 당신도 드시고 싶은 좋아하는 생선을 가시를 다 발라 막내아들 밥 위에 얹어주던 아버지의 온정과 하염없는 사랑이 어찌 가슴속에 담기지 않았으리.

"참 호인이었제, 더 없이 양반이었지, 좋은데 가셨을 끼고만, 아이고 너무 아깝은 나이고만." 동네 어른들은 저마다 한마디씩 하며 아버지의 가시는 길을 애통해 했고 그 말들은 우리 가족을 더 끝없는 슬픔의 골로 밀어 넣었다.

삼일장이 끝나고 모든 생활은 원점으로 돌아 온 듯 했으나 우리 오두막집에는 더 이상 아버지가 없었다. 아버지의 기침소리도, 아버지의 담배연기도, 내가 샤워를 하면 더 이상 아버지의 보초도 없었다. 쌀밥을 지어놓고 비단처럼 부드러운 목소리로 아침잠을 깨우던 아버지의 음성은 더더욱 들을 수 없었다.

동생과 나는 매일 아버지의 무덤을 찾았다. 우리 두 남매는 신발에 금방 묘 자리를 해서 흙이 다져지지 않아 묻은 진흙을 매일 묻혀왔다. 비가 내리고 나면 흙은 더 차지고 질퍽거려 신발은 진흙으로 밑창 하나씩은 더 단 듯 했다.

어머니는 비 오는 날은 아버지 산소에 가지 말라고 타일렀지만 동생은 나보다 더 아버지 산소를 드나들었다. 추운 겨울바람이 시린 가슴에 더 아리게 차고 들었어도 아버지 무덤이라도 보고 오면 마음이 녹여지곤 했다.

어떤 날은 동생은 한밤에도 아버지 무덤으로 달려갔다. 인가하나 없고 개울 건너는 공동묘지도 있어 밤에는 절대 혼자 다니지 못할 스산한 지역이었다. 시골에 가로등도 있을 리 없었고 달이 뜨면 그나마 달빛이 밝힌 길을 더듬을 수 있었다. 동생은 무슨 배짱으로 그런 용기가 났는지 모른다. 아버지를 향한 애타는 그리움 하나면 그런 극기도 생겨났던지. 아무튼 동생은 이제 겨우 중학생이었다.

　세상 태어난 어느 해보다 춥고 길고 긴 겨울이 지나가고 있었다. 어머니는 눈물도 말랐는지 아버지 살아있어 잔소리를 쉼 없이 퍼부어대며 한을 눈물로 쏟아 낼 때보다 이상하리만큼 눈물을 흘리지 않았다. 그렇게 살리려던 남편이 죽었으면 몇 달을 눈물로 지새워야 마땅하지만 어머니는 눈물도 마른 것처럼 보였다. 다만 한숨은 집이 무너져라 깊게 내뱉었다. 언니가 하늘나라에 먼저 갔을 때 정신을 잃었던 어머니는 남편이 죽은 시점엔 남은 자식을 돌보아야 한다는 일념으로 슬픔도 사치였나 보다.
　어머니의 한숨 소리만으로도 아버지의 빈자리에 대한 허무함과 외로움을 피부로 느낄 수 있었다. 한 쪽 부모가 없는 어긋난 균형은 어머니의 어깨도 하염없이 작고 초라하게 느끼게 했고, 바가지를 긁을 사람이 없는 것만으로도 어머니는 기운이 다 빠진 듯 했다. 살아있는 의욕과 생기는 함께 동행 하는 배우자가 있어야 더 팔팔하게 살아나는 것이다. 어머니는 절인 배추처럼 생기라곤 없었다.
　어머니가 전처럼 목소리도 우렁차게 잔소리를 하고 아침잠을 깨우고 바삐 서둘며 한 개의 몸으로 열 개의 몸이 일하는 분량을 감당하던 그 때로 빨리 돌아가길 바랐다.
　어머니는 삶과 맞서서 어떤 고난도 이겨내던 철의 여인이 더 이상은 아니었다. 어머니가 십 년쯤은 늙어 보였고 어머니도 늙어 간다는 것을 느껴야 했다.

아버지와의 추억에서 빼 놓을 수 없는 또 하나의 사연은 내 마음을 먹먹하게 한다. 고3 여름방학이 되면서 부산 오빠네에 잠시 머무르며 소규모 가내공업에 아르바이트를 했었다. 어려운 집안 형편 때문이었는지 대학에 진학이 힘들 거라는 지레짐작이었는지 나는 미리 용돈을 조금이라도 벌어 보고 싶어 전봇대에 붙은 모집공고를 보고 주소를 물어 찾아갔다.

당시는 작은 규모의 공장들은 모집공고를 전봇대에 써 붙여 놓았다. 사장님이 면접을 봤고 고등학교 졸업반이라고 하니 나중 졸업을 하면 경리로 앉히겠다며 우선은 허드렛일을 하라고 맡겼다. 열심히 일하는 나를 보고 사장은 아주 만족해했다. 방학이 끝나기 전 집으로 와야 했으므로 한 달도 채우지 못하고 돌아와야 했다. 사장은 착한 사람이었다. 일한 날짜만큼 급여를 쳐주며 졸업하면 꼭 다시 오라고 당부를 했다.

나는 받아든 돈으로 시장에 가서 어머니 속옷 한 벌과 아버지 신사 양복바지 하나를 샀다. 남은 돈은 가방에 잘 챙겨 넣고 설레는 마음으로 고향으로 향했다. 어머니에게 남은 돈과 속옷을 드리고 아버지에게 바지를 드렸더니 아버지는 뒷날로 읍내에 일부러 가서 바지 길이를 조절해 수선을 해 왔다. 어머니는 그 돈을 한 푼도 쓰지 못하고 고이 간직하고 있었다. 아버지 병환으로 집안 살림은 궁핍했고 당장 학비마련도 어려워 빚으로 학교를 근근이 보내는 입장이었어도 차마 그 돈을 쓸 수가 없었나 보다.

아버지는 얼마 지나지 않아 중절모를 쓰고 내가 사 준 바지를 입고 나들이를 갔다. 아버지는 야위어 갔고 초췌했지만 예의 흰 했던 인물은 아직 살아있어 내 눈에도 멋져 보였다. 아버지는 막내딸이 사 준 바지를 아끼고 아꼈다. 겉으로 좋아라하고 내색을 하지 않았지만 아버지가 그 바지를 얼마나 아꼈는지 짐작이 간다. 아버지는 매일 허름한 낡은 옷을 입고 그 바지는 웬만하면 입지 않았다. 내가 기억하는 한 딱 한 번 그 바지를 입고 외출을 했을 뿐이었다.

"보소, 옥이가 사준 바지는 머 한다고 애끼고 안 입고 거지같은 옷을 걸치고 다니요."

"시끄럽다, 애끼야지 씰데없이 입고 다니면 닳아서 되나."

"아이고 애끼다 똥 돼요, 고마 입고 댕기소."

"누가 사 준긴디 함부로 입고 댕길끼고, 마 시끄럽다."

그로부터 몇 개월도 지나지 않아 외출도 못할 몸이 될 걸 상상도 못했는지 아끼던 바지를 한 번 입은 아버지는 몸 져 드러누워 두 번 다시 그 바지를 입지 못했다.

아버지는 머리 맡 옷걸이에 그 바지를 가지런히 펴서 걸어놓고 장식용처럼 보관하고 바라만 보았다.

아버지는 돌아가셨고 아버지 유품을 정리하던 어머니는 그 바지를 보며 눈시울이 붉어졌다.

"그리 애끼더만 입어보지도 몬허고....."

어머니는 말문을 잇지 못했다. 어머니는 새 바지를 태우기엔 너무 아까워 작은 아버지에게 그 바지를 입으라고 줬다. 그 날 밤 믿기 어려운 일이 일어났다.

현대과학으로는 설명하기 힘든 부분이다. 작은아버지 꿈속에 아버지가 나타났다.

"동상, 내가 춥네. 내 바지 좀 돌려주게."

아버지는 마치 살아계신 듯 선연하게 나타나 춥다고 당신 바지를 돌려달라고 한 것이었다. 이른 첫새벽 꿈에서 깬 작은아버지는 너무도 선명했던 지난밤의 꿈을 털지 못하고 그 바지를 들고 아버지 산소를 찾아 바지를 태웠다.

"행님! 바지 돌려드리니 입으시고 춥지 않게 지내시오."

그 후로 아버지는 두 번 다시 꿈속에 나타나지 않았으며 영면했다. 믿기 힘든 '샤머니즘'이지만 과학으로도 증명되지 않는 일은 종종 우리 곁을 떠돈다. 아버지가 얼마나 바지를 아꼈으면 죽어서도 그 바지를 찾으러 꿈속을 찾았을지. 그 얘기를 전해들은 내 가슴에는 홍수가 일었고 아렸다.

아버지가 돌아가시기 전 고3인 나는 수능을 치러야 했다. 11월, 겨울이 목전까지 닥친 추운 날에 치루는 시험이었다. 하지만 어느 누구도 내 진학에 관심을 둘 만큼 마음의 여유도 없을 뿐더러 내가 진학 얘기를 꺼낼 형편도 아니라는 것도 알았다. 그만큼 집안은 암울한 그림자로 삶의 가장 밑바탕에 충실해 '숨을 쉬니까 사는 식'의 생활을 모든 식구가 하고 있었다.

진학 반이었던 관계로 수능원서를 마지막 날까지 쓰지 않는 나를 선생님은 교무실로 불렀다. 나는 모든 결정을 혼자서 내려야 했고 수능시험을 치려고 마음먹으면 돈을 마련하기가 난감해서 미루다 결국 선생님에게 불려가서 마지막 결정을 내려야 하는 순간이 온 것이다.

망설이던 난 시험을 치겠다고 말했고 책갈피에 끼워 놓았던 아끼고 아꼈던 돈으로 수능원서를 썼다. 진학을 못할 줄 알았지만 수능이라도 치르고 싶었다.

그렇게 결정된 수능을 치르기 위해 혼자서 기차를 타고 진주에 있는 수능시험장으로 갔고 수능을 치렀다. 응원 온 많은 학부형들이 수능을 다 치르도록 추운 운동장에서 바들바들 떨며 자식을 위해 마음의 기도를 아끼지 않았다. 점심시간은 싸온 도시락으로 모두 교실에서 먹거나 부모님이 함께 온 학생들은 데리고 어디론가 이동하는 눈치였지만 난 점심시간이 지나도록 꼬르륵 거리는 배를 달래며 밖에서 추위와 사투를 벌여야 했다.

당시의 수능 날은 정말 추웠다. 매서운 한파가 몰아쳐 온 몸은 얼어붙었다. 개버딘 원단으로 지은 교복 한 벌과 속에 입은 내복 한 벌은 보온력이 뛰어나지도 않아 찬 공기가 그대로 몸속으로 치고 들어왔다. 배를 곯고 한파가 덮치는 운동장 한 귀퉁이에서 보내는 시간은 천년의 시간만큼 길었고 처량한 마음에 눈물이 날 것 같았다. 고사배치가 모두 다른 곳으로 흩어져 아는 친구 하나 없는 수능 장에서의 하루는 쓸쓸하고 적막했다. 교실에 있자니 같은 학교에서 온 친구끼리 군데군데 모여 도시락을 먹고 있었고 점심도 먹지 않으면서 덩그러니 혼자 앉아있기는 더 민망해서 밖으로 나올 수밖에 없었다.

얼은 몸이 마비가 될 무렵 점심시간은 끝이 났고 오후 시험은 손가락이 곱아 네임 펜을 잡은 손이 까맣게 답 칸을 채워야 하는 네모 난을 자꾸만 삐져나왔다.

그렇게 치른 수능 점수는 역시나 중간 점수였고 상담을 위해 교실로 불려간 나는 대학진학의 포기의사를 담임선생님께 밝혔다. 마음이 벌집을 쑤셔놓은 듯 산만한 정신으로 공부를 하지 않은 점수가 잘 나올 리가 없었다. 선생님은 진주의 전문대는 들어갈 수 있는 성적이라고 말했지만 집에 그 어떠한 얘기도 할 수 있는 분위기가 아니었다.

친구들은 자유를 만끽하고 있었다. 수능을 치른 시점부터 실상은 날개를 달고 훨훨 자유로운 영혼들이 되어 있었다. 수업시간은 대부분의 선생님들은 수업을 포기하고 자유시간을 주었고 원칙과 책임만을 고집하는 소수의 교과목 선생님들만 끝까지 못다한 페이지를 써 내려갔다. 수업을 한다한들 들을 학생들이 없었다. 엎드려 자는 학생이 절반을 차지했고 나머지는 소설을 읽거나 쪽지를 적어 던지는 등의 장난을 치며 수업의 흐름을 방해했다. 과반수의 선생님들이 힘이 빠져 수업을 포기했지만 진부함의 끝을 보여주는 선생님들은 그래도 본인의 신념대로 밀고 나갔다.

청춘의 시간들이었다. 친구들은 남학생들과 어울려 놀았고 나를 그런 곳으로 데려가려했다. 나는 그런 곳에 가서 희희낙락 즐길 입장이 못 되었다. 아버지가 죽음의 문턱을 오르내리며 현세를 마감하려고 고통 속에 몸부림치고 있는데 어느 곳을 가서 즐거움을 느낄 딸이 세상에는 없었다. 천하의 배은망덕한 망나니가 아니고서야.

친구들의 자유와 즐거움에 상반된 어둠에 얽매이고 고독한 고3의 여고시절은 어영부영 흘러가고 있었다. 침울하고 불행한 마음으로 자유에 동요되지도 못한 채 홀로 외톨이가 되었다. 친구들은 더 이상 나를 챙기지 않았고 저들 나름대로 꿈 많은 설레는 시간의 추억을 쌓아가고 있었다.

학교에서도 집에서도 잊힌 존재로 마지막 학생의 신분만을 지킨 채 우울한 나날을 보냈고 방학이 돌아왔다.

쓸쓸한 졸업과 취직생활

한쪽 부모를 잃은 길고도 어둡던 겨울방학이 끝나가고 있었다. 대학에 진학을 하고 싶었던 꿈은 물거품이 되었다. 큰 오빠의 사업실패로 집은 빚더미에 눌려 있었고 아버지의 죽음으로 침체된 집은 내가 졸업을 하는지조차도 관심의 대상에서 제외되었다.

졸업식 또한 외롭고 쓸쓸했다. 읍내에 있던 큰언니만이 졸업식장을 찾았다. 친구들은 내가 슬픔과 싸우고 타협하는 동안 어울린 남학생들과 졸업식장에서조차 화기애애한 행복한 얼굴들이었지만 나는 그러지 못했다. 이미 친한 친구들과의 거리도 저만큼이나 멀어져 있었고 다른 세계의 학생들처럼 편차가 심하게 벌어져 있었다. 가까이 다가가지도 못하고 또한 어울리자고 부르지도 않았다.

큰언니는 당시 작은 미니 슈퍼를 운영하고 있던 터라 오래 자리를 비울 수가 없었다. 꽃다발과 앨범을 내 가슴에 떠안긴 언니는 부리나케 가게로 향했다.

졸업식이 기쁘지도 슬프지도 않은 미묘한 기분으로 끝나고 집으로 돌아갔다. 어머니는 집에서 딸의 졸업식을 덤덤히 받아들이고 있었다. 어머니 성품에 남편과 자식이 제자리에서 맡은 소임을 했고 둥글고 빵빵하게 차 있지는 않아도 찌그러지지만 않은 형편이어도 어떻게든 대학까지 보냈을 분이라는 것은 알지만 내가 고등학교 졸업 시기는 우리 집에 전과 비교도 할 수 없는 악운이 겹쳐 내 진학을 생각할 여념이 없었다.

"졸업하고 왔냐."

집에 들어서니 한마디뿐이었다. 어머니와 태어나 처음으로 오래 아무것도 하지 않고 긴 시간을 함께 보내는 나날이 이어졌다. 나는 진로를 정하지 못했지만 어디든 직장을 구해야겠다는 생각뿐이었다. 어머니는 막내딸은 데리고 있으면서 읍내의 공무원에게 시집보낼 것이라고 했다. 어머니가 보기에는 어느 구석 빠진 대라곤 없는 너무나 완벽하게 잘난 딸이었다.

"아이고 어찌 저리 한구석 안 에쁜데가 없이 잘 생겼일꼬, 막내사위는 공무원 사위를 봐야지."

어머니는 막내딸을 흡족히 바라보며 다소 완고해 보였다.

나는 서울로 가고 싶었다. '사람은 나면 서울로 보내고 말은 나면 제주도로 보내라.'는 말이 유행어처럼 번지고 있을 때였다. 나는 무턱대고 어머니를 조르기 시작했다. 어머니를 졸라본 적이 한 번도 없었다. 처음으로 어머니에게 마구 졸라댔다. 6촌까지 들먹이며 어머니를 졸랐지만 성과는 없었다. 어머니는 서울에 누가 있어 갈 거냐며 안타까워했다.

언니들은 모두 서울에 자리를 잡아 직장생활을 했다. 어떤 경로로 서울로 모두 방향을 잡았는지 모르겠지만 하여튼 그랬다. 언니들만 시집을 모두 가지 않았어도 나도 서울에 자리를 잡았을 것이다. 하지만 나는 서울과는 인연이 닿지 않았다.

그렇게 하릴없는 덤덤한 시간은 흘러갔고 큰언니는 읍내에서 백방으로 내 직장을 알아보고 있었다. 그러던 중 언니네 가게 위층에 살림을 하던 가게 주인이 언니에게 내 얘기를 꺼냈다. 학교 다닐 때 틈난 나면 언니 가게로 가서 우유나 음료를 한 개씩 얻어먹을 수 있었기 때문이다. 들락날락하는 나를 유심히 봐 두었든지 동생이 인물이 참말 좋던데 미용사원을 해보면 어떻겠느냐는 이야기를 하더라는 것이었다.

'태평양화학'의 '아모레'에 들어갈 수 있는 절호의 기회가 찾아온 것이다. 하지만 언니는 망설였다. 미용사원의 직책은 판매사원과 가가호호 방문하며 화장품 영업을 해야 하는 힘든 일인데다 보수적인 언니의 개념에 얼굴이 너무 팔리는 건 탐탁지 않았기 때문이었다. 그 주인아주머니는 끈질기게 언니를 설득했다. 아무나 하는 게 아니고 키도 크고 얼굴도 예뻐야 하고 피부도 고와야 하고 한마디로 팔방미인이 되어야 들어갈 수 있는 회사라고 했다.

언니는 설득 당했고 나는 언니의 말대로 점장과 면접을 봤고 당연히 점장 마음에 들어 당시의 대기업인 '아모레'에 들어갈 수 있었다.

일은 힘들었다. 하루 종일 판매원과 집집마다 돌며 화장품을 피력해야 했으며 피부 관리도 해 줘야 하고 기분을 살피고 맞추며 내 감정 따위는 접어 두고 무조건 미소 짓는 얼굴로 다녀야 했다.

제일 문제는 우리 집이 읍내와 4킬로나 떨어져 있었고 버스로 출 퇴근을 했지만 약속한 6시에 퇴근을 할 수가 없었다. 하루 종일 외근에서 돌아오면 정리 할 일이 산더미였다. 일지를 적어야 했고 보고를 해야 했고 지점에 보내야 할 서류를 작성하고 나면 막차를 놓치기 일쑤였다. 무엇보다 악독했던 점장은 정시에 퇴근을 시켜주지 않았다. 어떤 핑계로든 직원들을 잡아 두려고 했다.

나는 먼지가 폴폴 날리는 길을 학교 다닐 때와 마찬가지로 뿌옇게 둘러쓰며 터벅터벅 집으로 걸어갔다. 하루 종일 걸은 다리는 퉁퉁 부어올랐으며 걸음걸음이 너무 팍팍해 한 걸음을 떼는 것이 천근보다 더 무거웠다. 집으로 돌아가면 어머니는 따뜻이 맞았다. 하루 종일 일 하고 지친 몸으로 들어서면 어머니의 반김이 그나마 피로를 푸는 유일한 피로회복제였다.

어머니는 그 숱한 날을 머리에 무거운 함지박을 이고 제대로 끼니도 잇지 못한 체 어찌 장사를 다녔는지 마음이 아려오지 않을 수 없다. 어머니의 지나치게 쓴 몸은 노쇠했고 아버지가 떠난 빈자리가 너무도 허망하였는지 더 상심에 빠져 예전의 기력을 찾지 못했다. 어머니는 더 이상 장사를 나가지 못했으며 산몽당에 임대했던 경작도 더 이상 하지 못했다. 두어 마지기 되는 논만 갈아서 벼 곡식을 지어 먹었다. 어머니의 철통같던 몸은 하루아침에 폭삭 늙어 있었다. 그동안 오로지 정신력으로 버텨왔던 몸이 남편의 부재로 살 희망을 잃었을지도 모른다.

부부란 그런 것이었다. 아무리 못나고 미운 남편도 있는 자체만으로 의지가 되는 것이었다. 어머니는 날이 갈수록 힘 빠져 했고 무기력해져 가는 느낌이었다. 마지막 힘을 내는 것은 오로지 나와 동생이 아직 어리고 제 짝을 찾아주기 전에는 주저앉을 수 없다는 신념으로 사는 듯 했다.

어머니는 내가 일을 마치고 갈 때면 늘 집에 있는 편이었다. 난 짜증이 목젖까지 차서 스트레스를 가엾은 어머니에게 마구 풀어댔다. 그 고달픈 인생을 굽이굽이 넘으며 하소연 할 데도 없이 참고 견뎌온 어머니에게 나는 돈 번다는 유세를 마음껏 떨었다. 어머니는 다 들어 주었으며 여전히 따뜻한 물을 대령했으며 어머니의 사랑이 한 톨 한 톨 담긴 따스한 밥상을 차렸다. 집에 가면 아무것도 하는 것이 없었다. 양말 한 짝을 빨아보지 않았다. 어머니는 전에도 그랬듯이 완벽하게 뒷바라지를 해 줬으며 나는 돈만 벌면 되었다.

첫 월급이 나오고 나는 당연히 어머니에게 첫 월급봉투를 맡겼어야 했다. 그러나 그러지를 못했다. 너무나 철이 없던 결과는 나중 내 가슴에 피멍이 드는 한으로 남는다.

나는 아주 작은 돈만 남기고 은행에 가서 통장을 만들었다. 돈을 모으기 위해서다. 월급을 거의 다 넣은 적금 통장을 언니에게 맡겼다. 그리고 아주 조금 남긴 돈으로 어머니 선물을 샀고 나머지는 차비를 하기 위해 지갑에 넣었다. 어머니께 선물 꾸러미를 내밀었다. 실로 다리가 붙어터지도록 다니며 받은 월급이었고 나름 돈을 모으기 위해 적금을 부었으며 어머니의 선물도 마련했다. 나는 내가 옳은 줄 알았다. 어머니는 내민 선물꾸러미를 제치며 월급봉투를 물었다. 어머니에게 자초지종을 말했다. 어머니는 너무나 서운해 했다. 어머니는 당연히 당신에게 맡길 줄 알았던 월급을 상의 한 마디 없이 마음대로 결정한 것이 못내 서운한 모양이었다.

"어미에게 맡기면 어련히 알아서 시집갈 때 혼수장만 안 해 줄까봐 그랬냐?"

"아이 엄마는, 언니가 읍내에 있으니 잘 관리할기다."

"그래도 그런기 아이다."

"그람 언니한테 통장 달래서 엄마 갖다줄게."

"그냥 둬라, 그리된거 무지랭이 어미가 뭘 알겠냐."

나는 철없는 행동으로 어머니를 너무나 서운하게 했다는 걸 시집을 가고 자식을 키우고 그 자식이 월급 한번 나에게 맡긴 적이 없을 때 비로소 느낄 수 있었다. 어머니의 가없는 희생의 결과를 그런 식으로 땅에 짓이겨 버린 내가 어찌 내 자식의 허물을 탓 할 수 있을지. 모든 것이 자업자득이었다. 그렇게 언니에게 맡긴 통장을 월급날이면 받아서 차비만 남긴 돈을 꼬박꼬박 모았고 버스를 놓친 날이면 걸어서 남은 주머니의 돈을 따로 모아 싸구려 옷 한가지씩을 사 입었다. 어머니의 억척스런 삶을 안 닮은 딸이 어디 있으랴. 우리 자매 모두는 어머니의 알뜰하다 못해 궁상맞았던 모습을 그대로 닮아 있었다.

1년이 지났고 적금이 만기가 되었다. 나는 그 적금을 찾아 다시 1년으로 목돈마련 적금으로 다시 부었다. 돈 냄새는 기가 막히게 맡는 법인가 보다.

친구라고 하지만 같은 학교를 졸업한 것도 아니었고 나는 읍내의 여고를 다녔지만 면 소재지에 있던 그 친구는 진주에 있는 여고를 졸업한 친구였다. 졸업을 하고 직장을 다니며 옷가게를 하던 친구를 통해서 우연히 친구가 된 그 애가 찾아왔다. 나는 퇴근을 하고 집에도 못 돌아간 채 그 아이에게 붙들렸고 그 친구는 나에게 하소연을 하기 시작했다. 눈물까지 흘리며 구구절절 안타까운 얘기를 하며 돈을 빌려 달라는 것이었다. 당시의 월급이 주로 7만원 정도였으며 1년을 모아봐야 한 푼도 쓰지 않고 모아도 84만원에 지나지 않는다.

나는 다행히 큰 회사에 취직한 터라 두 배에 가까운 월급을 받았으며 그 돈을 거의 쓰지 않고 모았기에 150만원을 저축할 수 있었다. 눈물에 호소당한 나는 얼마가 필요하냐고 물었고 그 친구는 내 통장에 있는 돈을 모두 빌려달라고 했다. 순수한 영혼이었다. 부모님의 보호아래 고이 길러져 사회의 때도 묻지 않았던 나는 사회의 온갖 때를 묻혀 닳아 온 그 친구에게 사기를 당하게 된 것이다. 언니에게 핑계를 대어 통장을 받은 나는 이튿날 점심시간을 잠깐 내어 적금을 해약했고 그 친구에게 차용증 하나도 쓰지 않은 채 그토록 고생하며 번 돈을 고스란히 빌려줬다.

딱 일주일만 쓰고 돌려주겠다고 철통같은 약속을 하던 친구는 일주일이 지나고 이주일이 지나도록 연락이 없었다. 속은 시커멓게 탔고 안절부절 일이 손에 잡히지 않았다. 어머니께 맡겼으면 이런 일은 없었을 걸 하는 후회는 무용지물이었다.

고민하던 난 살이 쭉쭉 빠져갔다. 삼주쯤 되어도 감감무소식이었다. 나는 궁여지책으로 어머니께 사실을 말했다. 어머니는 노발대발했다. 무엇보다 딸이 하루 종일 다리가 불어 터지도록 다니며 번 돈인데다 입에 군내가 나도록 비위를 맞추고 버스를 놓쳐서 먼지를 둘러 써 가며 걸어 다니며 번 돈인 것을 알기에 더 분노했다.

"어떤 쳐 직일 년이 남의 애 터진 돈을 사기를 쳐 묵냐!"

하늘이 무너질 듯 화를 내던 어머니는 전에 스토킹을 했던 남학생 집을 수소문 했듯 다시 물어물어 그 친구 집을 찾아 나서기 시작했다. 시골은 동네를 알고 누구누구네 하면 대충 감을 잡고 집을 가르쳐 주긴 했지만 그 과정이 쉽지만은 않다.

동네를 찾기 힘들었고 어느 지점인지 알기란 정말 힘들다. 같은 면 소재지라도 나누어진 마을만 몇 곳이며 같은 성씨를 가진 사람이 한 두 명이던가.

나는 어머니가 참으로 신기했다. 그 옛날 버스가 자주 다니는 것도 아니었고 돈을 빌려간 그 친구네는 우리 마을과는 반대의 면 소재지에 살아 거리가 이만저만 먼 것이 아니었다. '서울서 김서방 찾기'란 식이다. 어머니는 형사 저리 가라의 추리력과 통찰력을 동원해 이번에도 그 친구 집을 찾아가 부모님을 만날 수 있었다. 사정얘기를 하는 어머니는 세상에 이런 법은 없다며 하늘이 노란 어머니의 마음을 피력했다.

하늘이 그래도 무심치 않았던지 그 친구 부모님은 막되 먹은 사람들이 아니었고 딸이 지금 집에 있지 않고 도시에 나가 있어 경위를 물어 보겠다며 어머니를 진정시켰지만 어머니는 그대로 안심이 되지 않았다. 반드시 그 돈을 받아내야 했다. 전화가 있었던 시절도 아니다. 어찌 되었던 찾아가야만 했다.

어머니는 매일을 그 집으로 찾아 갔으며 친구 부모님은 친구에게서 돈을 빌렸다는 사실을 결국 실토하게 만들었다. 처음은 아니라고 잡아떼던 친구가 어머니의 불같은 노여움과 성화에 지레 겁을 먹은 모양이었다. 그 친구는 정숙한 여자애가 아니었으며 졸업을 갓 한 나이에 남자와의 관계에서 임신을 했으며 중절 수술과 생활비로 그 돈을 모두 쓴 후였다. 어머니는 기가 막혀 그 친구보다는 부모님을 더 닦달하며 딸자식이 저지른 일은 부모가 책임을 져야지 누가 지겠냐며 돈을 갚아 달라 요구했다.

시골에서 그 돈을 마련하기란 쉬운 일이 아니었다. 땅에서 나는 곡식을 매상해 봤자 그 돈을 갚기에는 터무니없다. 어머니는 그 돈을 다 받을 때 까지 수십 차례 그 집을 방문했고 친구 부모님은 찔끔찔끔 돈을 갚았다.

어머니는 내 돈을 다 받기 위해 쫓아다니느라 아무 일도 하지 못했으며 그로인해 쓴 신경으로 더 늙어갔다. 결국 돈을 다 받아 내었고 어머니가 관리하면 될 돈을 또 언니에게 맡겼다.

한번 사기를 당하고 구사일생 제 자리에 돌아 온 돈은 또 다른 사람이 냄새를 맡고 채갔다. 정말 죽어라 모은 사람은 나였는데 쓰는 사람은 매번 다른 사람이라니 그도 기막힌 노릇이었다. 작은 오빠는 부산에서 직장을 다니다 큰 뜻을 품고 장사를 해 볼까 했다. 터를 잡고 물건을 사서 장사를 하려면 목돈이 필요했다. 내가 직장을 1년 다녔고 돈이 조금 모였을 거라 생각한 오빠는 어머니에게 돈의 출처를 물었고 언니가 맡고 있던 돈을 나에게 일언반구 말도 없이 모두 가져갔다. 돈을 주고서야 큰언니는 그 사실을 나에게 말했고 나는 화가 치밀었지만 어쩔 수 없는 일이었다. 다행히 사업은 잘 되어 돈을 긁듯이 벌어 들였다. 하지만 내 돈은 값을 생각조차 하지 않았다.

어머니는 내가 시집을 갈 때 써야 될 돈을 갚지 않는다고 몇 번 말했지만 그까짓 거 하면서 대수롭지 않게 생각했다. 그까짓 돈을 나는 먹을 것 입을 것 제대로 한번 사 입지도 먹지도 않고 피나게 모은 돈이었다. '버는 놈 따로 쓰는 놈 따로'가 되어버린 내 인생도 그만하면 어머니 뒤 따라가는 기구한 인생이다.

그렇게 돈도 쓸어 가버리고 다시 1년을 더 그 직장에서 근무를 했다. 마음을 잡고 다니던 중에 뒷집 친하게 지내던 언니가 명절에 집에 다녀가면서 나에게 백화점 근무를 해 보지 않겠냐고 했다. 뒷집 언니는 학교 다닐 때 너무나 절친하게 지낸 언니였다. 한 살 터울인 언니는 여고 선배로 내 롤 모델이었고 그 언니는 상냥하고 친절하고 예의 발라 우리 어머니도 입이 마르도록 칭찬하는 언니였다. 그 언니가 여고를 졸업하고 한 해 먼저 마산에 있는 백화점에 취직을 해서 다니고 있었다. 친언니는 아니라도 그 언니하고 라면 너무나 재미있는 사회생활을 할 것 같아 어머니께 도시로 나가겠다고 했다. 어머니는 그냥 얌전히 다니던 직장 다니다가 시집이나 가라며 다니는 직장도 남들은 못 들어가서 난리인데 굳이 뭣 하러 객지에 나가 고생할거냐고 반대했다. 나는 굴하지 않고 어머니를 설득시켰으며 결국 어머니 승낙을 받아냈다.

큰 실수였다. 어머니 품을 벗어나는 자체가 실수였으며 지독한 눈칫밥을 먹으며 남만도 못한 형제 집에서 내 인생을 유린당하는 첫걸음이 될 줄은 상상도 못했던 결과였다. 들어가고 보니 근무처가 마산이 아니었다. 오빠들이 있는 부산이었다. 마산까지 매장을 가지고 있던 사장이 언니의 싹싹함에 믿음이 가서 추천을 해 달라 한 것이 근무지는 부산이었던 것이다.

앞날에 대한 예견도 못한 나는 구름이라도 탄 붕붕 뜬 기분으로 촌에서 벗어나는 환희에 차서 부산으로 짐을 싸서 내려왔다.

자취는 죽어도 안 된다는 서슬이 퍼런 작은 오빠의 명령에 어쩔 수 없이 작은 오빠집에서 함께 생활을 하며 직장을 다녔다. 경계는 삼엄했다. 한참 이성에 눈을 뜰 때였고 시골에 있다 온 눈에 도시는 호기심 천국이었다. 놀고 싶었고 퇴근을 하고 나면 직장 동료랑 카페를 찾아 다녔다. 당연히 돈이 없어 얻어먹으면서였다. 당시 근무하던 백화점은 9시에 문을 닫아 한 시간만 놀아도 집에 가면 11시를 훌쩍 넘겼다. 하지만 작은 오빠는 이해도 이유도 없었다. 무조건 나무라기 시작했다. 급기야 죽일 듯이 추궁했다. 남자도 만나고 연애도 충분히 할 나이다. 이해 차원의 무엇이 아닌, 그냥 스트레스를 나에게 풀고 함부로 대해도 된다고 법에라도 명시된 것처럼 나에게 함부로 대했으며 잡아먹기라도 하듯 으르렁댔다.

당시 올케는 임신을 하지 못했다. 아기가 생기지 않아 백방으로 검사도 하고 좋다는 짓은 다 해 가면서 아이를 갖기를 원했다. 하지만 아이는 쉽게 들어서지 않았고 신경은 날카롭게 서 있었다. 그렇다고 하더라도 내가 직장 다니며 친구들과 어울리고 남자친구를 만나는 것은 지극히 별개다. 그런 일로 모든 식구가 날카로운 가시 돋친 신경을 가지고 누릴 자유를 박탈당할 일은 아니라고 본다. 그 집에 들어가 산다고 빌기라도 한 것도 아닌데 붙잡고 내 자유를 억압하고 돈을 갈취하고 폭력을 행사했다.

심지어 손찌검까지 하며 휘청 넘어진 나를 발로 지근지근 밟고 걷어차기까지 했다. 머리와 배를 차이지 않으려 필사적으로 몸을 웅크렸다. 짐승처럼 걷어차고 욕을 퍼 붓는 소위 오빠라는 사람 옆에서 한 수 더 우위인 올케라는 명목을 가진 여자가 바락바락 악을 쓰며 나를 구박했다. 참는 것은 이런 경우가 아니라고 누군가 일러 주었어야 했지만 나는 바보처럼 어머니가 참은 그 인생을 보고 자라며 무조건 참아야 한다고 잘못 받아들이고 있었다.

나는 몸이 아파 끙끙 앓으면서도 뒷날 출근을 했다. 출근하는 내게 올케는 어머니에게 이를 것이 염려되었던지 만 원짜리 한 장을 주며 맛있는 것을 사먹으라고 미안하다는 말을 했다. 아무리 멍청하고 순해빠져도 나도 사람이다. 이미 가슴에는 지울 수 없는 상처가 깊게 자리 잡은 후였다. 사람은 세월이 거듭될수록 잊을 수 있는 것과 없는 것이 있다. 상처를 준 사람은 지난 일이라 치부하지만 받은 사람은 해를 거듭할수록 흉이 오래도록 남아 한탄스러운 법이다.

그런 중에도 1년이란 시간은 흘렀고 겁에 질려 월급을 올케에게 맡기라는 명령에 복종하여 고스란히 월급을 맡겼으며 그 월급은 적금이 만기가 되자 다시 장사 밑천으로 쓰였다.

100원 하는 핫도그 하나도 침을 삼키며 사먹지 않고 갖다 바친 돈이었다. 하루 종일 다리가 붓도록 서서 고객들의 온갖 횡포에 갖은 비위를 맞추며 번 돈이다. 옷은 큰언니가 부산 내려오기 전 사준 겨울 토퍼 하나를 가지고 겨울을 보냈으며 다른 계절도 사정은 다르지 않게 단 두벌로 갈아입으며 직장 생활을 했다. 실로 거지나 진배없는 생활이었다.

눈칫밥은 독으로 얻어먹으며 직장생활을 하던 나는 돈은 돈대로 다 뜯긴 빈 털털이가 되어서야 그 집을 쫓겨 나왔다. 마지막 날도 별이 반짝이도록 뺨을 우악스럽게 맞은 날이었다.

9시에 마친 직장이었다. 마치고 가운을 갈아입고 나오면 30분은 이미 지나버린다. 약속장소에 가서 한 시간만 앉아 얘기를 나누고 버스를 타고 집에 오면 12시가 다 돼 갔다. 늘 초조하고 불안해 '좌불안석'이어도 놀고 싶었고 자유를 누리고 싶었다. 나는 일하는 기계가 아닌 감정을 가진 사람이었다. 그리고 젊은 청춘이었다.

그 날은 조금 늦게 집에 들어 왔다고 대문을 잠그고 열어주지 않았다. 아무리 초인종을 누르고 문을 두드려도 문이 열리지 않아 대문 앞에 쪼그리고 앉아있었다. 한참의 시간이 지났고 발소리가 나며 대문이 열렸다. 다른 식구이길 바랐지만 내 기대는 무너졌다. 나는 서슬 퍼런 오빠의 광기어린 눈을 봤고 또 매를 맞을까 두려워 도망치기 시작했다.

개천가에서 붙잡혔으며 사정없이 모진 말과 함께 손이 날아와 뺨을 내리쳤다. 별이 수 만개가 눈앞에서 반짝였고 현기증이 일어 몸이 비틀거렸다.

"어디 가서 뒤져 버려라."

얼얼한 뺨을 손으로 감싸고 죄인처럼 휘청거리며 중심을 잡는 내게 모진 말을 남기고 바람처럼 뒤도 돌아보지 않고 어둠속으로 또박또박 사라졌다.

고향집을 지키는 어머니

어머니 품을 벗어난 이래 하루도 편할 날이 없었다. 그렇다고 다시 시골은 가기 싫었다. 동생과 단 둘이 쓸쓸하게 보낼 어머니를 위해서라도 그런 상황까지 생기면 털고 내려갔으면 차라리 인생이 조금은 다른 궤도를 향해할지도 모를 일이었다. 운명은 어떤 경우라도 비껴갈 수 없는 것인지 내 삶도 어머니 삶을 닮아 녹록치 않았다. 그런 막다른 골목에 가서까지도 단번에 어머니에게로 가지 않은 결정이 그랬다.

내 자신의 잘못된 선택은 후회로 남지만 더욱 뼈저리게 느끼는 것은 부모님 품이 세상에서 제일 편했다는 것이다. 그 품은 안온하며 세상 풍파 너끈히 막아주는 튼튼한 장벽으로 천국 같은 평화로운 곳이었다는 사실이다.

내 평생 두 번 다시 그런 안온하고 평화로운 천국을 맛보지 못했으며 부모님의 사랑처럼 오묘한 맛을 느껴보지 못했다.

어머니는 홀로 세월을 보내고 있었다. 동생마저 졸업을 하고 부산으로 내려오는 통에 오두막에서 홀로 외로운 나날을 보내고 있었다.

아버지 묘를 찾아 풀을 뽑으며 무덤을 다듬고 무덤가에 앉아 고인이 된 아버지와 대화를 나누었다. 살아 어머니에게 다감한

면이라곤 찾을 수 없는 영감이어도 어머니와는 부부였고 자식들이 모두 떠난 시점에 어머니는 자나 깨나 아버지 무덤을 찾아 외로움을 달랠 수밖에 없었다. 어머니는 아버지 무덤가에 철쭉 묘목을 사다 심고 백합을 심고 나리꽃도 심었다. 어머니는 아버지의 묘 둘레를 어머니가 좋아하는 꽃밭으로 만들었고 아버지가 살아계신 듯 묘 주위를 정성껏 손질했다.

고생시킨 것을 생각하면 한번 씩 자다가도 깨어 치를 떤다고 했다. 당신에게 남겼던 지난 상흔을 어찌 잊을 수 있겠는가. 어머니이니 그러고 살았다. 어느 누구도 그것만은 부인 못한다.

"저 놈의 영감탱이 죽어도 찾지 않을 끼다."

그럴 때면 어머니는 지난날을 원망했다. 하지만 순간의 감정은 오래가지 않았다. 홍수가 나도록 비가 내리면 언덕이 무너져 무덤을 덮지 않을까 걱정하느라 밤잠을 한 숨도 이루지 못했다.

아버지의 묘는 뒤로 언덕이 높게 자리하고 있었다. 그 위로는 다른 소유주의 논이 자리했고 그 논두렁길에 앉아 천년을 유유히 흐르는 섬진강과 백운산 줄기를 바라보며 바로 아래 논을 아버지가 영원히 영면할 자리로 정했다. 논 언덕이 차이를 많이 두고 높다는 게 흠이었다.

"너거 아부지 산소 위 언덕이 무너져 내릴란다. 공사를 야물게 하던지 해야지 저래 놓으면 안 된다."

어머니는 오빠들에게 애를 태우며 아버지 묘를 걱정했다. 미운 영감이라도 아버지 무덤을 걱정하는 어머니의 아버지에 대한 공경은 돌아가시고도 변함이 없었다.

지금은 어머니도 돌아가시고 고향에 사는 작은 형부가 무덤을 재정비하고 탄탄히 언덕을 다져 걱정 없이 만들어 놓았고 큰 형부가 해마다 벌초를 해가며 부모님 무덤을 관리한다.

그렇게 되기까지 어머니의 걱정은 태산처럼 높았다.

다행인지 불행인지 언니들이 모두 읍내에 살아 어머니가 도와줄 일이 많다는 것이었다. 어머니로서는 쉴 없는 인생이었지만 어쩌면 외로움을 잊을 수 있는 일이기도 해 장단점이 융합 된 일이 아닐 수 없다. 큰 언니는 미니 슈퍼를 하다가 큰 마트들이 생기면서 장사가 잘 되지 않아 그 자리에 식당을 차렸다. 처음 식당을 차리고 손님이 많았다. 어머니는 고생하는 딸이 애잔해서 장날이면 언니 식당을 찾아 일손을 거들었다. 식당은 바빴다. 처음 반찬을 만들 때도 어머니는 재료를 모두 손질해 주었고 산처럼 쌓인 설거지도 후딱 해치웠다. 어머니 아니면 장사를 못 할 정도로 일손이 부족했고 장날이 아니어도 바쁘면 언니에게 불려 다니며 식당일을 도와야 했다.

식당에 가서 일하는 것으로 일은 끝나지 않아서 시골집에서 재료를 다듬어 가야 하는 일은 집에서 다듬어 바구니에 들고 다니느라 어머니의 팔은 늘 무거운 짐이 들려있어야 했다.

어머니는 이미 몸이 만신창이가 되어 성한 곳이 없었던 터에 다시 언니들의 일손을 거들어야 하니 힘에 부친 어머니의 입에선 군소리가 났다. 그도 그럴 것이 큰 언니 시어머니도 살아계셔 식당 일을 도울 법했지만 시어머니는 귀부인처럼 집에서 언니가 해 주는 밥을 받아먹으며 편히 지낸다는 것이었다. 친정어머니는 종처럼 부려먹고 시어머니는 섬긴다며 어머니는 신세한

탄을 했다.

언니는 어머니의 그런 푸념을 곱게 들어주지 않고 어머니를 타박했으며 어머니는 서운해서 두 번 다시 일을 도우지 않겠다고 선언했지만 고생하는 딸이 안쓰러워 오래 가지 않아 또 식당 일을 도우러 다녔다.

어머니의 고단한 삶은 끝이 난 게 아니다. 막내 둘을 키워 객지로 내보내고 나면 편히 살며 할 일이 없어 이제라도 고단한 몸을 뉘이며 노닥거리며 즐길 줄 알았던 어머니의 계산은 빗나갔다.

큰언니 식당일만 도와주러 다닌 것이 아니었다. 시골 깡촌에 사는 작은 언니 네도 늘 바빴다. 재산이 많아 산과 들에 씨를 부리고 과일과 곡식을 거두어들이는 언니도 눈 코 뜰 새 없이 바쁜 나날을 보내고 있었다. 그 언니는 소위 일에 묻혀 지냈다. 일이 이불이 되고 무덤이 될 지경이었다.

자식들도 생산을 많이 했다. 외동인 형부는 외로웠던 탓에 자손이 번창하길 원했고 언니도 어머니처럼 자식이 생기면 생긴 대로 낳았다. 6남매를 낳은 언니는 농사일도 많은데다 많은 식구들 뒤치다꺼리를 해야 하니 어느 한시도 수월한 날이 없었다. 식구들이 벗어 놓은 빨래만 해도 작은 동산을 이루었다. 식사 시간이 되면 대 가족의 밥을 짓는 일도 수월하지 않았다.

그럼에도 언니는 자식이 많다 생각하지 않는다. 덕분에 언니 둘에서 태어난 자식이 열 명이다. 큰언니도 만만찮아서 자식을 네 명을 둔 상태다. 두 집 식구만도 대가족을 이룬다.

어머니는 틈만 나면 작은언니에게로 가서 일손을 도왔다. 잠 잘 시간도 부족해 청소도 못하고 살아 돼지우리보다 더 한 더러운 집을 말끔히 청소했으며 빨래를 하고 밥을 짓고 하룻밤만 자고나면 무성히 자라는 밭의 김을 맸다.

언니는 우리 형제 중 제일 성격이 모난 데가 없었다. 온순하고 착하고 어머니가 어떤 말을 해도 묵묵히 들으며 화를 내지 않았다. 어머니는 그런 언니를 편안해 했지만 언니는 어느 누구와도 닮지 않게 성격이 깔끔하지 않고 털털했다. 어릴 적 어머니 밑에 자랄 때 그렇지 않았던 성격이 산골로 들어가 일에 묻혀 지내며 변했다는 생각이 들기도 한다.

그런 털털함이 모두를 편하게 하는 장점이다. 깔끔한 성격의 어머니는 작은 언니 집을 가면 할 일이 더 많았다. 일주일쯤 일을 도와주고 나오면 녹초가 되어 몸살을 앓고 했다. 어머니도 이제 쉴 나이였고 기력이 쇠할 나이였다. 오로지 자식 욕심이 많았던 어머니는 딸들이 고생하며 사는 것이 안타가워 본인도 주체하기 힘든 몸을 가까스로 움직이고 있었다. 오로지 정신력으로 버틴 시간들이다.

언니들도 맡 며느리로 시집들을 간 터라 수월한 인생살이가 아니어서 어머니는 그것을 더 안쓰러워했다. 어머니는 두 집을 번갈아 다니며 일손을 거들어야 했고 몸살이 날 지경이 되면 빈 오두막집에 와서 피로를 풀었다.

어머니는 관광차를 타고 여행을 한번 해 본적이 없었다. 지독한 차멀미로 아들집을 왔다 갔다 하기도 녹초가 되곤 했던 어머니는 되도록 열차를 타고 이동을 했고 완행열차를 타고 이동을 하면 버스시간의 두 배는 더 걸려 반나절은 족히 잡아먹히고도 남았다. 하지만 버스보다는 낫다 생각하여 늘 열차를 나고 부산을 왔다가 돌아가곤 했다.

그래서 어머니는 여행하는 것을 제일 부러워했다. 마을마다 효도관광 붐이 일어 전국 곳곳의 명소를 찾아다니며 구경을 하는 이웃들이 부러워 우리에게 자주 그 얘기를 했지만 멀미걱정 때문에 쉬이 나서지를 못했다. 어머니만큼 여행을 한 번도 해 본 적이 없는 사람은 없을 것이었다.

"귀경 몬헌 사람은 저승에도 못 든다는디, 나는 암데도 가본데도 엄꼬 죽어 저승에도 몬들 거고만."

당신의 신세를 한탄하는 어머니가 너무 안 돼 보였던 나는 우리 집에 다니러 온 어머니를 모시고 경주를 갔다. 불국사를 거쳐 석굴암으로 짧은 거리의 이동에도 어머니는 지쳐했고 몸의 원기가 너무 떨어져 있는 것에 놀랐다. 석굴암으로 들어가는 길에 어머니는 몇 걸음도 못가 주저앉고 했다. 아이들은 팔을 잡아당기고 부축해 가며 할머니의 석굴암 가는 길을 도왔고 근근이 석굴암 구경을 마칠 수 있었다.

불국사 입구에는 한정식 집이 즐비하게 늘어서 있다. 우리 식구가 종종 먹던 한정식은 나물한정식이었고 갖은 나물을 넣어 비빔밥을 만들어 먹기에도 좋았다. 어머니에게는 오로지 전통 한식 아니면 입에 맞지 않을 것 같아 나물 한정식 집으로 찾아들었다.

당신 태어나고 처음의 외식이었다.

"아이고 우리 막내딸 덕분에 귀경도 허고 이리 맛난 음식도 묵어보고 인자 죽어도 여한이 없다."

어머니의 얼굴에 화색이 돌았다. 얼굴이 활짝 피고 몹시 행복한 모습이었다. 평생 저런 어머니의 얼굴을 대한 적이 있었던지. 뭉클해지지 아닐 수 없었다.

"자주 모시고 다닐게요."

그날 어머니에게 했던 약속은 두 번 다시 지킬 수가 없었고 세월은 물같이 흘렀다.

조카들이 커가면서 어머니 집을 자주 찾았다. 큰언니의 자식들은 가까운 곳에 모두 살아 어머니를 자주 찾아 볼 수 있었다. 특히 앵두가 익으면 발길이 더 잦았다.

어머니의 집은 아주 작은 오두막이었지만 정감이 느껴지는 아늑한 곳이었다. 앵두나무 두 그루가 해마다 세상을 환하게 밝히는 어머니 닮은 하얀 꽃을 피웠고 5월이 되면 부러질 만큼 축 늘어뜨린 가지로 주렁주렁 앵두가 달렸다. 초록색이던 앵두가 볼치장을 빨갛게 하면 어머니 집은 북적거렸다. 아직 익으려면 몇 날은 더 있어야 하는 앵두나무를 고개가 빠지도록 위로 치켜들고 겨우 한 쪽 볼만 빨간 앵두를 바라보곤 했다.

그 중 성질이 급하게 익은 앵두는 먼저 온 손자들에게 따 먹혔다. 어머니는 아직 앵두가 익지 않았다고 통보했지만 마음부터 앵두할머니 집으로 달려가는 손자들의 발길은 급하기만 했다. 장독대 위로 늘어진 가지를 붙잡고 조카들은 앵두를 따서 입속으로 부지런히 넣었다. 어머니는 그 모습을 보며 지난날을 회상

했다.

"지지리도 가난해 고작 앵두 두 나무 있는 것도 돈 맹글어 볼 끼라고 자슥들 따 묵지도 몬허게 하고......"

어머니는 손자들이 앵두 따 먹는 모습을 보며 가슴이 먹먹해 눈물을 흘리곤 했다.

어머니는 손자들에게서 '앵두할머니'란 칭호를 얻었다. 손자들 은 앵두 철이 되면 앵두할머니 집에 가자고 졸랐다. 그 조카들 이 결혼을 하고 자식을 낳아도 '앵두할머니'란 칭호는 대를 이어 내려가고 있다. 어머니는 그 호칭을 매우 만족해했다. 참으로 예 쁜 호칭이 아니고 무엇이랴.

어느 조카가 처음 그 호칭을 붙였는지 모르지만 나로서도 고 마울 따름이다. 앵두꽃처럼 고왔던 어머니는 앵두꽃이 피고 지 고, 다시 피고 지는 사이 주름은 고왔던 얼굴에 골을 새겼으며 허리는 굽어갔다. 어머니의 굽은 허리처럼 앵두나무도 세월의 무게만큼 고목이 되어갔다. 어머니는 손자들이 오면 앵두가지 를 잡은 목과 팔이 아플까 걱정되어 앵두를 한바가지 미리 따서 편안히 먹게 했지만 손자들은 스스로 따 먹는 것을 즐겼다.

어머니는 앵두 철이 되면 전화를 했다.

"아들 델꼬 한번 오니라, 앵두가 익었다."

어릴 적 마음껏 따 먹지 못하게 한 것이 한이 된 어머니는 봄 이면 나에게 전화를 했다. 외손자들이 보고 싶기도 했고 무엇보 다 막내딸이 너무 보고 싶었던 어머니의 간절함이 앵두로 승화 되어 날아온 마음은 나를 고향으로 향하게 했다. 부산에서 살던 나는 아이 둘을 데리고 어머니를 찾아뵙기가 쉽지 않았다. 사는 곳은 부산 외곽으로 고향으로 가려면 버스를 여러 번 갈아타야 하거나 버스를 타고 이동해 다시 기차를 타야 하는 번거로움이 있었다.

당시는 자가용이 흔치 않았다. 거의가 대중교통을 이용했다. 어린 아들 둘을 데리고 짐 보따리까지 들고 이동한다는 것은 큰 마음을 먹어야 하는 일이었다. 그래서 자주 찾아보지 못한 고향을 앵두 철이 되면 종종 들르곤 했다.

어머니는 내가 아이들을 데리고 들어서면 신발도 미처 신지 못한 채 맨 발로 뛰어나왔다. 그것도 동구 밖에서 하염없이 기다리다 다시 집으로 들어가길 수십 번은 더 한 후였다.

"아이고 먼 길 오니라 고생했다."

어머니는 외손자들을 마루에 올려 앉히며 손자들의 볼을 연신 만지고 작은 손을 조물거리며 놓지를 못했다. 어머니는 유독 내 큰아들을 안쓰러워했다.

그도 그럴 것이 아이가 태어나면서부터 속이 튼튼하지 않아 먹는 것의 절반은 토해 버렸고 잠버릇도 나빠 어느 한 날을 밤새도록 푹 자는 법이 없었다.

큰 아이를 낳고 어머니의 오두막에서 몸조리를 보름이나 하고 온 터라 애정이 더 했는지도 모른다. 큰 아이는 2년을 그런 식으로 밤낮을 잠 한번 푹 자지 않고 울어댔으며 먹는 것은 절반을 토해 내어 뼈만 남아 걸어 다니는 것조차 신기할 만큼 아슬아슬한 모양새를 갖추고 있었다. 어머니는 그런 아이를 보면 애잔해서 굽은 등에 언제나 큰 손자를 업고 다녔다.

큰 애는 야윈 데다 입도 짧아 잘 먹지를 않았다. 어머니는 큰 손자에게 한 숟갈이라도 더 먹이기 위해 달래고 달래가며 애를 써 밥을 떠 먹였다.

질박한 어머니의 손으로 빚어낸 어느 것 하나 귀하지 않은 것이 없었다. 굽은 허리가 힘겨워 한 손으로 등을 받치고 문턱이 높은 재래식 부엌을 수십 번을 드나들며 불을 때서 갖은 음식을 익혀 우리 모자에게 먹였다.

매케한 연기를 마시며 기침을 수십 번은 해야 한가지의 음식이 만들어지는 정성들인 어머니의 사랑이었다. 내가 시집을 가고 자식을 낳아도 여전히 어머니 품에서 자랄 때의 어린 딸로 보였던지 단 한가지의 일도 하게 하지 않았다.

"어여 나가거라. 연기가 맵다."

부엌에 들어가면 부리나케 밀어 냈다. 미리 따 놓은 앵두 바가지를 내 밀며 앵두나 먹고 있으라 했다. 어머니가 만들어 주신 음식은 전과 같이 너무나 맛이 있었다.

대충 버무린 것 같아도 깊은 맛이 배어나와 입속에 들어 간 음식은 다섯 가지의 감각을 느끼며 혀에서 춤을 추게 했다. 어머니의 굵은 주름이 잡힌 거칠어진 손마디는 우리 모자를 위해 잠시 머무르는 짧은 시간 동안 더 많은 것을 먹여 보내기 위해 분주했다.

때가 되면 당신의 밥그릇은 저만큼 제쳐놓고 외손자에게 한 숟갈이라도 더 먹이기 위해 씨름을 했다. 야윈 손자가 늘 마음에 걸렸던 어머니는 그렇게 해서라도 조금이라도 살찌우게 하고 싶었던 것이다. 그런 지고지순한 정성과 사랑이 통했던 관계로 내 큰 아이는 외할머니를 무척이나 따랐다. 외할머니라면 무조건 좋아했다.

어머니는 우리 애들이 놀다 버리고 온 물총을 말려 비닐에 잘 보관해 놓았다. 다른 손자들이 다녀가도 꺼내지 않고 꼭꼭 숨겨 놓았다가 다시 꺼내 놓았다. 만지다가 고장 나면 다음에 왔을 때 못 가지고 논다는 어머니의 배려였다. 아이들은 물총놀이를 좋아했다. 도시에서 마음껏 할 수 없는 물총놀이다. 물이 떨어지면 곧바로 채울 수 있는 수돗가가 있었고 어느 곳을 향해 거침없이 쏘아도 나무라는 사람이 없으니 옷이 흠뻑 젖도록 둘이서 물총놀이를 즐겼다.

손자들이 물총놀이를 하는 광경을 흐뭇하게 바라보며 참으로 행복한 표정을 짓곤 했다. 어머니의 외로운 얼굴에 웃음이 번지고 사는 생기가 도는 날이었다. 우리 아이들도 훗날 어머니가 안 계신 오두막을 찾아도 그 기억을 잊지 않고 두 형제가 옛일을 회상하며 외할머니를 그리워했다.

어머니는 언제나 나도 모르는 사이 내 가방구석에 돈을 몰래 숨겨 놓았다. 사는 것이 그리 넉넉지 않은 딸이 안타까워 당신도 풍족하지 않은 돈을 아끼고 모아 어머니를 찾아가면 늘 그런 식으로 돈을 숨겨 보냈다. 내가 어머니에게 드리는 용돈은 아주 작은 액수였고 어머니는 그 몇 배의 돈을 내 가방에 숨겨 넣어 둔 것이다. 집으로 돌아오고 나서야 전화를 했다.

"가방에 얼매 넣어놨으니 애들이랑 쇠고기라도 사묵어라, 니 얼굴이 와 그리 **빼짝** 말랐노. 쯧쯧."

어머니의 마음은 늘 찢어지는 듯 했다. 데리고 있다 공무원에게 시집보내려던 막내딸이 원치도 않은 삶을 살게 된 것이 쓰라렸다. 그 시절은 모든 사람들이 지금처럼 풍족한 삶을 영위하는 게 아니라서 고생이라 생각하지 않았지만 어머니는 그리 생각되지 않는 듯 했다.

늘 어머니를 뵙고 돌아오는 날이면 우리 모자를 배웅하는 어머니의 애잔함이 뼛속까지 스미는 걸 느껴야 했다. 어머니는 삐쩍 마른 다리로 걷는 것도 애달프다며 내 아들을 굽은 등에 업고 신작로까지 배웅을 나왔다. 길가에 손자를 내려놓는 숨이 거칠었다. 충분히 걸을 수 있는 손자를 그리도 애가 타서 걷게 하기 싫어했다. 당신의 다리가 부러질 것처럼 더 위태롭고 당신의 호흡이 가파르게 산등성이를 넘나드는 것처럼 쌕쌕거려도 그랬다.

어머니는 아들이 집으로 모시려 해도 한사코 거절했다. 그냥 오두막집에서 살고 싶어 했다. 희로애락이 담긴 어머니의 인생집이다. 그 집이 대궐처럼 어리어리한 집은 아니었지만 어머니 손때가 묻지 않은 곳이 없는 집을 벗어나기 싫어했다. 부산 아들집에 머물러도 아주 잠시였다. 처음부터 한 집에 살아도 나이들면 며느리 눈치가 보이는 법이다. 편치 않은 마음에 오래 머무를 수가 없었다.

무엇보다 어머니가 머물 편안한 방 한 칸이 없었다. 그렇게 왔다갔다 세월이 흘렀다. 오두막집으로 돌아갔지만 점점 기력을 잃어 혼자서 불을 때고 밥을 지어먹는 것이 버거운 상황이었다.

시골에서 언니들 집을 드나들며 일손을 거두는 일도 한계점에 달했다. 더 이상 거들어 줄 힘이 없었다. 한 평생 몸을 사리지 않고 일에 찌들어 살던 어머니의 몸은 당신의 밥도 근근이 끓여 먹는 신세가 되고 말았다.

불을 때야 뜨끈해 오는 온돌방은 겨울이면 나무가 많이 필요하다. 나무를 할 여력이 애초에 없었다. 작은 아버지가 나무 한 짐을 마당가에 부려 놨다. 어머니가 키워 장가 보내준 은혜에 조금이라도 보답하려면 당연히 그래야 했다. 수시로 나무를 마당에 쌓았다. 미안했던 어머니는 나무를 한 트럭 사서 비축했다. 지난날은 어찌 되었던 고마운 일이었다.

읍내의 큰언니 내외의 효도 아니었음 어머니는 그곳에서 살지 못했다. 작은언니 내외도 지극한 효심을 발휘했지만 산골짜기에서 자주 드나드는 것이 쉬운 일은 아니었다.

큰언니는 매일 반찬을 만들어 형부를 통해 배달을 시켰다. 큰 형부는 당시 오토바이를 타고 다녔다. 매일 차가 다니는 길을 달려 배달을 오는 형부를 어머니는 만류했다. 그러나 형부는 비가 오나 눈이 오나 한 결 같이 오토바이를 타고 어머니에게 들렀다. 혹여 사고라도 날까 염려하며 말렸지만 형부는 한사코 말을 듣지 않았다.

그런 효심이 없었다. 아들들보다 나은 효심으로 공경하고 몸살이라도 나는 날이면 어김없이 약 봉지를 들고 어머니 건강을 살폈다.

형부는 손재주도 좋아 어머니의 손발이 되어 주었다. 전기기사도 아니었건만 전기를 다루는 솜씨도 뛰어났다. 집안의 전기

시설을 어머니가 쓰기 좋게 손이 닿는 위치에 설치했으며 집안 곳곳에 문짝이 느슨하면 망치로 손을 보는 등 틈나는 대로 집을 수리했다.

어머니는 술을 한 잔씩 했다. 얼큰한 취기가 돌면 기분이 최고조에 달했다. 형부는 그런 장모님을 위해 맥주 한 상자씩을 미리 가져다 놓았다. 그 맥주가 다 떨어지면 또 한 상자를 싣고 왔다. 사다 달라거나 언니가 시킨 일도 아니다. 형부 스스로 좋아하는 음식 취향을 살피고 말없이 실천을 한 행동이다.

작은언니 내외도 효를 다해 시간 나는 틈틈이 찾아왔다. 작은형부는 나무가 떨어지지 않게 나무를 마당에 쌓아 놓았으며 큰언니 내외랑 아버지 산소에 벌초를 해 드렸다.

큰언니와 형부의 효심이 어머니를 그 곳에 머물러 있게 했지만 큰언니는 시어머니도 돌봐야했기 때문에 어머니가 오두막에 머무는 것을 지쳐 했다. 당연한 일이다. 큰언니도 인생이 고단하지 않은 적이 없었다. 어머니만큼은 아니지만 큰언니 나이로서 그만큼 힘들게 산 사람도 없을 것이다. 태생이 부지런한 언니지만 지칠 만도 했다.

당시 지친 언니는 날이면 날마다 나에게 전화를 해 하소연을 했으며 들어주는 것으로도 스트레스가 쌓여 힘들던 기억이 난다. 언니가 얼마만큼 지쳐 있었는지 아는 이유다.

큰언니와 나는 욱 하는 성미 때문에 어머니와 자주 부딪쳤다. 조그만 일에도 말다툼이 일어 서운하게 해드렸고 언니와 내가 아직도 후회 막급해 하는 부분이기도 하다.

어머니를 향해 부산 아들집으로 가라고 짜증을 자주 부렸다.

"저것들이 필요할 때는 어미를 종부리 듯 해 놓고 이제 와 힘이 빠지니 저 지랄을 한다."

어머니는 서운해서 눈물을 보였다.

어머니에게 반찬이며 필요한 물품들을 배달하는 형부는 그래도 아무 불평이 없었다. 오히려 노인네가 살면 얼마나 산다고 그런 역정을 내냐며 언니를 나무랐다. 부녀지간의 잔잔한 다툼은 자주 있었고 그때마다 형부는 어머니 역성을 들었다.

실로 현명한 처사다. 언니는 지금까지도 형부의 그런 마음을 고마워하며 형부를 더 할 나위 없이 섬기고 있다. 물론 언니가 형부나 형부 집안에 했던 정성은 효부 상을 받아도 마땅하리만큼 했으니 모든 결과는 뿌린 대로 거두는 '인과응보'가 아니고 무엇이겠는가.

어머니가 했던 삶의 산 가르침을 제대로 보고 배웠던 언니 역시 어머니의 행동을 그대로 본받아 실천하고 있었다. 그런 언니의 고고한 희생은 형부로 하여금 어머니를 봉양하는데 한 치의 빈틈도 없게 했다.

그러한 언니 내외의 갸륵한 효심에도 어머니는 점점 기력을 잃어갔다. 당시 촌집은 마루와 죽담의 높이가 상당히 높게 지어졌다. 젊었을 때는 높은 마루청을 잘 지어진 집이라 칭찬했다. 작은 집이라 마루청이라도 높아야 올라앉으면 시원한 느낌이 들었지만 나이가 드니 그 마루나 죽담에서 구르는 일이 자주 생겼다.

어머니는 자주 구르면서 어떤 때는 크게 다쳐 수족을 쓸 수 없을 지경이 되어 병원에 입원을 하기에 이르렀다. 언니의 걱정이 이젠 노여움으로 바뀌었다. 근근이 치료를 마친 어머니는 부산 아들네 집으로 그만 가서 사시라는 언니의 말을 귓등으로도 듣지 않고 다시 오두막으로 돌아갔다.

어머니는 병원이 가까운 곳에 있어야 했다. 지병이 한두 군데가 아니었다. 눈은 백내장 수술을 받았어도 수술이 잘못되어 수시로 안과를 드나들며 치료를 받았고 또 안약을 처방받아야 했다. 귀는 아버지의 폭력으로 벽에 부딪쳐 고름이 수시로 차 이비인후과를 다니며 닦아내고 약을 넣었고 역시 복용약도 처방받았다. 무릎은 이미 뼈가 닳을 대로 닳아 근근이 끌고 다녔고 허리는 45도로 휘어 지팡이를 짚고 한 발짝씩 떼고 있는 상태였다. 어머니는 지난날의 억척같았던 깡으로 버티는 상태였고 혼자 밥을 끓여 먹는다는 것은 거의 불가능했다.

어머니에게서 전화가 왔다. 나이 정확히 팔순이 되는 나이였다. 손자들 데리고 한 번 다녀가라고 했다. 앵두가 나지 않는 여름인데도 보고 싶다며 꼭 다녀가라고 했다. 애들은 커서 중 고등학생이 되어 있었고 방학이어도 학원이다 뭐다 바쁜 일과를 보내고 있었지만 그동안 어머니에게 소원했던 나는 곧 바로 주말을 이용해 달려갔다.

애들은 다 큰 청소년이 되어 있어서 전보다 이동이 힘들지 않았다. 애들은 외할머니라 하면 군소리가 없다. 착하고 반듯하게 자란 아들들은 외할머니의 사랑이 얼마나 지대했던지 아는 터라 오히려 반기며 나를 따랐다.

우리가 간다는 말을 전해 듣는 목소리에는 전에 없는 생기가 돌았다. 어머니와 통화를 하면 늘 힘이 없어 예전의 우렁차던 목소리는 어디로 갔을까 싶었다. 그 사실이 허무했다. 그러함에도 산다는 것에 쫓겨 어머니의 안위는 뒷전이었다. 언제든 그 자리에서 우리들이 오기만을 기다려 줄줄 알았다.

어머니의 나이 팔순이 되도록 건강이나 어머니의 영양상태에 대해 고민하고 거처의 불편함에 대해 깊이 생각해보지를 않았다. 언니들이 고향에 있으니 믿는 마음이 더 컸던 모양이다.

어머니는 얼마나 기다렸던지 눈이 빠질 지경이었다며 굽은 허리에 지팡이를 짚고 대문 문간에 서있다 우리를 반겼다. 종일 종종거렸을 어머니의 흔적이 쓰러져 가는 작은 오막과 마당에 고스란히 박혀 있었다. 나는 눈에 보이지 않아도 흔적을 읽을 수 있었다.

어머니의 품에서 20여년을 보내고 예기치 않게 도시로 나와 말로 표현 못할 수많은 고초를 겪으며 두 번 다시 품으로 돌아가지 못하고 두 아이의 엄마로 살게 되었어도, 그러한 까닭에 어머니의 지극한 정성과 깊은 사랑의 온도를 더 뼈저리게 읽을 수 있었다.

나는 타임머신을 타고 모든 것을 되돌려 돌아가 어머니와 함께 숨 쉬며 어머니가 가시는 날까지 함께 하고픈 유혹을 수시로 느끼며 살아야 했다. 나에게 자식만 없었어도 어머니의 나이 팔순이 되도록 있지도 않았을 것이다. 현실은 마음먹은 대로 허락하지 않는다. 되돌리기엔 너무나 먼 거리로 와 버린 내 생이 내 발목을 잡았다.

어머니는 지팡이를 짚고 다니면서도 우리 모녀를 전과 같이 챙겼다. 나는 전처럼 밥상을 가만히 앉아서 받을 수가 없었다. 어머니는 이제 너무 늙어 밥상 하나도 들지 못하는 늙은 노인네로 변해 있었다. 언제 어머니가 저리 되었는지 노인들의 하루하루는 달랐다. 순식간이었다. 모처럼 생기가 도는 어머니는 부엌 문지방을 수도 없이 드나들었다. 아픈 무릎을 한 손으로 누르며 다른 한 다리를 힘겹게 들면서도 부지런한 성품은 변함이 없이 당신 최고의 속도를 내며 움직였다.

"엄마! 이제 제가 할테니까 가만 앉아 있으소."

"아이고 그래도 이 어미가 아직 사지육신을 움직이는디 어찌 그러냐. 우리 귀한 막내딸 허고 손자들이 왔는디 내 손으로 밥을 해 멕이야지."

"인자 제가 해도 돼요, 엄마가 그동안 내 손에 물도 안 묻히게 허고 고생한 거 다 알아요."

"이 어미가 너거들헌티 머 해준 게 있다고, 고생만 시켰지."

어머니는 지금껏 어머니가 장사 다니느라 어머니 젖을 제일 못 얻어먹었다고 마음 아파했다. 그래서 키만 컸지 야물지가 못하다고 학교 다닐 때 쌈지 돈을 털어 한약방에서 약을 지어다 먹이고 영양제를 먹이고 귀한 땅콩가루를 사다 타 먹게 했다.

어머니는 비닐봉지에 꽁꽁 싸두었던 물총을 꺼내었다.

"다 큰 총각들이 되삐리서 이거 인자 못 갖고 놀겠제?"

"아이 할머니! 우리 나이가 몇 살인데 이걸 가지고 놀아요."

"아이고 엄마! 이걸 아직도 보관하고 있었어요?"

아이들은 웃음을 참지 못했다. 어머니도 우리도 한차례 크게 웃었다. 지난 날 흰 이를 드러내며 크고 호탕하게 웃던 어머니의 웃음이 아니었다. 어머니의 웃음은 몸의 기력 따라 짧게 끊어지고 마는 웃음이었다. 그것마저 서글퍼졌다.

어머니는 우리 애들이 촌집에 갈 때마다 가지고 놀다 버리고 온 물총을 잘 말려 보관해 놓았기에 물총은 아직도 제 기능을 잘 발휘해 물을 넣고 쏘면 물길이 쭉 뻗어 나갔다.

"우리 물총 한번 쏴보자."

착한 큰 손자는 물총을 보관한 할머니의 정성이 안쓰럽던지 물총을 들고 일어서니 작은 손자도 형을 따라나섰다. 아이들도 지난날을 소환해 보는 소중한 시간이 아니었을지.

"우리가 사는 것이 칼날 위에 춤을 추는 것과 같다."

어머니는 딸 모자의 밥을 따뜻이 챙겨 먹이고 아픈 허리와 무릎을 잠시 쉬게 했다. 여느 때와 마찬가지로 앵두나무 아래 수돗가에 동그란 받침의자를 놓고 힘겹게 걸터앉았다. 시장에서 천원을 주고 사다 놓은 모양이다. 어머니의 작아진 체구가 굽은 등으로 더 말려 동그마니 무성한 앵두 나뭇잎 그림자에 묻혀 아른거렸다.

어머니는 막걸리 한 잔으로 마른 목을 축이며 굴곡진 파란만장했던 삶을 긴 한숨과 함께 그렇게 표현했다. 어머니의 고결한 삶만큼이나 철학적인 깊은 표현이었다. 어머니의 그런 표현은 어머니의 일생이 칼날 위에 춤을 추며 흘린 눈물의 강도만큼 아프게 내 폐부에 박혀왔다. 어머니의 아름다운 희생을 천만분의 일도 헤아리지 못한 채 흘러버린 세월이다. 무심히 어머니 일이라고 치부하며 살아 온 어리석음은 어머니를 오두막에서 외롭게 살도록 방치했다.

"엄마! 이번에 갈 때 같이 가요. 우리 집에 가서 같이 삽시다."

가엾은 어머니를 홀로 두고 발길이 떨어질 것 같지가 않아 청을 했다.

"아들도 없는 거 맨키로 딸 자슥 집에 엎혀 살끼가?"

"아들집은 며느리 눈치 보여 살지도 못하면서 그라요."

"맨날 오라카는디 내가 이 오두막을 못 잊어 그렇다 아이가."

"인자 혼자 밥 끓여 드시기도 힘들어 보이구만, 어디든 가셔야지……"

어머니는 위태로워 보였다.

높은 죽담을 오르내리며 몇 번을 굴렀는지 모른다. 하늘이 도와 뼈가 붙어 걸어 다니지 불구자 될 뻔한 적이 여러 번이었다.

"아이고 나가 와 이리 되뼀노!"

어머니는 당신의 몸이 천년을 살아도 건재하리라 여겼던지 남들보다 몸을 백배 더 쓴 사실을 잊어먹기라도 한 듯 푸념을 했다.

어머니와 보내는 밤이 영원히 새지 않았으면 했다. 이상하리만큼 시간이 빨리 흐르는 느낌이었다. 어머니와 보내는 시간이 얼마 남지 않음을 직감적으로 느껴서일 것이었다. 어머니는 내가 쓰던 작은 방에 항상 이부자리를 펴서 자게 했지만 그 날은 큰 방에 같이 자자고 했다.

"너거들 얼굴을 더 많이 보고 잡아 안되겠다, 오늘은 어미랑 같이자자이."

나는 어머니가 아랫목에 펴 놓은 새 이불을 덮고 누웠다. 어머니를 아랫목에 주무시게 하려고 이불을 당겼지만 어머니는 한사코 거절했다.

"내는 여가 편하다, 신경 쓰지 말고 어서 편히 쉬어라, 단손에 저것들 둘이 키우니라 얼마나 고단하겠노."

어머니의 인생에 비길 바도 못되는 물질만능 시대에 살며 자식 둘 밖에 키우지 않는 딸이 그저 애잔해서 어머니는 아랫목에 새 이불을 펴서 편히 자게 했다. 며느리가 사 준 새 이불을 한 번도 쓰지 않고 아껴 두었다가 어머니가 그렇게 애지중지 키운 막내딸에게 그 이불을 첫 개시하게 한 것이다.

허울은 반듯하고 어리어리한 아파트에서 보일러를 놓아 데운 온기와는 비길 바 못되는 온기가 전해져 왔다. 신기한 일이었다. 때는 여름이라 불을 땐 방이 더워서 못 잘 법도 하건만 등을 댄 방바닥이 갑갑하지 않은 따스함으로 전해졌다. 벽이며 바닥이며 천정이며 온통 황토 흙으로 지은 흙집은 불을 지피니 자연 그대로의 향과 온기를 우리 몸에 안겨준 것이다.

"엄마는 이런 고운 이불 덮고 주무시면 될 것을 맨날 다 낡은 이불만 덮고 언제 새 이불을 덮을라고 아끼고 그라요."

"나가 죽고 나면 너거가 덮으면 되지, 이것도 말짱허다."

어머니는 내가 학교 다닐 때 덮던 이불을 그대로 덮고 지냈다. 살날이 얼마나 남았을지 기약도 할 수 없건만 어머니는 그 옛날 무엇이나 아껴야 살 수 있었던 가난했던 시절을 상기하며 거지도 주워가지 않을 물건들을 간직하며 쓰고 있었다.

"나가 쓰던 물건은 거지도 주워가지 않을 거다."

어머니는 스스로도 입버릇처럼 되뇌었다.

　잠을 잘 잤던 나는 아들들과 내가 자랐던 고향집에서 단 잠에
빠져 들었다. 어머니가 옆에 누워계시니 포근한 마음에 더 달게
잠이 들었는지도 모른다.
　어머니의 얘기가 시작되었다. 아이들은 이미 잠들어 숨소리가
고르게 방안 가득 퍼졌다. 어머니는 잠든 손자들의 이불을 반듯
하고 곱게 더 다독거리며 손자들을 바라보았다. 잠든 손자들의
머리를 손으로 쓰다듬는 손길에 애틋함이 묻어나는 걸 느낄 수
있었다.
　밖은 바람에 부대끼는 감나무 잎이 사각거렸다. 어머니의 얘
기가 바람소리와 감나무 잎 부대끼는 소리와 창호지 문에 어른
대는 앵두나무 잎의 움직임과 함께 꿈을 꾸듯 잠들어 가는 내 귓
가에서 아득히 멀어져 갔다. 외로웠던 어머니는 잠이 든 줄도 모
를 나에게 한동안 얘기를 계속 이어나갔을 것이었다.
　잠들지 않고 밤이 새도록 어머니의 외로움을 들어야 했던 막
내딸은 덮어오는 눈꺼풀을 이기지 못하고 잠이 들고야 만 것이
다. 어머니와 보내는 오두막집의 마지막 밤이 될 줄은 차마 상
상도 못한 채 그렇게 무심한 밤은 지나가고 있었다.
　어머니는 새벽부터 일어나 딸과 손자들에게 먹일 음식을 준비
하는지 밖에서는 물소리, 솥뚜껑소리, 움직일 때마다 끙끙대는
어머니의 앓는 소리가 밤새 푹 잔 귀에 전해져 아침잠을 깨웠다.
어머니는 밤 새 한숨도 못 이루고 날이 밝고야 말았다고 했다.
밤이 새도록 창호지 문으로 새어 든 달빛에 비친 막내딸의 얼굴

을 바라보았다고 했다. 봐도 보고픈 자식의 얼굴을 밤이 새도록 보느라 더 잠을 이루지 못했는지도 모른다.

"어찌 그리도 잘 자던지, 잠도 어찌 그리도 곱게 자꼬."

어머니는 마루청으로 나가는 나를 바라보았다. 눈에는 전처럼 꿀물이 떨어지고 있었지만 어머니의 깊은 주름이 담긴 얼굴에 박힌 눈은 노안으로 동공이 흐릿해 보였다. 어머니를 바라볼 때마다 가슴이 먹먹해 왔다. 언제나 어머니는 그 자리에서 나를 기다려 줄 것만 같았다. 내가 자라던 작지만 아늑한 오두막에서 철의 여인처럼 굳건하게 자리할 것 같았다.

아침은 내가 어머니를 위해 따뜻한 밥을 차려 드리려던 마음은 어머니의 지극한 헌신 앞에 눌려 버리고 말았다. 기어이 아픈 몸을 끌고 아침밥을 지어 우리에게 먹였다. 설거지는 내가 하도록 허락했다. 한 발자국마다 앓는 소리를 동반한 움직임이 마음 편할 리도 없어 도착한 날로 편히 앉혀놓고 밥을 지어 먹을 생각을 했던 것이 결국 떠나는 날 까지 어머니를 부려먹은 꼴이 되고 말았다. 가슴에 쌓인 한을 어쩌라고 그랬는지 참으로 야속한 일이 아닐 수 없다.

세월의 때를 입은 어머니의 작고 초라한 집은 내겐 아흔 아홉 칸의 고대광실과는 비교도 안 되는 소중한 집이다. 다른 어느 것과도 견줄 수 없는 어머니의 숨결이 있는 집이기 때문이다. 어머니의 숨결과 어머니의 따스한 체온을 더 느끼며 오래 그 집을 떠나기 싫었다.

예상대로 굴러가는 인생은 없다. 나는 아이들이 성인이 되고 나면 어머니의 집에서 어머니가 이 세상을 떠날 때까지 함께 살고 싶었다. 아이들이 성인이 되면 내 본분은 다 한 것이고 얼마 남지 않은 어머니께 최소한의 보은이라도 하고 싶던 내 생각과는 달리 어머니의 삶은 얼마 남아있지 않아 보였다.

아이들은 다음날이면 학원을 가야했으므로 어머니를 등지고 우리는 떠나와야 했다. 우리 모자를 배웅하는 걸음이 애처로웠다. 둥글게 굽은 등으로 지팡이를 짚고 집 모퉁이를 돌아 따라 나오는 걸음은 세월의 무게만큼이나 무겁고 더뎠다.

굽은 등이 어머니가 살아 온 가시밭길만큼이나 험난한 여정을 대변하고 있었다. 울컥 속에서 치미는 용암 같은 뜨거운 물질이 가슴을 데웠다.

어머니는 두 손자들에게 미리 몸빼 주머니에 넣어 두었던 만 원짜리 한 장씩을 쥐어 주었다.

"맛있는 거 사묵어래이."

손자들은 기어이 받지 않으려 했다. 아이들 눈에도 할머니의 상태가 용돈을 받기엔 측은했던 것이다. 어머니는 받지 않으려는 손자들을 있는 힘을 다해 불러 세운 다음 주머니에 돈을 쑤셔 넣었다.

"이 할미가 돈이 많이 없어 이거 배끼 못 주는디."

어머니는 그 돈이라도 손자들에게 쥐어줘야 마음이 놓이는 것이었다.

내 가방에도 이미 돈을 몰래 숨겨 놓았을 터였다. 갈 때 마다 몰래 숨겨놓는 통에 떠나기 전 소지품을 모조리 꺼내 일일이 살펴 숨겨놓은 돈을 어머니에게 드리지만 어느 새 그 돈은 내 옷이나 가방에 다시 들어앉아 있었다. 늘 드리는 용돈은 어머니가 우리에게 주는 돈의 십분의 일도 되지 않았다. 평생 가슴 아픈 기억으로 자리할 일의 한가지다.

"엄마! 고만 들어가소."

"어여 가거라, 내사 머 할 일이 있노."

"가서 전화 하께요, 밥 잘 챙기 잡숫고."

"오야! 다음에 또 오니래이, 아들 잘 챙기서 조심히 가거라."

어머니의 손자들에 대한 당부는 손자들이 자라 어머니보다 너 강건해져 있었어도 변함이 없었다.

버스를 타기 위해 신작로 길로 들어서기 전 뒤를 돌아보았다. 어머니의 작은 체구가 그때까지도 우리를 향해 서 있었다. 어머니는 눈물을 훔치다가 손사래를 쳤다.

"어여 가거라."

어머니가 살던 오두막집에서 우리를 배웅하는 마지막 모습이었다.

어머니의 눈물이 그대로 내 가슴에 흘렀다. 어머니의 눈물이 어떤 의미를 가지고 있는지 아는 까닭에 내 가슴에 와 닿은 어머니의 눈물은 점점 불어나 급기야 내 눈까지 차고 들어 내 눈에도 하염없는 눈물이 줄기줄기 흐르게 만들었다.

나이 들어 갈수록 외로움을 많이 탔다. 우울증 증세까지 보였던 어머니는 거의 매일을 큰언니에게 전화를 했다. 외로워서 못 살겠다고 잠시라도 얼굴이라도 보여 달라고 했다는 것이다. 큰 언니는 장사를 하기에도 바쁜 일과에 짬짬이 틈을 내어 얼굴을 보여주고 돌아왔지만 돌아온 후 금방 전화가 와서 다시 보고 싶다고 했다. 언니는 언니 집에 와 있으면 매일 볼 수 있지 않느냐고 모셔가려고 했지만 어머니는 끝내 오두막을 고집했고 언니는 지친 마음에 어머니를 타박했다. 어머니는 마음도 약해져서 별 말이 아니어도 서러운 눈물을 흘려 모녀의 눈에는 눈물이 마를 날이 없었다.

언니는 이래저래 힘들고 지친 마음에 어머니를 본의 아니게 타박했지만 그러고 난 후는 더 마음이 아려오고 아팠을 것이다. 본인도 녹록치 않은 삶을 살아 더 힘들게 산 어머니의 삶을 이해하기 때문이었다. 힘들게 산 사람일수록 우울증 증세나 치매가 올 확률이 높다고 한다. 한 여자가 겪기엔 너무나 엄청났던 시련을 겪으며 자식들을 위해 자신을 생의 불속으로 내 던진 몸이 타 들어가는 줄도 모르고 자식들을 품속으로 끌어안은 육신과 정신이 온전할 리가 없었다. 이제 팔십이 되어 부여잡았던 정신은 느슨해지고 부린 몸은 지탱하기 힘들었다.

어머니 자신도 감당 못할 정신과 몸은 날이 갈수록 허약해져 자꾸 아기가 되어갔다. 나에게도 전에 없이 전화가 자주 왔다. 통화를 하는 어머니와의 대화는 불과 얼마 전 마지막으로 다녀왔던 어머니의 마음이 아니었다. 오로지 자식 걱정만으로 긴 밤을 잠 못 이루며 지샌 어머니의 기도는 이제 당신의 외로움을 하소연하는 눈물로 이어졌다.

아들딸 집에서 신세지기도 싫고 당신 스스로 어머니의 인생이 담긴 집에서 밥을 끓여 드시며 굳건히 살고자 바랐지만 마음과 다르게 몸이 따라주지 않아 더 속상하고 우울한 마음이 생기는 모양이었다. 어머니의 집에서 모퉁이 벽을 붙들고 보내기 싫은 딸을 보내면서 무너져 내리는 마음을 느끼며 눈물을 훔치던 모습이 절박하게 다가왔다.

어머니는 자나 깨나 자식 걱정이었다. 자식들 사업이 잘 되도 걱정, 못 되도 걱정, 어렵게 사는 자식들은 더 걱정을 하며 보태주지 못하는 것을 안타까워했다.

"내가 살림을 못살아 놔서 너거늘 볼 면목이 없다."

면목이 없는 어머니가 아니었다. 할 수 있는 최선을 다한 훌륭한 어머니였다. 어느 누구도 그 상황과 맞닥뜨리면 헤쳐 나오지 못 할 것이다. 어머니의 웅혼한 정신과 기운은 어느 자식 하나 낙오자 없이 반듯하고 건전한 사고로 세상을 잘 살아가게 키워놓으셨다. 고난과 적당히 타협하여 당신의 이기를 위해 도망치지 않았다. 강건하고 굳세게 산 결과로 6남매가 모두 본연의 삶에 충실하며 잘 살아가고 있다. 개념과 입장 차이야 있겠지만 어머니 희생의 산물인 우리는 그래도 풍족한 세상에서 누릴 것 누리며 산다.

어머니는 아버지와 함께 역사의 피해자였다. 그 어머니를 6남매가 책임지지 못한다는 사실은 나를 우울하게 만들었고 '부모는 열 자식을 키워내지만 열 자식은 한 부모를 책임지지 못한다.'는 명언을 되새기기에 충분했다.

큰언니는 힘들고 지친 마음에 밤마다 나에게 전화를 걸어 푸념을 했다. 힘든 마음을 왜 나에게만 그리도 퍼부어 댔는지 모르지만 매일 오는 언니 전화가 두려웠다. 당시 나도 바닥을 친 무너진 집안 형편으로 가장 노릇을 하며 생계를 근근이 유지하고 있던 때였다. 어머니가 그랬듯이 내 자식들을 반듯이 키워내야 한다는 일념 하나로 죽을힘을 다해 삶과 싸우고 있던 참이었다.

그런 내게 언니의 하소연이 달갑지도 않거니와 매일 받아내는 짜증으로 스트레스는 극에 달했다. 그렇다고 힘에 부친 언니보다는 낫다 싶어 날아오는 짜증을 되받아 칠 용기도 없었다. 한동안의 전화는 내 마음에 돌덩이를 얹어 숨통을 틀어막았다. 가장으로서 생계를 맡은 나보다 더 무거운 짐을 언니가 지고 있는 것은 아닐 것이다. 형부는 성실했고 언니 말이라면 뭐라도 들어주는 든든한 가장이었으니 어찌 보면 내가 진 짐이 더 무거웠을 수도 있었다. 그런데도 일말의 배려도 없이 나를 코너로 몰아갔다. 할 수만 있으면 전화를 받기 싫었다. 밤마다 오는 전화는 하루 종일 지친 내 육신을 더 나락으로 떨어뜨렸다. 지친 몸으로 식구들 밥도 지어 먹어야 하는 시간을 1시간씩 뒤로 연장시켰다. '살기 싫다'는 묵언이 저 밑바닥에서 치밀어 올랐다. 계속되었으면 아마 난 이 세상 사람이 아닐지도 모른다.

언니는 늘 자신보다 동생을 안타까워했고 챙기던 사람이었다. 그토록 마음이 비단결처럼 곱던 언니가 어느 순간 나를 지목해 어머니로부터 받은 스트레스를 다 풀었는지 이해는 가지 않았지만 아무튼 계속되었던 짜증풀이는 어머니가 요양병원에 입원을 하면서 일단락되었다.

어머니는 그로부터 몇 달이 지나지 않아 다시 죽담에서 굴렀고 큰언니는 궁여지책으로 요양병원에 입원을 시켰다. 당시 사돈어른도 거동이 불편해 요양병원에 입원을 하고 있었기 때문에 두 사돈끼리 의지하며 지내라는 언니의 생각이었다.

어머니는 근근이 움직이는 몸을 가지고도 전의 활기찬 성품을 버리지 못해 답답해서 못살겠다며 다시 집으로 돌아갔지만 한 달을 버티지 못하고 다시 병원에 입원을 해야 했다. 언니의 걱정이나 노고는 이루 말 할 수 없었다. 어머니는 차라리 아들들이 있는 부산에 있는 요양병원에 입원을 하길 원했고 큰오빠와 상의 끝에 부산에 있는 요양병원에 입원을 시켰다.

옛날 고지식한 아들선호사상이 병원이라도 못내 아들 근처에 입원해 있고 싶어 하게 만들었던 것이다.

처음 요양병원에 면회 가던 날을 잊지 못한다. 병실에 1인용 침대가 다닥다닥 붙어있었고 침대 사이의 간격은 보호자들이 겨우 지나다닐 수 있을 정도였다. 생을 마무리 짓기 위해 온 검은 머리가 파뿌리가 된 노인들은 각자의 침대에서 생기라곤 찾아볼 수 없이 파리하게 드러누워 있었고 어머니 역시 그랬다. 얇은 숨을 근근이 쉬며 살아있다는 표시를 낼 뿐이었다. 목숨만 붙어있지 산 사람이라고 할 수 없었다.

어머니는 딸의 목소리를 듣고 힘들게 몸을 일으켰다. 우리 어머니가 아닌 딴 세상에서 온 모습이었다. 낯선 어머니의 모습을 본 나는 눈물이 그렁거렸다. 어느 새 저런 모습으로 마지막 관문인 요양병원에 계셔야 한다는 사실을 받아들이기는 참으로 힘든 일이었다. 어머니의 따스한 밥을 마지막으로 받아먹고 동구 밖 모퉁이에 의지한 채 손을 흔들던 어머니가 왜 그렇게 급작스럽게 이런 모습이 되어야 했는지 마음은 혼돈스럽고 갈피를 잡지 못해 떨리기까지 했다.

"또 오거래이."

어머니의 목소리가 아직도 살아 언제나 우리가 자라던 오도막집에서 우리를 기다려 줄줄만 알았던 내 착각은 회환의 둔기가 되어 내 뒤통수를 때렸다.

어머니는 화장실도 스스로 걷지 못해 보행보조기인 워커에 의지해 걸어 다니고 있었다. 허리가 굽어 보행이 더 어려웠다. 자연을 느끼며 바람이라도 쐴 수 있는 공간은 노인들에겐 사치였다. 꽉 막힌 병실에 창마다 노인들의 안전을 위한답시고 열 수도 없게 잠금 시설이 되어 있었고 그런 이유로 환기도 제대로 되지 않은 병실은 노인 특유의 퀴퀴한 냄새로 역해서 구역질이 날 정도였다.

병원시설은 어머니에게는 어울리지 않는 공간이었다. 어머니는 작은 오두막집에 살았지만 방문만 열면 탁 트인 하늘과 옥빛 섬진강 줄기가 흐르는 넓은 백사장이 무한히 펼쳐진 드넓은 풍경을 보며 가슴이 활짝 열리는 걸 매일 느끼며 살던 사람이었다. 강바람이 뒷산 솔가지들을 흔들면 솔바람은 이내 마당 앵두나무까지 옮겨 타고 어머니의 볼을 쓰다듬었다. 어머니는 자연의 무한한 풍요 속에서 작은 집에서도 갑갑하지 않음을 느끼며 살 수 있었을 것이다.

어머니는 화병으로 갇힌 공간을 더 못견뎌한다. 감옥과도 같은 도시의 밀폐된 공간은 어머니기력을 더 떨어뜨리고 걸어 다니며 다리 힘을 기를 일은 더더욱 없었다.

　어머니는 깔끔하고 청결한 성품이었다. 주위의 노인들에게서 나는 역한 냄새를 못견뎌했다. 어머니는 다리를 끌고 다니면서도 아침이면 세수를 했고 욕실에 들어가 매일 샤워를 했다. 요양보호사들이 일주일에 한 번 대충 비누칠만 해서 씻겨주는 것으로 성이 차지 않았던 어머니는 간호사들이 미끄러져 고관절이라도 다치는 날엔 큰일 난다고 성화를 대도 멈추지 않았다. 샤워라도 해야 버틸 수 있는 어머니의 마음을 잘 알던 나는 간호사의 염려에 당신이 하시는 대로 두라고 당부했다. 아들 곁이면 그래도 견딜 수 있을 줄 알았던 어머니는 오래 참지 못했다. 어머니는 탈출을 꿈꾸었다.

　오빠에게 다시 시골로 가게 해 달라고 사정을 해도 들어주지 않자 어머니는 어떻게든 병원을 빠져나가 당신이 살던 집으로 돌아가야겠다는 굳은 의지를 품었다. 기회만 노리고 있던 어머니는 첫새벽 순번을 서던 간호사가 잠시 자리를 비운 틈을 타 병원을 빠져 나갔고 길가에서 택시를 잡아탔다. 어머니로서는 실로 007작전을 연상케 하는 대 작전이었다.

　택시에서 내린 어머니는 열차를 타고 오두막집에 돌아갔다. 어머니는 그제야 살 것 같은 환희를 느꼈다.

　병원에서는 한차례 난리가 났다. 그도 그럴 것이 갑자기 사라진 노인 때문에 발칵 뒤집어지지 않을 수가 없었다. 순번을 섰던 담당 간호사와 요양 보호사들은 문책을 당했을 것이고 보호자에게 사실을 어떻게 전해야 할지도 난감했을 터였다.

전달을 받은 우리 자식들은 덜컥 내려앉는 가슴을 진정시킬수가 없었다. 걸음도 잘 걷지 못하는 노인네가 어디로 갔단 말인가. 어머니는 자식들이 다시 병원에 가둘 것을 염려하여 시골 집으로 돌아갔다는 사실을 알리지도 않았다. 큰언니 내외가 허겁지겁 어머니 집으로 향했다.

놀란 가슴은 다리도 떨려 걸음도 간신히 걸었다고 했다. 어머니는 그 새 집을 쓸고 닦고 불을 지핀 후 방에 누워서 쉬고 있더라고 했다.

"나는 죽었으면 죽었지 다시 병원에 안 갈끼다, 차라리 이 어미를 죽여라."

어머니는 고함을 질렀고 언니와 형부는 측은한 어머니를 어찌하지 못해 그대로 집을 나서야 했다.

제발 그대로 기운 있어 죽는 날까지 그 집에서 살 수 있었으면 오죽 좋았을까. 감옥이나 진배없는 요양병원에서 어머니가 겪은 마음의 고통은 운신도 제대로 못하는 어머니를 용기를 북돋아 급기야 탈출극을 벌이게 했으니 참 비통한 일이 아닐 수 없다.

어머니는 병원에 다시는 가지 않으려 있는 힘을 다 내어 살려고 했지만 어머니의 마음과 몸은 분리되어 따로 움직이고 있었다. 어머니가 그토록 머물고 싶어 했던 오두막에서 일주일을 머물렀을 뿐이다. 아버지 무덤에 한번이라도 가고 싶어 했지만 200미터도 채 떨어져 있지 않은 남편의 무덤도 걸을 힘이 없어 가보지도 못한 채 어머니는 그토록 끔찍해 하던 병원에 다시 입원하는 신세가 되었다.

얼마나 심장이 상했을지 짐작이 간다. 갖은 고생 끝에 홀로 외롭게 지낼지라도 당신이 살던 곳에서 생을 마감하고 싶던 어머니는 어느 누구에게도 자신의 몸 하나 의지할 곳 없이 요양병원이라는 극단적인 곳에 갇혀 감옥살이를 해야 했으니 비통한 마음이 오죽했을까. 어머니의 인생에 표창은 주어지지 못하더라도 말로가 참으로 비참하지 않을 수 없었다. 대부분의 노인들이 장수하는 세상에 아버지는 너무 빨리 세상과 하직을 고했으며 어머니 또한 남들은 살만큼 살았다 하지만 우리의 마음은 어머니라도 오래 건강하게 살았으면 했다.

병원에 입원한 어머니는 오로지 자식들이 면회 오기만을 학수고대 눈이 빠지도록 기다리고 또 기다렸다. 창으로 난 복도 끝에 소파가 있었다. 어머니는 매일같이 창밖을 바라보며 이제나저제나 자식들이 오는지 살피며 소파를 떠날 줄 몰랐다.

그 소파는 어느 새 어머니 전용 소파가 되어 있었고 어머니를 찾는 날이면 언제나 어머니는 그 소파에 앉아 있었다. 천년이고 자식들을 기다리는 열망 하나로 목석이라도 되려는 듯 어머니는 그 자리를 차지하고 지켰다.

당시 나는 자주 어머니를 찾지 못했다. 한 달 두 번 쉬는 주말은 집안일이다 뭐다 밀린 일만 해도 지쳤으며 쉬는 날이면 보름에 한 번씩 찾던 병원을 날이 갈수록 한 달에 한 번밖에 찾지 못했다. 입원기간이 길어질수록 마음도 태만해지고 병원은 내가 살던 곳에서 너무 먼 이유도 한몫했다.

"아이고 우리 딸 왔냐, 바쁠긴디 머하러 와."

면회를 가면 딸이 안쓰러워 말은 그렇게 하면서도 이야기를 주고받을 때면 '옆 누구 자식들은 매일 면회를 와서 부러워 죽겠다'는 식으로 자주 찾기를 원했다.

갇힌 공간에서 노인들의 희망이란 단순해서 누가 누구에게 몇 번의 면회를 왔으며 무엇을 사 왔는가가 주제거리였으며 당연히 부러움의 조건이 될 수밖에 없을 터였다.

더 이상의 주제거리가 생길 리도 만무했다. 쳇바퀴 돌 듯 무한 반복되는 죽음을 향해 걸어가는 지루한 일상에서 옆 환우의 일거수일투족을 바라보는 일 말고 더 할 일도 없었다.

노인들은 그런 것으로 상대방을 평가하고 부러워하고 당신들의 남은 생을 잣대질하며 자식들이 오면 의기양양해서 생기를 신곤 했다.

어머니는 내가 가면 아무도 찾아보는 자식들이 없다며 옆의 누구는 매일같이 자식이 찾아와 부럽다고 말했지만 자식들 기다리는 어머니의 횟수에 충족되지 않았는지 경증치매로 자식들이 온 사실을 까먹어 버리는지 서운함을 내색하곤 했다.

부산에 사는 자식만도 넷이나 되어서 돌아가면서 면회를 가더라도 횟수가 그리 작은 것도 아니었고 당시 큰 올케는 가까이 살면서 어머니 입에 맞을 반찬이며 음식들을 사흘마다 해 날랐다. 어머니에게 물려받은 음식솜씨였으니 맛은 백 프로 어머니도 인정하는 솜씨였다.

혼자 시골 오두막에 살 때에 비하면 그리운 자식들을 자주 보는 편이었다. 살날이 얼마 남지 않은 어머니는 본능적으로 그걸 느꼈던지 수학공식으로 따지면 자꾸만 까먹어가는 날이 자식들을 볼 날과 비례했기 때문에 안타까움이 더 할 수밖에 없었을 것이다. 매일 자식들을 보기를 바랐지만 자식들 나름 세상이라는 치열한 경쟁 속에서 살아가느라 힘에 겨웠다.

어머니는 면회를 가는 날이면 전과 같이 다른 자식들이 준 용돈을 꼬깃꼬깃 환의 주머니에 챙겨 뒀다가 내 가방에 쑤셔 넣었다. 그런 어머니에게 화가 났다.

"엄마는 제발 이제 엄마생각만 하소, 이러니 내가 마음이 더 안 편하지."

"시끄럽다, 어미가 여기서 돈 쓸 일이 어딨노, 니 사는 것도 힘들텐디 기름 값 써 가매 다니는 것도 마음 아프고 아들 허고 고기 한 근 끊어다 해 묵어라."

어머니는 병원에서 마지막 길을 걸으면서도 팍팍한 내 삶을 염려하며 한 푼의 돈이라도 쥐어주고자 했다. 내 아들들을 데리고 가는 날이면 어김없이 손자들에게도 용돈 몇 만 원씩을 주머니에 꽂아 넣었다. 한사코 만류하는 나와 아이들은 애틋한 사랑을 이겨내지 못하고 그 돈을 받고 돌아와야 했다. 그래야만 마음이 편하다는 어머니와 더 이상 씨름을 할 수 없었던 것이다.

그런 어머니를 두고 돌아오는 발걸음은 천근의 쇳덩이를 단 것처럼 무거워지곤 했다.

어머니에게 받은 돈으로 무릎이며 어깨가 아파 매일 붙여야 잠을 이루는 파스를 사다 드렸으며 어머니가 드시는 간식을 사다 드렸다. 어머니는 팥 시루떡을 좋아했다. 음식 솜씨가 좋아 떡을 정말 맛있게 쪄 내었던 당신이 만든 팥 시루떡을 한 번 드시고 싶어 했다.

어머니의 솜씨는 아니지만 소원이라도 풀어드려야 되겠다 싶어 시루떡을 한 되 주문해 갔다. 따뜻한 시루떡을 그렇게 반갑게 대할 수가 없었다. 떡을 옆 침대의 노인들과 나눠먹으며 오랜만에 목소리에 힘이 넘쳤다. 얼마 만에 들어보는 힘 있는 목소리였던지 모른다.

그것이 마지막이었다. 먹을 수 있을 때 맛있는 것도 자주 해 드려야 하고 그런 시간마저도 너무나 짧다.

얼마 지나지 않아 어떤 음식도 소화를 시켜내지 못하고 설사를 했다. 어머니를 부축해 화장실로 간 나는 물처럼 쏟아지는 설사를 분수처럼 내뿜는 어머니의 오물을 봤다. 어머니는 그 어느 것도 속에 담아놓지 못하고 물처럼 흘려내고 있었다. 간호사들이 어떤 약을 처방해도 소용없다는 것이었다. 유일하게 속에서 받는 것이 있다면 '베지밀'이었다. 어머니에게 사다 드릴 수 있는 것이 유일하게 베지밀 밖에 없었다. 그나마 베지밀이라도 손에 들고 찾아가는 일은 그나마 행복한 시간이었다. 그 행복은 얼마가지 못했다. 그것이 행복이라고 느끼는 것도 어머니가 돌아가신 후다.

어머니의 헌신과 희생은 끝이 없어라

그렇게 몇 년을 요양병원에서 이 병원 저 병원을 옮겨 다니든 어머니가 끝내 걸음조차 걷지 못하고 몸져눕는 날이 오고야 말았다. 노인들의 생사는 백짓장 차이여서 어느 순간이었다. 워커에 의지해 근근이 걸음을 옮기던 어머니는 계속되는 설사로 기력은 떨어졌고 급기야 몸을 지탱할 마지막 힘조차 바닥을 보였다. 앉을 기운조차 없었던 어머니는 우리가 면회를 가서 몸을 일으키고 베개를 받치고서야 겨우 앉아 있을 수 있었다. 어머니는 기저귀를 찬 상태였으며 다음 주 면회를 갈 때면 상태는 더 나빠져 있었다. 어머니 엉덩이에 욕창이 생기기 시작했다. 나는 어머니의 목숨이 바람 앞에 등불처럼 위태롭다는 것을 느낄 수 있었다.

기저귀를 풀고 어머니를 이리저리 돌려 바람을 넣어주었고 요양보호사들에게도 당부를 했다.

욕창 환자들은 수시로 몸을 이리저리 돌려 눕히고 상처부위를 말려줘야 하지만 요양보호사들의 대부분은 돈을 벌기 위한 수단으로 일하고 있을 뿐 사명감이란 애당초 없다. 어머니도 나에겐 세상에서 한 분 밖에 존재하지 않는 귀한 분이지만 그 사람들에겐 그저 다른 노인처럼 죽어가는 한 사람일 뿐이었다. 습기찬 기저귀를 다음 기저귀 갈 시간까지 방치해 어머니의 욕창은 더 심해지고 욕창이 번지면 생명은 위태롭다. 그것을 당부하는 내 마음은 간절했지만 그 사람들에겐 지나가는 바람소리에 불과했다.

　당시 나는 보육교사 일을 하고 있었다. 운이 나빴던지 큰 규모의 어린이집은 유치원과 겸해서 차려져 운영되고 있었고 유치원과 맞먹는 행사준비를 하는 까닭에 퇴근이 매일 늦었다. 쉬는 날도 토욜 격주로 쉬어 다른 어린이집에 비하면 조건이 나빴다. 그래도 나이가 많은 까닭에 감지덕지 하며 직장을 다녔다. 어린이집은 보건복지부에서 의무적으로 시행되는 '평가인증'을 받아야 했으며 그 합격점은 실로 까다롭고 많은 준비를 필요로 했다.
　어머니가 간당간당 꺼져가는 목숨 줄을 겨우 붙들고 죽음을 서서히 받아들이는 시점과 맞물려 나를 더 힘들게 만든 계기가 된 이유다. 평가인정 준비를 시작하면서 퇴근이 더 늦어졌다. 10시에서 12시 사이를 오락가락했다. 토요일도 쉬는 날 없이 출근해야 했으며 심지어 크리스마스 날과 1일 신정도 출근을 해야 했다. 맡은 일을 깔끔히 처리하기 위해서는 가끔 일요일도 잠깐씩 출근을 했다. 낮엔 철부지 꼬맹이들의 담임으로 하루 종일 시달리다 밤이면 평가인증을 준비한다고 전 교사가 남아 야근을 한 것이다.
　일요일은 파김치가 되어 쓰러졌으며 집안 꼴도 말이 아니었다. 살림은 엉망이 되었다. 반찬도 없이 차려주는 밥이 맛이 있을 리 없다. 입이 까다롭던 작은 아이는 먹을 것이 어디 있어 밥을 먹느냐며 짜증을 부렸고 그런 아들을 보고 지친 나는 좋은 소리가 입에서 나오지 않았다. 피곤이 겹쳐 목숨이 붙어 있으니 살았다.

지친 날들 속에 어머니가 얼마 살지 못할 것을 알면서도 자주 찾아가지를 못했다. 어머니는 어쩌다 면회를 가면 나를 붙들고 놓아주질 않았다. 언니들은 시골에서 자주 오지를 못하니 딸이 편했던 어머니는 그나마 거리가 멀어도 부산에 사는 이유로 언니들보다 자주 찾아뵙는 나를 많이 의지하고 있었다. 어머니는 왜 그렇게 함께 겹쳐 시름시름 앓았는지 몰랐다.

평가인증만 아니었어도 어머니 곁에서 더 오래 있으면서 휴일도 어머니를 찾아 더 많은 시간을 할애할 수 있었을 것이다. 나는 지쳐갔고 날마다 몸살이 나서 저녁 자리에 누우면 온 몸은 땅속으로 꺼져 들어가는 것 같았다. 살아 지옥을 느끼는 힘든 날들이 어머니마저도 귀찮다는 생각이 들 정도였다. 모든 불행은 겹쳐 온다는 말이 실감나는 경우였다.

어머니는 링거에 의지해 목숨을 연장하고 있었다. 어머니를 찾아가면 어머니는 눈조차 뜰 기력이 없어 보였다.

"엄마 딸 왔어."

어머니 머리를 쓰다듬으면 어머니는 천근보다 더 무거운 눈꺼풀을 열며 딸을 바라다보았다. 링거를 꽂은 팔은 주사바늘자국으로 시퍼렇게 멍들어 있었다. 살 없는 뼈만 남은 앙상한 팔을 힘겹게 들어 올리며 내 손을 잡으려 허공을 헤맸다. 나는 어머니의 힘겨운 팔을 퍼뜩 다잡았다. 힘을 주어 잡으면 부서질 것 같은 어머니의 손을 조심히 감싸 안으며 어머니를 바라보았다.

그리웠던 딸을 바라다보며 꺼져가는 목숨을 유지하는 겨운 어머니의 목소리가 손자들의 안부를 물었다.

"아들은 잘 있냐? 보고 잡다."

"네, 엄마. 다음엔 데리고 올게요."

어머니의 한숨은 긴 여운을 남기며 병원의 침묵 속으로 꺼져갔다. 중환자들만 링거에 의지해 목숨을 연명했던 병실은 어머니의 한숨 소리만이 정적을 깨트렸다.

"다음이 어디 있겠냐, 아들 잘 챙기라, 갸들도 불쌍타."

풍비박산이 나고 딸이 가장이 되어 조금 벌어 유지하는 빈곤한 살림에 한창 성장하는 청소년 시기에 먹을 것도 제대로 풍족하게 못 먹이는 손자들이 욕창으로 당신 몸도 스스로 움직이지 못하고 시체처럼 누운 어머니 마음에 더 없이 가엾게 자리했다. 그런 어머니가 나는 더 가여웠다. 그리고 불효한 내 마음은 갈래갈래 찢어졌다.

"엄마 죄송해요."

어머니는 또 다시 길고 긴 한숨을 토해냈다. 어머니의 뼈만 남은 가슴이 가엾게 한숨 따라 오르내렸다. 어머니는 눈을 뜨고 있기 힘든지 다시 눈을 감았다.

어머니의 몸을 돌려 기저귀를 열었다. 욕창은 전보다 더 심해져 있었으며 상처부위를 감싼 거즈 위로 누런 고름이 삐져나와 있었다. 살이 썩어가며 나는 냄새가 축농증으로 대체적인 냄새도 못 맡는 내 후각을 깨우고 비집고 들었다. '너거 어매가 얼마나 고통스러운지 니도 느껴야 사람 도리가 아니겠나.' 좀처럼 냄새를 못 맡는 코는 일깨운 후각으로 내 불효를 채찍질 했다. 뜨거운 눈물이 쉴 새 없이 흘렀다. 마치 지난날의 과오를 눈물이면 된다고 했는지 값싸고 어머니에게 아무 기능도 할 수없는 눈물만이 사람형체만 남은 어머니의 몸 위로 떨어졌다.

어머니에 대한 불효의 회환도 잠시, 다시 내 일상으로 돌아갔고 여전히 쫓기듯 바쁜 나날이 흘러갔다. 다음 어머니를 방문한 것이 보름쯤 흐른 후였다. 어머니는 산 사람이라 할 수 없었다. 어머니를 부르면 힘겹게 눈을 떴고 팔을 들어 올려 내 손을 잡으려던 어머니는 그럴 기력조차도 없었다.

"엄마, 딸 왔어."

"..........,"

"엄마, 바빠서 자주 못 와 미안해요."

"............,"

어머니는 흐린 눈동자로 말없이 나를 바라보더니 다시 스르르 눈을 감았다. 눈꺼풀마저 무거운 침묵으로 닫혀 버렸다. 어머니는 다시 필사적으로 눈꺼풀을 밀어 올렸다.

'니도 바쁠긴디 머하러 이리 오노, 인자 그만 오거라.' 하시며 오직 딸 걱정만을 하던 어머니는 이제 어떤 한마디의 언어도 힘들어 보였다. 어머니의 머리를 쓰다듬고 뼈만 잡히는 어머니의 손을 조심히 감싸 잡았다. 어머니의 손은 부서질 것처럼 마른 나뭇가지의 감촉으로 다가왔다. 단지 온기가 사람의 일부 기관이라는 것을 증명해 줄뿐.

"어머니는 무슨 말을 하려는 듯 입을 오물거렸다. 나는 퍼뜩 어머니의 마른 입술을 물로 적셨다. 어머니는 연하곤란으로 목으로 물 한 모금 삼키는 것조차 할 수 없었다. 오직 한 방울씩 몸속으로 들어가는 링거의 수분으로 목숨을 연장하고 있을 뿐이었다.

"아무데도 가지마라."

어머니가 입술을 적신 물 한 모금의 힘으로 구술한 언어였다. 그 말 한마디를 하기 위해 몇 번의 입술 움직임을 시도해야 했는지 모른다. 어머니를 다시 일어서게 할 젊어지는 샘물이라도 있다면 산중을 헤매서라도 퍼 오고 싶었다.

어머니는 딸이 어디라도 갈까봐 불안해 눌러오는 눈꺼풀을 힘겹게 여러 번 다시 떴다 감기를 반복했다. 어머니는 다가올 죽음에 대한 공포로 누구든 붙들고 싶었을 것이다.

조카가 오고 작은오빠네 부부가 왔다. 그런데도 어머니의 시선은 오로지 나한테만 꽂혀 있었다. 그리고는 또 한마디를 힘에 부친 듯 내게 말했다.

"전부 가라고 해라, 니만 남고."

어머니의 말을 옆에서 들은 부부는 서둘러 자리를 떴고 조카도 자리를 떴다.

어머니는 내 손을 잡은 손에 남아있는 힘을 다 쏟은 듯 했다. 어머니의 억척스럽던 지난날의 힘은 공중분해 되어 흩어졌다. 어머니 최선의 힘이 겨우 손을 잡고 있는 손가락을 오므리는 것이었으니 그 힘이라고 표현도 못하는 것에 나는 와락 덮쳐오는 쓸쓸함을 느꼈다.

어머니는 한숨을 깊게 내뉘었다. 여태껏 어머니의 한숨소리를 듣고 자랐고 얼마 전에도 땅이 꺼질 듯 깊은 한숨을 토하긴 했어도 그 날의 한숨은 내 심장까지 어둠의 골짜기로 데려 가는 끝나지 않는 빛 하나 없는 동굴 같은 한숨이었다.

"아무데도 가지마라."

또 한 번의 어머니의 노파심이 언어를 표현하게 했다. 어머니의 입은 너무 말라 한참의 입술을 오므리는 동작을 반복하고서야 언어가 되어 입 밖으로 소리가 되어 나왔다. 얼마 전만 해도 '니도 힘들낀디 어여 가거라.' 하며 붙들고 싶었을 마음을 억누르며 오로지 자식만을 생각하던 어머니는 마지막 가는 길은 의지가 무너진 본능만이 자리하고 있었다. 어머니가 자식을 오래도록 붙들어 두고 싶어 하는 마음을 처음으로 내색한 날이기도 했다. 나는 그 순간은 시간이라는 우리 앞에 놓인 피상적인 것에 구애되지 않기로 했다. 어머니를 오래오래 바라보며 그렇게 어머니의 말씀을 거역하지 않고 싶었다.

어느새 찬란하던 태양이 서산으로 모습을 감추었고 밤이 왔다. 어머니와 반나절을 그렇게 어머니 기저귀를 살피고 내 손을 놓지 않으려는 어머니 손을 잡고 순간마다 마르는 어머니 입술을 적셨다. 밤이 깊어 가는데도 어머니는 잠에서 깨지 않았고 내 손을 잡은 손가락의 힘이 스르르 풀렸다. 어머니의 얼굴은 평온해 보였다.

그렇게 사랑하는 딸이 지키고 있다는 안도감이었으리라. 참으로 오랜만에 어머니의 평온한 얼굴을 오래오래 바라보았다. 어머니의 고통은 잠시 막을 내리고 천사들이 어머니 주위를 감싸고 어머니를 천국으로 인도하는 것 같았다.

나는 살며시 어머니 손을 내려놓고 자리에서 일어났다. 어머니의 시간이 촉각을 다툰다는 것은 이미 어머니가 나를 붙잡는 그 힘겨운 언어에서 직감했지만 그 시간을 기다리며 마냥 있을 수 있는 입장이 아니었다.

신의 장난질은 너무 가혹했다. '하필'이라는 단어가 절로 입버릇처럼 튀어 나왔다. 왜 하필 어머니는 이때여야 했으며 왜 난 남편이 벌어주는 돈으로 평탄한 삶을 살지 못하며 그마저 하필 왜 평가인증이라는 것을 그 시기에 치른다고 난리를 치는지 알 수가 없었다. 지친 마음과 몸을 잠시라도 뉘어야 다음 날 출근을 할 수가 있었기 때문에 천근을 단 마음으로 돌아와야 했다. 어머니는 긴 잠에서 깨어 딸이 옆에 없으면 얼마나 망연자실할지. 걸음이 너무 무거웠다. 나오다 다시 병실로 발길을 돌렸고 어머니 얼굴을 바라보니 평온한 얼굴로 잠들어 있었다. 이상하리만큼 들숨 날숨이 고르고 편안했다. 다 포기하고 싶어지는 순간이 그 순간이었다. 내 삶도, 내가 짊어진 짐도.

어머니 곁에서 어머니가 아무데도 가지 말라고 했던 말을 지켜주며 어머니의 마지막 날을 편안히 맞이하도록 해 드리고 싶었다.

난 다시 어머니의 야윈 얼굴을 한참 바라보았다. 고생을 오지도록 한 어머니의 삶이 얼굴에 덕지덕지 붙어 처량하기 이를 데 없어 가슴을 찔러 아팠다.

하지만 집으로 와서 잠을 청해도 몇 시간을 못자고 출근을 할 늦은 시간이라 가까스로 마음을 다잡고 문을 나섰다. 찬 겨울바람이 호흡기를 타고 폐부까지 스며들었다. 쓸쓸하고 시린 마음으로 맞서는 겨울밤은 더 삭막했고 몸은 더 웅크려졌다. 어머니의 날이 풍전등화라 전화기에 촉각을 세우고 있었다.

다음 날 밤도 거의 12시가 다 되어 퇴근을 했고 새벽녘 든 잠에 나는 거의 죽은 듯이 깊은 잠에 빠져 버렸다. 몸살 약을 먹고 푹 자 두지 않으면 이 모든 상황을 이겨내지도 못할 것 같아 휴대폰은 진동으로 해놓은 상황이었다. 몸살이 매일 왔고 약을 먹지 않으면 내 몸도 지탱 못할 악몽 같은 날의 연속이었다. 늦은 퇴근으로 어머니께 못간 나는 다음날 사정얘기를 하고 일찍 어머니를 찾아뵐 생각이었다.

나의 실수는 평생을 나를 옭아매는 쇠사슬이 되어 죄인으로 살게 될지 차마 알지 못했다. 어머니는 하고 많은 날을 두고 그날 밤 하늘나라로 훨훨 날아갔다. 약에 취해 기절을 한 것처럼 잤던 내 폰에 아침 열통 넘는 통의 부재중 전화로 직감했다. 나는 끝내 어머니의 간곡한 부탁을 들어주지 못했고 용서치 못할 불효녀가 되고 만 것이다.

정신은 혼미했다. 하루 푹 자고 다시 어머니를 찾아갈 생각이었다. 하루라도 푹 자둬야 일도 어머니의 간병도 할 수 있을 것 같았다. 그 하루라는 시간의 연명이 어머니에게는 그리도 힘든 것이었나 보다. 모든 것은 찰나였다. 삶도 죽음도. 아버지와 언니의 죽음을 너무 일찍 애당초 겪었던 나는 죽음은 불시에 찾아든다는 것을 감지했지만 어머니가 하룻밤을 못 버티고 딸을 기다려 주지 않은 것이 너무 비통했다. 불효녀로 낙인찍히게 한 어머니의 수명은 아무데도 가지 말라고 했는데, 그리한 내 죄를 단

죄한 괘씸한 어머니의 서운함이었을지. 어머니는 떠났고 나는 드럼 치는 가슴을 진정시킬 수 없었다. 사시나무 떨 듯 떨리는 몸을 겨우 지탱하고 단숨에 병원으로 달려갔다. 거짓말 같은 어머니의 죽음은 현실이 되어 있었다.

나의 어머니는 이제 이 세상 사람이 아니었다. 자신을 용서하기가 힘들었다. 어머니의 광대한 사랑에 힘입어 어머니를 끝내 희생으로만 몰던 철부지 자식은 눈물로 죄 값을 치를 수밖에 없었다. 목 놓아 울었다.

"아가 울지 마라, 내 새끼 흘리는 눈물도 아깝다."

어머니는 내 눈물도 아까워 하셨다. 울면 어머니는 다시 살아나서 내 볼을 만지고 내 손을 조물거리며 늘 했던 말을 들려줄 것 같았다.

어머니의 입관식이 있던 날.

한 줌도 되지 않을 것 같은, 수의를 입은 어머니의 작은 몸을 마지막으로 보며 세상에서 한 번도 느끼지 못했던 감정이 나를 옥죄었다. 그것은 인간이 지어낸 슬픔과 아픔이라는 단어로는 설명하기 힘든 상처였다. 세상 어느 상처도 그보다 더 가슴을 도리지는 못할 것이다.

힘들다는 표현도 무색한 어머니의 삶을 깨끗하게 청산하고 그렇게도 놀리던 몸을 정지시킨 어머니의 눈보다 순결한 영혼은 영원히 영면하기 위해 목숨보다 사랑한 자식들의 눈물 속에 홀연히 떠났다. 차라리 더 나을 거라는 생각도 스쳤다. 어머니가 산 어느 날도 쉽지 않았으니까.

　어머니의 파란만장했던 일생을 한 권의 책으로 적는 것이 돌아가신 당신에게 또 한 번 불효를 저지르는 일일지도 모른다. 고난의 길에서 당신의 혼을 태워 훌륭하게 키우신 딸의 능력이 이것밖에 안 되는 것도 불효다. 어머니는 입버릇처럼 당신이 살아오신 날들을 책으로 열권을 쓰고도 모자랄 것이라고 하셨다. 대하소설을 쓰고도 남을 어머니의 인생을 고작 장편소설 한 권으로라도 남기고 싶었던 것은, 평소 어머니는 자신의 험악한 인생을 곧잘 소설에 비유하셨고 만약 당신이 한글을 깨우쳤다면 자신의 삶을 정리한 자서전이라도 남겼을 거라고 늘 말씀하셨기 때문이다.

　나는 사실 고등학교 다닐 때부터 문학의 꿈을 키웠다. 대학은 국문학과를 가려고 마음먹었다. 성적도 우수하지 못했으면서 그런 꿈을 꾼 것이 가당치도 않은 일이었지만 그래도 내 꿈은 문학도였다. 입버릇처럼 당신의 일생을 책으로 적고 싶어 하셨던 어머니의 일대기를 적어야겠다고 마음먹은 순간이 그 시절이었기 때문이다. 삶에 치여 겨우 정신을 차려 너무 늦게 어머니의 일생을 적게 되었지만 어머니가 살아오신 전부를 나는 알지 못하므로 지극히 객관적 일수 밖에 없고 단면일 수밖에 없는 것이 마음 아프다.

　학처럼 고고하고 맑게, 희생이라는 허울을 벗어던지지 않고 홀연히 끝을 모를 화염 같은 인생길을 끝까지 굳건히 견디신 어머니의 딸로 태어나 가없는 사랑 속에서 키워주신 숭고한 삶 앞에 머리 숙여 존경과 경의를 표한다.

아버지는 어머니에게는 죄인이다. 하지만 나라에 충성을 다한 의로운 분이시다. 충신으로 살아 가족에게 모진 고초를 겪게 했어도 아버지를 존경하고 사랑한다. 아버지에게도 더 할 수 없는 불효를 저지른 딸이 석고대죄를 드려 마땅하지만 남은 생 당신들이 남기신 육신으로 마지막 날까지 열심히 살아 저 세상에서 다시 만나면 엎드려 죄를 빌 생각이다.

아버지는 국가유공자이시다. 아버지가 돌아가시고 한참의 세월이 흐른 이명박 대통령시절 대대적인 조사 끝에 때늦은 추대를 받았다. 국립묘지에 안장시키라는 나라의 권유가 있었지만 우리는 아버지를 고향에 그대로 모셨다. 자주 찾아뵙지 못할 것 같았고 어머니와 나란히 계시게 하는 것이 낫다는 결론이었다. 늦게나마 유공자로 추대 받았으니 아버지의 영혼이 위안을 받았으리라 생각된다.

죽어 다시 태어나도 어머니의 딸로 태어나고 싶다. 단지 철이든 딸로 이젠 어머니의 사랑을 되갚음 하는 효녀가 되고 싶다. 인생은 한 번의 과오를 범한 것으로 충분하니까.

부모님은 돌아가셔도 늘 가슴속에 살아 그리움으로 몸서리치게 하거나 힘들고 지칠 때도 보이지 않는 힘으로 위안을 주는 위대한 분이시다.

두 분은 나에겐 최고의 부모님이셨으며 내 목숨이 붙어 있는 날까지 그리워하다 눈을 감을 분들이시다. 낳고 길러주신 은혜에 살아 보은을 못 드린 딸을 부디 용서하시고 힘들게 살다 가신 영혼이 편히 영면하시기 바란다.

이별 연습은 아무리 해도 몸에 적응을 붙이지 않는다. 어머니가 시름시름 기운을 잃어 병석에 눕는 날부터 했던 이별연습은 지금까지도 낯설게 남아있다. 오히려 세월이 갈수록 더 고개를 바짝 치켜들고 내 가슴을 아리게 하고 못내 어머니를 그립게 한다.

어머니에 대한 내 그리움은 내가 죽어야 끝날, 눈에 보이지도 않아 잡아 가둘 수도 없는 형체 없는 형틀이다.

글 속에서 존대를 극히 생략한 것은 객관적인 입장에서 소설을 써 내려가고자 그런 선택을 한 것임을 읽는 독자가 이해해 주길 바란다. 감정이입이 성립되는 날은 더 이상 소설을 이어갈 수 없었기 때문이다. 내가 태어나기 전은 '그녀'라는 호칭을 썼으며 태어나고 나서는 '어머니'라는 존칭을 썼다. 글을 적는 동안 소설 속에서나마 부모님이 살아 계시다는 착각을 가끔 해서 한없는 행복을 느꼈고, 가슴이 먹먹해 하염없이 눈물을 흘리며 괜한 시작을 했다는 자책도 했다. 그만큼 가슴이 아파왔기 때문이다. 얼마나 부모님 사랑이 무한한가도 다시 느끼는 소중한 경험이었다.

어머니의 교육관은 철저했다. 그리고 막내 둘이라도 대학까지 공부시키고 싶어 하셨다. 불효를 범했으니 어머니의 한을 한 가지라도 풀어드려야 하는 딸이다. 내 삶도 녹록치 않았지만 물려받은 강건한 정신력으로 만학도가 되어 대학을 힘겹게 졸업했기에 지하에서도 어머니는 기쁨의 눈물을 흘리셨을 것이다.

　소설 속 인물들은 본명을 적지 않았다. 어딘가에서 잘 살고 있을 추억 속의 소중한 인연들에게 그리움과 감사를 표한다. 나의 오늘이 있게 한 장본인들이기 때문이다.

"어머니!
그곳에선 꽃길만 걸으소서."